名家十讲系列

文艺美学问题十讲

海峡出版发行集团 | 福建教育出版社
THE STRAITS PUBLISHING & DISTRIBUTING GROUP

殷国明 著

图书在版编目（CIP）数据

文艺美学问题十讲/殷国明著. —福州：福建教
育出版社，2024.2
（名家十讲系列）
ISBN 978-7-5334-9673-9

Ⅰ.①文… Ⅱ.①殷… Ⅲ.①文艺美学—研究 Ⅳ.
①I01

中国国家版本馆 CIP 数据核字（2023）第 090737 号

名家十讲系列

Wenyi Meixue Wenti Shi Jiang

文艺美学问题十讲

殷国明 著

出版发行	福建教育出版社
	（福州市梦山路 27 号 邮编：350025 网址：www.fep.com.cn
	编辑部电话：0591-83779615 83727542
	发行部电话：0591-83721876 87115073 010-62024258）
出 版 人	江金辉
印 刷	福州万达印刷有限公司
	（福州市闽侯县荆溪镇徐家村 166-1 号厂房第三层 邮编：350101）
开 本	710 毫米×1000 毫米 1/16
印 张	14.25
字 数	195 千字
插 页	2
版 次	2024 年 2 月第 1 版 2024 年 2 月第 1 次印刷
书 号	ISBN 978-7-5334-9673-9
定 价	43.00 元

如发现本书印装质量问题，请向本社出版科（电话：0591-83726019）调换。

序

　　疫情刚刚有点缓解的一天上午，我接到福建教育出版社成知辛的电话，因为是熟人，问候之后就转入了正题，原来他希望我能写一本"十讲"之类的书，在他们出版社出版。这年头，出版书籍不易，尤其是我这种所谓专家学者，今天居然有人主动约稿，好事上门真是不胜荣幸之至，但我还是有点犹豫。犹豫的原因是多方面的，首先是不自信。这些年来，随着年龄渐老，学习减少，智商渐低，再加上自己的懒惰成性，自知没有什么有价值的东西可讲；至于过去写的一些东西，现在看来，不仅多是一些"垃圾"，而且存在不少不正确的地方，已经跟不上时代的发展，心里多少有点底气不足，忐忑不安："这些东西拿出去怎么行啊，最好还是埋在土里吧！"但是，这一切都被知辛的一句话打消了："你可以随便写，不需要什么条条框框。"

　　显然，我已经很长时间没有听到书刊编辑对我说这句激动人心的话了。那至少在 20 年之前吧。那是我运气最好的一段时期，身体还好，还有点不知天高地厚，经常有报刊社和出版社来约稿，最能打动我的就是这句话："你可以随便写，没有什么特别的要求和限制。"于是，我打开电脑，哪怕是在深夜，开始丁丁当当敲起键盘，写出一连串自己满意或不满意的文字来。

因为这句话，我常常认为自己是时代的宠儿，交了莫名其妙的"狗屎运"。而我现在感到悔恨的是，我并没有特别珍惜这种时代的恩宠，经常表现出漫不经心的态度，除了挖空心思设想一些空洞的题目之外，有时还为了点蝇头小利或多赚点稿费，把本来就又臭又长的文章再拉长一点，至于因为粗心大意留下"硬伤"也时有发生，例如引文注释不当，信口开河，张冠李戴，等等，现在想来还不禁汗颜。留下的唯一可取之处也许是，如今当学生犯了类似错误的时候，我不会大惊小怪，大呼小叫，只是在心里默念一句："哎呀，我也犯过这样的错误啊！"

后来，我的好运气越来越少了，想想这也是必然的。我甚至开始为完成科研任务而感到头痛，因为渐渐很少有编辑来约稿不说，就是投出的稿子也多石沉大海，有时还会收到一篇长达两页纸的"外审意见"，上面密密麻麻都是要求修改的意见，有些问题我恐怕一辈子也搞不清楚——我知道这是编辑不好意思直接"枪毙"，给我留几口气喘喘而已。但是，我也明白了，我已经过时了，时代发展了，新一代上来了，而我还是在老调重弹，该是下课的时候了。

没想到隔这么久，竟然又听到了这种声音，犹如久旱逢甘霖，心理上自然有一种感动，我还能说什么呢？

当然，还有一种感动激励了我，它就来自远在福建的成知辛。

成知辛是华东师大校友，我和他虽然一直没有过学术上的合作，但是早有交集，对于他的人格、眼界和工作态度有所了解。这主要来自他负责编辑《20世纪中国学术大典·文学卷》（下面简称"大典"）的过程中。这是上世纪就启动的、造福于学术研究的宏伟工程，由徐中玉和钱谷融先生担任主编，其牵扯的人员之多、学科之多、内容之广、关系之复杂，都是空前的，加上人多口杂，众口难调，都使这项工作难上加难，迟迟难以结项出版。当时，徐中玉先生和钱谷融先生，对于这项工作十分重视，深知其久远的学术意义，无奈年高事多，精力有限，很多工作只能托付给自己的学生。我就是在这种情况下与成知辛有更多接触的。由于受到两位老先生的托付，我也参加了《大典》的一些统稿工作，实实在在感受到成知辛所担负的深重压力，以及编辑工作的艰辛和付出。由于种种原因，《大典》的编撰一度陷入困境，拖了很长时间，全靠成知辛一个人在众多参与者之间联络沟通，在一些重要环节上做出艰难的选择。终于，这件在我看来不可能完成的大事，在成知辛不可思议的努力中尘埃落定，在20多年之后得以付梓出版。这不仅为学术界做了一件功德无量的善事，而且可以告慰于先后仙逝的徐中玉先生和钱谷融先生了，落实了众多参与这部大典撰稿和审稿工作的专家学者的夙愿。

由此，作为编辑，也作为我的朋友，成知辛给我留下了深刻印象，他的作为，他的使命感和责任心，他的任劳任怨和不计回报，都是我的楷模，都是我难以企及而心向往之的。

我还有什么可说的呢？

于是，我又坐在了电脑前。

2022年11月于上海闵行

目　录

第一讲　无边的人道主义

一、关于无边的人道主义的提出

我提出"无边的人道主义",最初实际上是一种仿型。

很多年以前,有一位法国文学理论家提出了"无边的现实主义"概念,在文艺理论批评界引起不小反响。在豆瓣网的网页上,有这样大致的介绍:《论无边的现实主义》是法国文学理论家加洛蒂的文学论著。选取了毕加索、圣琼·佩斯、卡夫卡三个人,从绘画、诗歌、小说三个角度对现实主义的当代形态提出了自己的观点,认为现实主义可以在艺术允许的范围之内进行"无边"的扩大,当然这种扩大也并非是毫无限度的,而是根据这些当代特有的作品,赋予现实主义以新的尺度。这是一部在当时轰动一时,后来又引起持续论争的伟大作品。

我没有细读这本书,但是对其主要观点感到言之成理,因为文学与现实的关系是既定的,甚至是永恒的,艺术不可能完全脱离生活,完全独立于现实社会之外。后来,在与恩师钱谷融先生的对谈中,我提到"无边的人道主义"这个话题,用来总括钱谷融先生的文学情怀,因为钱谷融先生一生所追寻和颂扬的就是对于人及其人性的尊重,并将此作为衡量文学创作的一个基本标准,认为文学不仅是人写的,写人的,而且也是表现人的,为人而写的。

这就是人道主义在文学中的表现。之所以说它是"无边"的,就在于

1

它一直涌动在人类生活中，是人类生存和发展的基本需要，会一直激发和推动人类的理想追求。通过艺术创作表达出对同类尤其是处于不断遭受灾难处境中的同类的怜悯和同情，这是人类精神和心灵的一种永恒需要，它不会穷尽，也不会过时的。

从比较宽泛的角度来说，人类的学问主要有两大门类：一是认识和理解自然，是人类面向外在的客观世界的学问；二是认识和理解人类自己，是探究人类自身状态、需求和存在本质的学问。前者大致可以归为自然科学领域，后者则主要由人文学科承担。从整个人类发展过程来说，认识自然和认识自我，不仅一直是互相渗透、影响和促进的，而且是缺一不可的，由此形成人类物质文明与精神文明建设的相辅相成、携手并进，保证了人类发展的和谐统一与可持续性。人类只有在发现、开发自然的同时，不断发现和认识自我，才能保证自己所创造的一切科技手段和物质成果为自己造福，而不是与人类自己为敌，制造灾难。因此，"认识你自己"——这句刻在希腊神庙的名言，确实道出了所有人文研究的真谛，而研究人、认识人、理解人、完善和发展人，自然也成了所有人文社会科学的基本立场和目标。

从主体性角度来说，人道主义也是人类一切人文学说、艺术创作的出发点，是人之所以为人的精神文化标记，是人类存在最初的精神家园。人不仅以"人"而活着，而且为"人"而发展，建造更适合于人类生存发展的家园，由此获得自我意识和存在发展的正当性和可能性。这当然既表现在物质方面，人类通过辛勤劳动和科技发展，不断丰富物质生活，而且还体现在精神方面，不断通过自然探索和自我认识来创造思想文化，满足自己的思想欲求和心灵需要。

这或许是从人类起源就开始的长途跋涉，物质和精神就像不断延伸的历史轨道，负载着人类生命的双重需要。也许正因为如此，中国古人就有"道不远人"的说法。这里所谓的"道"，就是人所追寻的生存发展之路、之方向，其中包括人类能够生存发展的一些基本道理、规则和准则；"不远人"就是不能脱离人的基本期许和需要，不能背离人性状态及其身心欲求。如果说，人类在一定范围和环境中做出自我牺牲的选择是必要的，那么也一定是为了人类整体意义上的存在，而绝对不是显示人类精神的崇高和荣耀；如果说，人类需要回归自然和保护自然，需要更加关注地球上其他动物的生存状态，那么也一定意识到了自己与它们的共同命运以及唇齿相依的状态，意识到爱护动物和保护生态就是爱护自己和守护自己的家园，否则首先灭绝的恐怕不是其他生命种类，而是人类自己。

　　显然，把人道主义归结为"人类中心主义"（这原本就是一个笼统的说法），或者以生态美学的名义，来指责和否定人道主义，都是有所偏颇的。固然，人道主义的中心是为人，但是这并不意味着人道主义是唯一的"道"，更不意味着尊重人和维护人的生存发展，就是要否定其他的"道"，通过否定和消灭其他生命物种来满足自己。在中国传统文化思想中，不仅有"人道"，还有"天道""地道"和"自然之道"，若按老子的说法，"故道大，天大，地大，人亦大。域中有四大，而人居其一焉。人法地，地法天，天法道，道法自然"，天，地、人浑然一体；由此，人类的生存发展不仅要遵循天地之道，而且要不断向大自然学习，通过自然来认识自我，在与大自然的和睦相处中找到生命的归宿，感受到生命存在的自在和永恒。正如洛克在《人类理解论》中所说："人们如果因为自己太不够伟大，不能把握一切，便冒昧地抱怨自己底天分，并且把他们手中的幸福都抛弃了，那就无话可说了，否则他们一定会找到充分的材料来开动自己底脑筋，来运用自己底两手，并且随时变换花样，妙趣横生。"

　　其实，当代人道主义遇到一些挑战，也并不奇怪，因为毕竟时代变了，人类遇到了很多新问题，它们不可能用旧的方法来解决，况且人道主义也有新旧之分，有是否适应于新现实、新环境之区别。很多对于人道主义的质疑和误解，都是有针对性的，所面对的都是他们所理解、所圈定的人道主义，所以也不能简单地把他们归结为反人道主义。

　　再说了，人道主义贵在实施和实践，将其转化为现实生活中的真实力量和社会效益并非易事，而提出一些更为堂而皇之的理论观念却并不那么费力。这正像在非洲救助一个饥民、在自然界挽救一种濒临灭绝的动物一样，其所投入的激情和资源，远比一些高谈阔论的学者更多，也更为艰难。所以，钱谷融先生对于一些否定人道主义价值的观点并不以为然。实际上，人道主义在现代中国的旅程并不平坦，遭受的非议实在太多。人们似乎已经遗忘传统文化中"道不远人"的古训，把对于人类状态的关注置之脑后，而更热衷于去追随表面宏大但内涵空泛、不切合实际的更为"正确"的理论，而每当一种新思想新学派出现的时候，总有一些人把它们和人道主义对立起来。

然而，奇怪的是，这非但没有减少人道主义的魅力，反而使其更加深入人心。究其原因，有一个让人不能不动容的事实就是，人道主义不仅是人类在面对苦难，不断历经苦难磨折过程中生发的，而且不断从磨难中汲取了精神和思想的力量。罗曼·罗兰（1866—1944）就是在纳粹集中营中修改《内心旅程：一个人道主义者的沉思》一书的，那年他已经 70 岁了。他在这本书前言中写道：

> 从有人感到欣喜若狂的"胜利"时刻起，我们便目睹伟大的苦难考验时期的来临。在德国入侵并完全占领法国的这些日子里，我关在维泽莱的住宅里。在这些漫长的日日夜夜，从高墙之顶看出去，在那伸向天边的大路上，可以望见惊恐万状逃亡的可悲的人群。在他们后面，阳光下尘埃滚滚，塞纳凯里卜的战车在奔跑。在那些不眠之夜，神思恍惚，耳朵不停地被成千上万的摩托化部队的隆隆声袭击，它们在飞奔中冲向深渊。此时此刻，思想（现在的思想领域已然被严酷地占领），却在寻求探索一条出路，或者是朝未来的方向，或者是朝过去的方向，寻求出路。①

---

① ［法］罗曼·罗兰：《内心旅程：一个人道主义者的沉思》，金铿然、骆雪涓译，上海远东出版社，2004 年版，第 1 页。

显然，这条出路，就是人道主义。

可以说，人类的苦难是人道主义的滋生地。因为苦难，人们意识到了人类所面临的危机和挑战，意识到了生命的尊严和可贵，意识到了人的卑微和渺小；因为苦难，人类才感受到了人与人之间关系的重要，感受到了爱，感受到了人类之共同的命运，感受到了人道主义的不可或缺的存在价值——这对于经历了数百年的艰苦磨难、经历过罕见的十年人道主义浩劫的现代中国来说，显得格外深刻。

中国文学当然表现得更加突出。从鲁迅的《狂人日记》到莫言的《蛙》，记录了中国20世纪的苦难史，也是人道主义在文学，更确切地说，在中国人心灵中的表现史。在这里，我从莫言的《蛙》中随意引一段叙述，都能感受到苦难在这位作家心理意识中的浸透，可以说，莫言的作品就是浸泡在一腔苦水中的创作：

> 袁脸是党支部书记，村里最大的官。他的话王脚不敢不听。疯骡把王胆咬伤后，我们都期待着再看一场好戏，但王脚一鞭也没打。他从路边石灰堆上抓起一把石灰，掩在王胆头上，把她提回家去。他没打骡子，却抽了老婆一鞭，踢了王肝一脚。我们指指点点地议论着那头棕色的疯骡。它瘦骨伶仃，眼睛上方有两个深得可放进一枚鸡卵的凹陷。它的目光忧伤，似乎随时都会放声大哭。①

在小说中，王脚是村里的车把式，有着神奇的鞭技，可以把那头疯骡子打得趴下，因为它咬了支部书记儿子袁腮。但是，当疯骡子咬了自己的孩子王胆时，他却没有任何惩罚的表示，反而莫名其妙打了自己的老婆，踢了自己的女儿。难道这位身高一米九、力大如牛的汉子不喜欢自己的家

---

① 莫言：《蛙》，上海文艺出版社，2009年版，第7页。

人吗？是一个随时给自己家人带来痛苦的恶魔吗？当然不是。在这里，人的境遇或许已经不如一头疯骡子，但是一定会有疯骡子一样的感受，因为人的境遇和困难，"似乎随时都会放声大哭"——如果你也读过莫言的小说的话。

当然，不能仅仅局限于中国语境来评价莫言的小说。人道主义原来就是一种宽广的、开放的思想情怀，它并不是唯一的主义，它和人类其他各种主义流派学说，存在着更多的相通相容之处，而并不存在水火不相容的对立关系。过去有人把人道主义和现实主义对立起来，用"战斗性"来否定人性和人际关系的和谐与温情脉脉；如今也有人认为现代主义和后现代主义来了，人道主义就已经过时了，其实表现了同样的思维误区。人道主义的生命力就在于它的开发性，在于它能不断发展，不断吸收人类的思想成果来丰富自己，永远不封闭自己。

所以，即便从以人为中心的维度，也并不意味着人道主义与保护环境、生态美学之类的新潮流背道而驰，因为从人类存在的本能出发，人道主义所寻求的正是一种有效的存在法则和发展方向。况且，人作为一种宇宙自然的产物，生命具有一种与生俱来的、天赋的尊严，所谓"宇宙之精华，万物之灵长"是一种不断被唤醒的自觉意识——这一点通过人类文化教育的熏陶，在历史上不断得到兑现和认定，其中也包含着对于宇宙万物的感激之情。所以，无边的人道主义意味着人类对无法穷尽的大自然的一种回应，而不是对抗，人在大自然中所感受和体验到大自然的无限性，正是孕育和滋养人道主义的根脉和空间。

为此，在中国文学中不难找到人道与自然之道相互依存的情致。如同一位日本学者所言："尤其在中国，这种关系更为紧密。这么说绝非过言：自古以来，中国文学很少不谈到自然的，中国文人极少不歌唱自然的。纵观整个中国文学，我们可以发现，中国认为只有在自然中，才有安居之地；只有在自然中，才存在着真正的美。"①

如果说人是文化的主体，那么自然之道就是人道之根和文化之母，老子所说的"道法自然"，就表现了这种同体关系。这也意味着人道及人类自我意识的生发，离不开自然，离不开人类对自然的感悟、理解和体认。按照老子的说法，"人道"和"自然之道"之间存在"此两者同出而异名"的关系，一个是"无名天地之始"；而另一个则是"有名万物之母"，沉默的自然孕育了人类，而可以言说的人类则能够为自然命名。这也决定人道主义不可能与自然主义完全脱钩，人生观和自然观也不可能毫无关联，它们总是互相影响和交合的，而人道和自然之道的关系，是我们把握人类精神文化的一把钥匙，不仅能够帮助我们打开人道主义文化渊源的原初之门，而且能够理解人道主义之所以能够"无边"的基础，进一步认识和把握人道主义的历史渊薮和内涵。

在西方文化中，也源源不断生产出类似的思想。例如，《从混沌到有序——人与自然的新对话》的作者，就对马克思、恩格斯的自然观进行了这样概括："对他们来说，认识自然就意味着把自然界理解为能产生人类和人类社会的自然界。"② 也就是说，人类意识中的自然，就是人类和人类社会的精神母体，其决定了人类精神存在的天然禀赋。

由此可见，人道主义虽然是一个古老的话题，但是具有常新的内容，说它"无边"，不仅在于人对自身完满有永远的追求，不会满足于某种已经到达的状态；对真善美有永恒的设想和期待，不会止步于某种设定好的生存发展情景；而且在于自然和生活本身是常新的，会不断变化和发展，不断向人类提出新的问题，甚至发出新的挑战，要求人类不断做出应答，不断反省和反思，不断检视自己的所思、所向和所为，不断塑造和建构新

---

① ［日］小尾郊一：《中国文学中所表现的自然与自然观——以魏晋南北朝文学为中心》，上海古籍出版社，2014年版，第1页。

② ［比］伊·普里戈金，［法］伊·斯唐热：《从混沌到有序——人与自然的新对话》，曾庆宏、沈小峰译，上海译文出版社，1987年版，第2页。

的自我。

所以，不断进行自我反思和批判，不断调整人类与自然的关系，是人道主义的应有之意，其中不能排除质疑甚至否定的声音。在这种面对质疑和反对过程中，人不能害怕自己，也不能害怕否定之否定，否则任何思想理论本身就成了一厢情愿的独角戏，成了被异化的产物。

由此来说，人道主义不是局限在人的范畴，而是具有无限的开放性和广延性，它会覆盖整个地球，而且还会随着人的欲望和脚步，延伸到外太空，延伸到整个宇宙，把它对于人的关怀和爱意扩展到所有生命活动中。也就是说，人道主义并不隶属于某个集团，某种思想定位，某种意识形态，只有具体历史时空中不同类型和对象化的人道主义，而没有被限定在某种思想规范和被统领的人道主义，给人道主义戴上某种特定的思想桂冠，或者把它纳入某种政治或阶级的范畴，都是一种狭隘的做法，都在制造人道主义的桎梏，甚至把人道主义当工具。人道主义是用一种共同信念和向往的纽带，把人类连接在一起，共同面对人类所面对的问题和挑战。

这也是人道主义之所以成为一种世界性、人类性语言的独异性，它能够穿越不同的经济体、文化传统和社会环境，在不同人群之间建构人类命运共同体。正如罗曼·罗兰从生活、首先是从他父亲那里感受到的："只要一开始谈话，就不复存在两个阵营，两个敌对的种族，大家都是两只脚的人类，人类的特性是笑颜，是合群的社会精神，是共同分享快乐，他那托钵兄弟的囊袋里，装满了生命的恩赐、快乐、忧愁、经验、眼泪继而戏言……"[1]

无边的人道主义正是对这种情怀的肯定，是在"对人的信心、对诗意的追求"这个意义上提出的。所谓"无边"并非终极，更不是核心和规律的指称；其义取之于《庄子·秋水篇》，"万川归之，不知何时止而不盈"，因为它"至大不可围"，"其若四方之无穷，其无所畛域"。其实，人道主

---

① ［法］罗曼·罗兰：《内心旅程：一个人道主义者的沉思》，金锵然、骆雪涓译，上海远东出版社，2004 年版，第 41 页。

义原本就是一种宽广、开放的思想情怀，不同于任何唯一的主义，也并不给人们提供任何问题的终极结论和解决方法；它不仅和人类艺术创作有不解之缘，而且与其他各种思想学说有相容相通相互映照的关系，由此也不断吸收各种思想力量，使自己不断发展。

在西方也是如此。人道主义一词的英语原文是 humanism，这个词最早可以追溯到拉丁文 humanitas，意为人性修养。英语的 humanism 被译成中文后，有时也被译为人文主义、人本主义等。称谓的不同也表明研究者各有侧重阐释了其不同的涵义。我们所说的人道主义，已不再是一种抽象的理论或理念，而是一种人生观和价值观，以此来观照人生、文学，乃至整个宇宙。这样，它既对人文主义、人本主义具有包容性，又表明了它的独立性。从 20 世纪起，现代中国文学与文学理论，就与人道主义结下了不解之缘，胡适之所以把五四新文学运动称为"文艺复兴"也是基于这样一个事实：新文学不同于旧文学，因为它是以活生生的人为中心的，是为了解放人和表现人的。中国的文艺理论和批评也由此有了新的价值尺度。

20 世纪以来，由于自然科学与生产力的迅猛发展，人类生活发生了重大改观，原来的思想体系和道德标准不仅无法预见和控制自然科学的运行，而且也不能解释和指导人类自己的存在状态和意义。在这种情况下，自然科学失去了人的意志的控制，物质世界开始与人的愿望作对，社会发展正在把人类引向自己不可预知和把握的方向，整个社会呈现出一种"人"的缺失状态。但是，"人"到底在哪里？什么才是真正、真实和存在着的"人"及其意义？人的心灵和精神在高速发展的自然科学和生产力面前是否还有意义、尊严和存在的价值？人类的精神文明是否还可以把握物质文明，并从中获得自我发展和完善的机会？这一切都把人的自我认识和发现推到了一种极致，使人们不能不对人本身进行新的思考，确立人类精神文明的价值和意义。

于是就有人提出人道主义已经过时，认为其已经成为道德和理想主义的陈词滥调，甚至宣告人类已经不再需要这种基本的关怀和同情，人道主义已经走向了终结之境。从表面上来看，这似乎在为人类摆脱文化困境，寻找新的出路，使人类能够卸下传统文化的重负，轻松自在地接受新的生活（我们承认很多新潮理论家确实是这样想、这样做的），但是深层思考就会发现，这是一种对人、对自我状态的一种回避和消解。如果，我们仅仅从话语和理论角度来进行推演，这种言说似乎自有其逻辑性和合理性，但是只要回到现实，面对人类目前的真实处境，面对不断发生的人道主义灾难，就会意识到人道主义仍然是一种必要的思想资源和现实诉求，要实现人与人之间平等和和睦，要使人人都能够得到尊重、爱护和生存发展的基本权力，恐怕是一项艰难的、没有穷尽的奋斗之路。

诚然，正如钱谷融先生所指出的："自文艺复兴以来，人道主义在西方经历几百年的发展，已成为西方文化的心理积淀。但在中国，人道主义还没有，或者正处于在构建之中。正是在这个意义上，人道主义不仅在现当代文学中，而且在今后一个相当长的时期内都不会丧失它的价值和革命意义。原因就在于中国的专制主义远远还没有被清算。因而，'中国现代主义'过早过激地宣布人道主义在中国时，无形中就为传统专制主义的复活起了推波助澜的作用。"显然，貌似激进的思想观念往往与专制的一元化思维模式相关，总是在强调唯一，不断用新口号、新主义来回避人生的基本状态，营造一种"瞒"和"骗"的思想氛围。

二、关于人道主义与"后人类主义"时代

在对待人道主义问题上，如果不走出绝对理念和"唯一正确"的思想圈套，不能真正回到人本身及其生存状态，自然就无法接受一种开放无边的生命情怀，也就不可能实现不同思想流派之间的交流和对话。在这一点上，也许我们并没有超出甚至达到叔本华当年的思想境界。

不能否认，人道主义亦有新旧、古今和中外之分，在不同社会、国度和时代有着不同内容，亦有不同的遭遇和命运。尤其到了 20 世纪，残酷无

情的战争和无数次的人道主义灾难，在一定程度上摧毁了传统文化所造就的完美无缺的道德观念体系和理想信念，在精神思想文化上形成了一系列分裂、紊乱和悲观状况。这种情景亦波及人道主义，出现了种种对人道主义怀疑、批判和否定的情绪和论说，甚至一度出现——或许至今还存在着反人道主义潮流。在西方，尽管人道主义文化积淀要比中国深厚得多，但依然无法遏制对于物化力量的迷恋和崇拜，人道主义也时常受到许多人的质疑，二次世界大战的爆发就与人们对暴力的迷恋和对人道主义的抛弃有很大的关系。

　　20世纪以来，在西方重要思想家中，对人道主义批判最为强烈的首推海德格尔，他对人道主义的挑战集中体现在他的《人道主义书简》中，他说："每一种人道主义不是以形而上学为基础，就是不得不成为形而上学的基础。每一次确定人的本质，都以对人的解释为前提，不去询问在的真理（不论是否知道），因此每一次确定的人的本质，都是形而上学的结果，一切形而上学所特有的东西，特别是涉及确定人的本质的方式时，都是'人道主义的'。因此，每种人道主义依旧是形而上学的。在定义人性时，人道主义并不是仅仅没有问及在与人的本质的关系，由于它的形而上学的起源，所以它甚至阻碍了这一问题，即不知道，也不理解它。"① 在海德格尔看来，西方的每一种人道主义（如古罗马人道主义、文艺复兴人道主义、启蒙运动的人道主义、马克思主义的人道主义等），都是建立在形而上学基础之上的，所以难免有概念化、抽象化的弊端。这样，海德格尔在试图摧毁西方形而上学的同时，也误解甚至放弃了传统人道主义的精神。恐怕也正是在这种观念支配下，海德格尔毫不犹豫地投入纳粹的怀抱，于是，在西方形而上学大厦尚未被摧毁之前，海德格尔作为人文学者的精神支柱却早已折断了。虽然海德格尔后来提出"诗意的人"的想象来弥补思想上的缺陷，但正如有人指出的"在奥斯威辛之后，写诗是残酷的"。可

---

　　① ［法］罗曼·罗兰：《内心旅程：一个人道主义者的沉思》，金铿然、骆雪娟译，上海远东出版社，2004年版，第224页。

见，一个思想家如果一旦完全受制于形而上的理论思维，一旦把绝对理念放在认识人生的优先地位，就会漠视人类的苦难，把追求"可信"的哲学变成"不可爱"、甚至残酷无情的教条和论说。（据王国维语）

"后人类研究院"的微信公众号有一篇刘艺博士的文章《后人类主义》，其中提到，后人类已不是新词，而且人们一提到带有"后"字这一前缀的相关概念，就会想到去中心，去崇高和去深度等后现代理论特点，实际上"后人类理论，在某种程度上，是在'后理论'时代之中，于技术语境之下，对'何以为人'的同步叩问。有关后人类主义的不同提法，必然与言说者的视角和知识领域相关，由此产生出哲学后人类主义、文化后人类主义等不同分野。无论哪一种独断的概括，受到赞许和质疑的声音可能同样多"。这似乎表明，无论人类社会和文化状态有何种变化，无论思想学术界有如何花样繁多、惊世骇俗的理论观念提出，但是不仅"人"并没有消失，而且都不能绕过"何以为人"的原命题，不能化解和解构人道主义意义和价值的存在。

因此我甚至认为，所有"反人道主义"的理论观念，从某种程度上都是"人道主义"的某种呈现，因为它们无不在延展着人道主义提出的问题，都在用各种方式、从不同角度对人道主义进行反思，并予以某种程度上的修正、纠错和补充。例如"后人类主义"就是一例，它早在1990年代中期就已经现身，重在揭示人在高科技时代的困境和危机，人类正在渐渐依赖科学技术而生存，而失去了人类自身的主动性和主导性，人正在变成"工具的工具"，被人造的无所不能的机制和手段所控制所左右，高科技发明的机器、物件和交流工具已经成为人们须臾不可离身的存在基础。"后人类主义"之所以能引起人们关注，在于它引发了对人之存在意义的持续思考。

所以，人道主义的魅力和活力，不仅来自于历史，来自于对人类命运和存在意义的持久追寻，而且来自其本身的多元性，不仅有各种各样的人道主义，而且有不断质疑和批判人道主义的人道主义。无疑，这并不排除在人道主义问题上存在的种种偏狭、僵化的认识，更不能忽视所谓新理论、新潮流和新观念以某种"超越"和"创新"的名义制造轰动效应，夺人眼球，在学术领域获取名利双收的效应。

这在中国也不例外。在现当代中国，一元化权利话语支配一切的阴影犹存，人们在打破传统的束缚之后，又迫不及待地建构新的思想枷锁。在这种状态中，人们习惯于在意识形态舞台争取绝对的先进和正确的话语权，往往用否定其他派别的方式来确定和巩固某一"正宗"和"权威"话语。于是，一些新的观念和话语，在它们刚刚显示自己之时，就有可能"被利用"，成为否定某种基本文化思想的武器。既然过去可以用现代消灭传统，用现代主义否定现实主义，那么现在用后现代主义的只言片语来消解人道主义也就并不奇怪了。近些年来，随着新潮话语层层密密争相登场，人道主义似乎已经过时，在一些人文社科和文艺批评中，出现了"只见话语不见人"的现象，在沸沸扬扬的话语浪潮中，"人已经死了"，自然也就不见了人的欲望、感情和性情，所见到的只有语言、符号、话语和话语权的争执不休，由此造就了中国社会特殊的精神和文化泡沫现象。

当然，造成这种泡沫现象的始作俑者并不是后现代主义，而是具体的文化操作者——人。因为后现代主义思潮的出现并非是和人道主义水火不容的，后现代主义思潮的出现并没有脱离西方人学的轨道。至于后现代主义有关"人已经死了"的说法，实指的是西方传统观念中的"人"，是在一系列价值标准和理性尺度所设定的条件下，以一种文化的方式、符号的方式存在，因此在某种程度上是一种虚构和假定的存在，犹如笛卡尔所言"我思故我在"的"我"，是理性思索和语言包装后的产物。人类要追求自我的本真存在，深究其来龙去脉；要想触及被形形色色的文化和符号系统再三包装后的人的本体存在，就不能不对以往的这个"人"提出挑战。尽管这种挑战是否成功还有待观察，但是后现代主义对人生的历史文化困境的揭示已引起人们足够的注意。如今人们生活在重重叠叠的文化包装之中，所接触的是各种各样的符号和媒介，本真的存在根本无法确定无处显示，自然需要更细微和深刻的关怀。如果有人能够大喝一声"你都活在符号和信息的复制之中，已经形同虚构"而能够唤起人们对本真自我的反省，自然是有一定意义的。这种意图和探索不仅与人道主义没有对立关系，而且表现了对人道主义更深刻的追求。

这种追求是引人注目的。尽管现代主义文化还处于生长时期，思想并不成熟，但是有一点可以肯定，它对人的追寻以及对人性困境的揭示，重心已从主体转向了本体，从现代主义所关注的心理世界转向了文化指认，并开始全面检讨人类文化资源及其累积过程的意义。在这个过程中，人类也许不再营造出某种完满的理论体系和终极精神，但是会创造出一种新的大方无隅的氛围，让各种各样的思想学说拥有自由自在的发展时空。而人类自己创造各种学说，然后又让它们彼此为敌，一个压倒另一个的文化时代将会成为过去。

这在英国学者凯蒂·索珀所著的《人道主义与反人道主义》一书中得到了呈现，书中列举了自 20 世纪以来西方出现的种种质疑和否定人道主义的学说，为人们展示了人道主义与反人道主义在西方博弈的学术图景。具体来说，就是"一方面，'人道主义'在传统上被赞许地用于指称人类中心主义和研究评价人性的世俗的方法；另一方面，这种人类中心主义现在已经开始受到来自'反人道主义'的攻击，'反人道主义'攻击它的理由是：它把它企望给予理性的或科学的认识的那个对象——人类——神话了"。①

这种反人道主义潮流在一段时间达到了一种极致。例如在 20 世纪 80 年代，就出现了一个极力否定人道主义思想的组织，据美国学者科利斯·拉蒙特在《人道主义哲学》中介绍："该组织是在 1979 年由牧师杰里·福尔韦尔、蒂姆·拉海伊以及其他右翼浸礼派宗教狂们创立的，它宣称，世

---

① ［英］凯蒂·索珀：《人道主义与反人道主义》，廖申白、杨清荣译，华夏出版社，1998 年版，第 7 页。

俗的人道主义和人道主义者们是美国以及整个世界的一切罪恶的本质根源。"① 接着，科利斯·拉蒙特在书中引述论敌蒂姆·拉海伊 1980 年出版的《为心灵而战》一书中的一段话，此书曾被反人道主义者奉为"圣经"：

> 当今多数人并未认识到人道主义是什么东西，以及它如何毁坏了我们的文化、我们的家庭和文明的国家，并且总有一天要毁掉整个世界。当今世界上的多数罪恶都可以追溯到人道主义，它已经左右了我们的政府，盛行于联合国，充斥了教育、电视以及生活中其它有影响力的东西。但是我相信我们还有时间来战胜人道主义，以扭转我们国家中道德的堕落，这种堕落已使我们滑向《圣经》中所说的"罪恶之地"。②

由此可见由人道主义引起的冲突多么激烈和深刻，也再一次证明了人道主义在西方社会生活和思想文化中的根深蒂固，以至于每当发生历史性巨变的时候，都会成为思想文化冲突的焦点。这种情景类似于孔孟之道在中国的遭遇，五四以来，"打倒孔家店"和"弘扬中国传统文化"一直是新旧思想、东西文化和现代与传统意识博弈的场域，双方时常会爆发出一些激烈、极端和激进的话语和陈词，由此表达人类社会变迁过程的急迫性和复杂性。况且，就人道主义和孔孟之道在传统文化中的地位和功能来说，它们也有极其相似的地方，在不同文化语境中，都具有某种宗教意味，但又不完全具有宗教性质和建制，只能说是一种"潜宗教"，却具有与宗教争夺话语权的某种可能性。

虽然在不同历史时期，不同的个体对人道主义的关注有不同的侧重，

---

① ［美］科利斯·拉蒙特：《人道主义哲学》，贾高建、张海涛、董云虎译，华夏出版社，1990 年版，第 1 页。

② ［美］科利斯·拉蒙特：《人道主义哲学》，贾高建、张海涛、董云虎译，华夏出版社，1990 年版，第 1—2 页。

但他们所遵循的人道主义的基本原则是不变的，那就是对人的终极关怀。布洛克在《西方人文主义传统》说："我认为人文主义（即我们所说的人道主义的另一种中文翻译，引者注）传统的最重要和始终不变的特点似乎有以下几点：第一，神学观点把人看成是神的秩序的一部分，科学观点把人看成是自然秩序的一部分，两者都不是以人为中心的，而与此相比，相反，人文主义集中焦点在人的身上，从人的经验开始。……但是，这并不排除对神的秩序的宗教信仰，也不排除把人作为自然秩序的一部分而作科学研究。但是这说明了这一点：像其他任何信仰——包括我们遵循的价值观，还有甚至我们的全部知识——一样，这都是人的思想从人的经验中得出的。人文主义信念的第二个特点是，每个人在他或她自己身上都是有价值的——我们仍用文艺复兴时期的话，叫做人的尊严——其他一切价值的根源和人权的根源就是对此的尊重。"① ——而我在这里更想强调的是，正因为人道主义是一种与专制和权力话语不同的共通话语，所以它在历史发展中，在人类文化及文学交流中，拥有永久的生命力。

也正因为如此，即便是在现代主义和后现代主义文化思潮和文学创作中，人道主义仍然保持着他们原有的魅力。任何一种有价值的、能够引起人们注意的思想成果或文学作品，不管它是现代主义还是后现代主义的，都首先取决于它对人类生存状态的深刻关注和关怀，都有赖于它所表现的对人类理想的期盼，都发之于它能够启发人、打动人的力量。因为只要人类存在，人道主义的追求就不会停止和消失。在这个过程中，我相信人道主义也在不断发展和更新，因为人类不断用自己的新体验新经验来理解人道主义，不断用新的解释、新的美学来丰富它，赋予它更丰满动人的内涵。

不过，在近百年来的文化转型和论争中，人道主义问题作为一个经久不衰的热点，呈现出越来越复杂多样的特点，不能仅仅从"人道主义"和

---

① 布洛克：《西方人文主义传统》，三联书店，1997年版，第223—224页。

"反人道主义"方面来理解。因为出于不同语境和理解方式，人道主义具有不同的面向，因而也会成为不同文化意识形态领域的产品，分别以思想、哲学、宗教或精神理想方式呈现自己。例如，在接触关于人道主义的论说时，经常会被世俗的人道主义、人道主义哲学、人道主义的宗教性等不同维度的论述所困惑，它们不仅在观念上有差异，而且表现了不同领域话语权的争夺。作为世俗人道主义在现实生活中的广泛传播，似乎已经侵入了宗教领域，威胁到了宗教的影响力，由此才会引起宗教界的激烈反弹。所以，面对蒂姆·拉海伊等人对于人道主义的声讨，科利斯·拉蒙特也不能不做出这样的解释："事实上，人道主义的最高道德目标，就是依靠理性、科学、民主、友爱等手段，去谋求全部人类的现世的幸福，人道主义对其他哲学或宗教的合理原则是兼容并蓄的，所以，尽管它把基督教的超自然的方面看作是富有诗意的神话，它还是吸取了'旧约全书'和'新约全书'中所提出的许多独到的观点。"① ——显然，这既是对于宗教界的一种妥协，也体现了人道主义兼容并蓄的包容性以及跨文化的能力。

三、关于人道主义美学的崛起与魅力

人道主义的这种兼容并蓄不仅为自己扩展了空间，显示了自己穿越哲学、宗教、伦理等领域的"无边"的性质和能力，也动摇了后者在人类文化中的话语权和正统地位，自然会引起它们的不适和恐慌。这在哲学界尤其如此。在西方，哲学历来占据着人文领域至高无上的位置，在理性和理论领域拥有不容置疑的话语权，然而随着人道主义的深入生活和深入人心，哲学以绝对理性及其观念体系来认识和解释世界的方式失去了往日的荣光，人们开始怀疑那种传统的思维方式的有效性和合理性，在哲学内部也不断生发出怀疑和叛逆的声音，而人道主义却以一种并不严密、深奥，

---

① ［美］科利斯·拉蒙特：《人道主义哲学》，贾高建、张海涛、董云虎译，华夏出版社，1990 年版，第 4 页。

但更具有亲和力和人性化的呈现方式，在不断赢得传统的宗教、哲学等学说退出的场域，以新兴哲学、宗教、道德的面目拓展着空间，所谓人道主义哲学、人道主义宗教等学说，就是由此应运而生的。

这表明，人道主义不仅有历史性、世俗性的一面，也有其先锋性、开放性的一面，与传统的哲学、宗教、道德体系不同，人道主义其实并没有一套严密的观念系统，甚至缺乏某种严格的概念界定和学科边界，所呈现的是一种笼统的甚至漫无边际的"精神"和"理想"，但正是这种被传统学术观念视为"不完满""不成体系"的"致命伤"，成就了其"无边"和无与伦比的传播和认同效应，因为人道主义的价值和魅力，并不来自它的体系和言说的准确性、严密性和逻辑性，而是它能够为人们提供"提高自己，造福人类"的途径："在这里，情感和想象力——当然是在理性和科学的训导之下——将产生出关于生活之美好、丰富及其价值的生动意识。"①

把一切人类精神文化追寻中的深奥命题，都世俗化、通俗化和简单化，用一般人都能接受和参与的形式展现出来，成为人们日常生活中可以了解并触手可得的现实，这是现代大众流行文化最重要、也最生动有效的体现。在这个过程中，大众流行文化的崛起和兴盛，为人道主义提供了推波助澜的天地，其借助各种具体的、能够打动人心的方式参与到活生生的现实生活中，满足人们日益增长的对于世俗幸福生活的向往和要求，不仅在一定程度上消解了宗教所提供的"永生"和"永恒"境界，而且使人们不再迷信传统哲学所建构的各种"绝对精神"和"纯粹理性"的终极价值，转而沉浸于以自我为中心的物质狂欢和精神沉湎之中。这种向往和要求也被科利斯·拉蒙特改头换面成为一种哲学观念，为其"人道主义哲学"开宗明义："无论是在东方还是西方，从古代哲学思考的最初时候起，深刻和敏锐的思想家们就提出了这样一个简单的命题，即人类生活的首要

---

① ［美］科利斯·拉蒙特：《人道主义哲学》，贾高建、张海涛、董云虎译，华夏出版社，1990 年版，第 18 页。

目的是为了谋求生存在这个地球上的、处于大自然（那是人类的家园）的范围之内的人的幸福。这种哲学主张对这个自然世界的丰富的物质、文化和精神资源进行享受并加以发展，并使之为人所及，它的含义是深远的，同时又是容易理解和合乎常识的。相对来说，这个以人为中心的人生理论在很长的历史时期内被人们忽视了。它曾经有过很多名称，但是我认为，作为一种哲学，它应该最确切地称为人道主义。"①

在这里，作为哲学的人道主义，已经完全不再具有康德的深奥、黑格尔的复杂，以及海德格尔的拗口难懂，相反，它具有大众流行文化的所有特征，简单、幸福、享受、为人所及、为人理解、合乎常识，等等，它并不渴求莎士比亚笔下哈姆雷特的高贵，但是一定不会拒绝"风流娘们"的打情骂俏，等等，可以说，所谓人道主义哲学，就是要把哲学从高雅的学术殿堂解救出来，成为具有世俗性的大众化的学问。

但是，这是否还能称得上是哲学吗？

其实，如果从文化生产策略和动机方面来考察，科利斯·拉蒙特之所以要把哲学和人道主义熔铸在一起，是因为哲学在人类文化史上的重要地位，这也是《人道主义哲学》这部书开篇就是"哲学的重要性"的原因所在："为了赢得人们的支持，作为一种哲学的人道主义曾与其它的哲学主张展开竞争，但是不论它与过去的和现在的各种哲学对手有多么深刻的分歧，至少在哲学本身的重要性这一点上，它与它们是一致的。这种重要性源于人类的各种持久需要：人类探寻其生活意义的需要，围绕着某种清晰的、坚实并具有强制性的存在观念而实现其人格完整化的需要，以及探求解决问题的确切可靠的方法的需要。哲学可以使个人、民族以及文明的发展历程明晰可鉴，并使之具有意义。"②

---

① ［美］科利斯·拉蒙特：《人道主义哲学》，贾高建、张海涛、董云虎译，华夏出版社，1990 年版，第 3 页。
② ［美］科利斯·拉蒙特：《人道主义哲学》，贾高建、张海涛、董云虎译，华夏出版社，1990 年版，第 3 页。

　　这是多么直言不讳且简单明了的陈述啊！人道主义之所以要戴上哲学的桂冠，就是因为哲学的"重要性"，能够进一步满足人道主义的"需要"，为其在文化和意识形态场域获得更多的话语权和精神空间添砖加瓦。如果说，二十世纪人类文化变迁中的一个重要事件，就是大众流行文化的快速崛起和以哲学为首的精英文化的衰落；那么，哲学的悲剧就来自于它的曲高和寡和高高在上，固守在象牙之塔之中，不愿意、或者很难放下身段，走到大众流行文化之中——当然，这不能一概而论，在多重情势的促使下，也有一些哲学家愿意在大众化和通俗化方面有所尝试，愿意回到生活，回到常识，回到最简单的命题，常识给哲学带来新的活力和生机。

　　大众流行文化势不可挡的根由之一，就是与哲学恰恰相反，其从来不拒绝向精英文化和传统经典学习和讨教，只要能够促进自身的丰富和传播，不惜用各种方式，包括乔装打扮挤进精英学术的殿堂，使自己得到具有"深刻""典雅"和"历史和美学"的某种认可和评价。尽管这并没有完全消除精英文化和传统经典对大众流行文化由来已久的冷眼相待，但是换取了大众流行文化在现实生活中的高歌猛进。当很多哲学精英在越来越狭窄的象牙之塔苦苦挣扎和悲叹"今不如昔"的时候，大众流行文化却通过报刊、电视、电影和互联网等新型媒体，获得了自我呈现的广阔天地。

　　人道主义哲学的提出和倡扬，无疑吸取了大众流行文化的思想和文化资源，具有传统经典哲学所没有的亲和力，简单、通俗和人性化，成了人道主义的通行证，而至高无上和高深莫测，则使人类传统经典文化的发展举步维艰。面对人道主义——作为一种体现人类追求世俗生活幸福的精神和理想——崛起的挑战，哲学采取了某种消解和对抗方式，首先是从经典哲学的角度加以否认，在形而上的空间进行奚落和贬低。很多坚持哲学纯洁性的学者都采取了这种方式。例如，海德格尔对于人道主义的一个著名判断就是"每一种人道主义都是形而上学的"，而《野性的思维》一书的作者克洛德·列维-斯特劳斯则说"我相信，人的科学的终极目标不是建构人，而是取消人"，而曾经打着"保卫马克思"旗号的路易·阿尔都赛，则热衷于谈论"马克思的理论上的反人道主义"① 等等，凯蒂·索珀在引述这些观点之后表示："引述这些评论的目的，不是要从那些在所关心的问题和采取的理论前提实际上大相径庭的作者们那里汲取什么东西，而仅仅是要指出存在于这种论述与具有英美传统的人道主义的有关论述之间的鸿沟——对后面这种人道主义者来说，一个人赞同'反人道主义'的观点是不可想象的。"②

问题是，这种人道主义与反人道主义之间的"鸿沟"到底是什么？在哪里？

毫无疑问，关于人道主义和反人道主义之间的鸿沟，并不仅表现在对人的属性与地位的定位和评价上，而且表现在思维方式和主体性上面。可以说，人在哲学上自古以来就没有缺席过，也一直占据着重要位置，但是一直到康德时代，哲学的话语权一直牢牢掌控在理性手里，绝对真理和纯粹智慧是哲学家所追逐的终极价值，而"人"一直伴随着这种终极追求，忽而活在概念里，忽而体现在语言中，忽而懵懵懂懂地穿过蒙昧地带，忽而在文本中莫名其妙地不幸"死去"，从来没有获得一种具有话语权的自主意识，而人道主义的逐渐做大，开始与理性争夺主导权和选择权，自然会引起一波又一波的否决和反对，而大众流行文化的"狂欢"和经典哲学的"静默"，为人道主义在人类文化变革时期的展演，提供了契机和舞台。

也正是出于上述原因，我更倾向于把人道主义理解为一种情怀和美学。也就是说，作为一种宽泛的人类文化精神和理想，人道主义固然具有哲学甚至形而上的某种内涵和气质，也不妨人们把它纳入哲学范式进行论说——就像层出不穷的饮食哲学、休闲哲学、建筑哲学、装潢哲学、修行哲学、经济哲学、文化哲学等一样，但是其最主要且最具有吸引力的，是

---

① 以上转引自 [英] 凯蒂·索珀：《人道主义与反人道主义》，廖申白、杨清荣译，华夏出版社，1998 年版，第 5 页。

② [英] 凯蒂·索珀：《人道主义与反人道主义》，廖申白、杨清荣译，华夏出版社，1998 年版，第 4 页。

一种美学情怀，这就是对于人类自身命运和处境的感动、感怀和感悟，其中包括对于人类苦难的悲天悯人的同情和刻骨铭心的记忆，以及由此表现出的对于人类美好未来永不放弃的追求。

在这种历史语境中，人道主义美学原则的崛起是一种必然。这种崛起既是对人类社会状态的一种回应，也是人类面对逆境和困境，在新的历史条件下寻求出路的一种精神追求，不仅为文学的发展开辟了广阔的道路，更揭示了一种沟通东西方文化，寻求对艺术共同理解方式的可能性的存在。尽管当今人类文学艺术出现了多种多样的流派和观点，在艺术思维和表现方式上更是花样百出，甚至出现了"元宇宙""智能美学""后人类美学"等令人目眩的概念，但是万变不离其宗，人道主义仍是其渊源和灵魂所在，它所表现出的对人本身存在状态和意义的关注，所探索和追求的人类终极关怀，所不断自我检讨的人类基本态度，始终是贯穿于各种学说和学派中的基本精神。至于文学生命活动力，无疑表现在对美的感受、体验和展示之中，创造一种令人迷醉的审美境界。而这种美及其显示，无疑又是与人本性的愉悦自由紧密相关的。

可以说，这是一种"大美学"观念，其中最核心的意味是"对人的信心，对诗意的追求"（钱谷融先生语），尽管它很难用某种明确的概念来概括和表达，但是却有着"大象无形""大方无隅"的美学意味。对此高尔泰提出一种"广义的人道主义"的提法值得参考："广义的人道主义并不专指文艺复兴精神，而是通指古往今来这样一些思想和努力的总和，这些思想和努力在不同的社会历史条件下有不同的具体内容，但都把人放在优先地位，把人作为最高的价值和终极目的，以人为万物的尺度。一切从人出发而又为了人：在实践上肯定人的本质，维护人的尊严和自由，谋求人的解放和人的全面发展；在理论上则把人的解放程度，即人的本质的实现程度，作为衡量一切文明，文化，包括一切经济政治制度进步程度的标志。"①

---

① 高尔泰：《美是自由的象征》，人民文学出版社，1986年版，第230页。

人道主义美学的意味和价值正是在人类对自己"无知"和"狂妄"状态中显露的。因为这种无知和狂妄,"人"本身的意义才有可能显露出来,成为人类艺术探索的对象。而自然科学和人文科学发展的不平衡,则成为了人道主义美学原则揭竿而起的历史契机。当物质文明呈现出"吞噬"精神文明的时候,人类只能用自己的思想和心灵来对抗物化趋向,把人的精神、想象和观念注入到物质活动之中,使世界更加人性化和理想化。

当然,这并不是全部。人道主义美学的崛起并不仅仅是为了和"物化""异化"和"工具化"的世界对抗。正像人们期待的自然科学与人文科学能够联姻一样,人道主义美学的魅力还在于不断从新世界、新时代吸取资源,追求与现代物质世界实现和谐和互补,不断与现实生活形成一种新的对话。因为与传统理念不同,人道主义美学是面向人类未来的,它不仅无法割断自己与人类精神历史的联系,并不拒绝其他既有的美学思想与方法,而且不会割断与现代社会发展连接的脐带,并且期待在新的文化语境中有更丰富的创新。这种联系为现代文学艺术发展带来了两个最明显的特征。

一是随着自然科学的急速发展,很多发现和发明,已经超越了原来的学科领域和范畴,直接介入社会科学和文学艺术领域,甚至直接参与了文学艺术创造,一方面对文学艺术提出了新的问题和挑战,另一方面也拓展了文艺美学的视野和思路,造就了层出不穷的新观念和新学说。在这种情境中,人道主义美学表现出一种从未有过的包容性,不仅是人文科学和艺术研究的重要命题,而且也逐渐成为自然科学、人文研究和文学艺术共同关注的对象。随着生命科学、生物科学、脑科学、基因科学的深入发展,人及人之存在状态,以及与社会转型与变革之间的密切关联,已经成为自然科学与人文科学会聚的焦点,并由此产生出许多新兴的交叉学科和思想观念。由此,人道主义不再是一种局限于人的孤独、单一的学问,而是人类认识、探索和创造精神的大熔炉,成为连接和沟通各种学科学问的桥梁,成为实现人类物质文明与精神文明融会贯通的知识体系。

　　二是在新的知识体系和文化语境中，人道主义美学拥有了一种跨文化、跨性别、跨种族的文化视野，其思想基础突破了旧有的精神与物质、意识与存在、心灵与肉体、个性与社会等二元对立模式，把"人"推向了它们互相交流、依存和转化的状态。人和人道不仅是理性的，同时也是有血有肉的；不仅是物质的，同时也是精神的；不仅是文化的载体，也是文化的主体和本体；不仅活在过去和当下，而且活在未来；不仅能够触及终极的彼岸，同时可以在现实中找到归宿；……在无穷尽的想象和探索中，人道主义美学与时俱进，表现出一种不断自我刷新的文化品性，在人的物质文明和精神文明发展的平衡中显示自己的生命活力。

　　在这种新的语境中，人道主义已经融入到了广阔无垠的宇宙之中，其精神和理想将会呈现出更为无限、无际和无边的广延性和渗透力，呈现出一种博大的、更具有包容性的美学情怀。

第二讲 "文学是人学"的魅力

一、"文学是人学"理念的提出

"文学是人学"是钱谷融先生提出的，所以先得从钱谷融先生说起。

钱谷融，1919 年 9 月 28 日生，2017 年 9 月 28 日逝世，祖籍江苏武进，原名钱国荣，1942 年毕业于国立中央大学国文系。历任重庆市立中学教师，交通大学讲师，华东师范大学讲师、教授、博士生导师、文学研究所所长，《文艺理论研究》主编。长期从事文艺理论和中国现代文学的研究和教学，自称是"一个一辈子生活在校园的人"，有《论"文学是人学"》《文学的魅力》《散淡人生》《〈雷雨〉人物谈》等著作传世。钱谷融在《我的自白》中说："我喜欢读书。喜欢随意地、自由自在地、漫无目的地读书。这样的读书，能使我游心事外，跳出现实的拘囿，天南地北，海阔天空，纵意所如，了无挂碍。真是其乐无穷。自然，读书有时也会给我带来惆怅与忧伤。但那是种甜蜜的惆怅，温馨的忧伤。我还是喜欢的。一切书本上的知识，最宝贵的是关于人的知识。读书的首要目的就是了解人。要通过书本来了解人，读书时就必须善于设身处地，反求诸己。于心有得，再推己及人。如此反复推较，可以知人，可以论世。我爱读的书是：《论语》《庄子》《世说新语》《红楼梦》《鲁迅全集》。"

"文学是人学"是钱谷融先生在 1957 年提出的。这一年，注定是中国现代思想文化上颇有深意、行迹诡异的年份。1955 年，曾经在中国现代文学史上盛装出演的"七月派"及与胡风有所"密接""次密接"的一些作家批评家，被打成"胡风反革命集团"而受到凌侮，纷纷陷入牢狱之灾。在文学界、知识界惊魂未定之时，1956年党发出了"百花齐放，百家争鸣"号召，各个高校学术单位开始鼓励专家学者参与"大鸣大放"和各种学术活动，鼓励创新，而在其背后，一场极其严厉和残酷的"反右"运动同时在紧锣密鼓地进行，很多学者、作家、艺术家陆续被列入"黑名单"，甚或被认定为"右派分子"而受到惩治，有的被开除公职，遣返老家，有的甚至入狱劳教劳改。

介于当时的局势，在钱谷融先生任教的上海华东师范大学中文系，也在营造一种热火朝天的学术气氛。时任系主任的许杰先生前一年参加了在北京召开的繁荣科学和学术研究的大会，现场聆听了毛主席关于"百花齐放，百家争鸣"的讲话，后又受到毛主席接见，心情激动自然溢于言表，也鼓励青年教师积极参加科研学术活动。钱谷融先生就是在中文系领导再三鼓励下写这篇论文的。而就在1957年3月，华东师范大学筹备一次大规模的学术讨论会，钱谷融先生应会议主办方的动员和邀请，撰写提交了《论"文学是人学"》一文，并在这年《文艺月报》5月号上得以发表，没想到立即引来不同反响。5月5日，《文汇报》在第一版以《一篇见解新鲜的文学论文》为题，对钱谷融的论文大加褒奖；但是同时就有人出来批判，称这篇文章"宣扬人道主义的货色"，由此拉开了近半个世纪对于"文学是人学"理论观念的批判和论争。钱谷融先生也因此受到长时期的冷落，前前后后当了38年的讲师，在教学科研方面也受到一定限制。

据钱谷融先生生前回忆，这篇论文成稿前后，曾向很多同道交流和征求意见，成稿最初定名为《文学是人学》，最先送给许杰先生请教，许杰先生看后非常赞赏，但是建议把题目改成《论"文学是人学"》，钱谷融先生接受了这个意见。

正如题目所示，这篇论文观点鲜明，开门见山便是：

高尔基曾经作过这样的建议：把文学叫做"人学"。我们在说明文学必须以人为描写的中心，必须创造出生动的典型形象时，也常常引用高尔基的这一意见。但我们的理解也就到此为止，——只知道逗留在强调写人的重要一点上，再也不能向前多走一步。其实，这句话的含义是极为深广的。我们简直可以把它当作理解一切文学问题的一把总钥匙，谁要想深入文艺的堂奥，不管他是创作家也好，理论家也好，就非得掌握这把钥匙不可。理论家离开了这把钥匙，就无法解释文艺上的一系列的现象；创作家忘记了这把钥匙，就写不出激动人心的真正的艺术作品来。这句话也并不是高尔基一个人的新发明，过去许许多多的哲人，许许多多的文学大师都曾表示过类似的意见。而过去所有杰出的文学作品，也都充分证明着这一意见的正确。高尔基正是在大量地阅读了过去杰出的文学作品，和广泛地吸收了过去的哲人们、文学大师们关于文学的意见后，才能以这样明确简括的语句，说出了文学的根本特点的。

然而，正如史料所记，《论"文学是人学"》发表后马上就有非议，由有关文化意识形态主管部门发起，在全国范围内引发了一场大批判。一年后，新文艺出版社很快就出版了《"论'文学是人学'"批判集》（第一集），更摆出一副大张旗鼓、大干一场的架势。对于钱谷融先生的这篇论文，新文艺编辑部在《"论'文学是人学'"批判集》（第一集）"前记"中如此定调："《论"文学是人学"》是一篇系统地宣传修正主义文艺观点的文章，它广泛地涉及文艺理论领域的许多重要问题，从反对文学反映现实这个历史唯物主义的根本命题出发，用所谓人道主义这条线索把许多问题联系起来，企图以此来解释一切文学现象。"

很多著名文人学者加入了这场批判运动，钱谷融先生也因此经历了20余年的磨难，但是这漫长的批判岁月并没有改变他的初衷，更没有磨灭掉这篇论文的思想魅力。在钱谷融先生看来，一切思想学说，一切政治和经济举措，都应该有助于人的美学理想的实现，增进人类幸福，这才符合人道主义精神，而这种人道主义的基本点就是"把人当作人"。很多年之后，我在法国作家萨特所著《存在主义是一种人道主义》一书中，看到了类似的说法，感受到一种跨越国度和文化界限的人类共同的情怀。萨特曾这样阐释首先作为人道主义的存在主义理论的"第一原则"：

> 我们说存在先于本质的意思是什么呢？意思就是首先有人，人碰上自己，在世界上涌现出来——然后才给自己下定义。……人就是人，这不仅说他是自己认为的那样，而且也是他愿意成为的那样，人除了自己认为的那样以外，什么都不是。……我们的意思是说，人首先是存在——人在谈得上别的一切之前，首先是一个把自己推向未来的东西，并且感觉到自己在这样做。[①]

而萨特接下来的论述，则直接针对现代社会中人的工具化和物化现象：

> 其次是只有这个理论配得上人类的尊严，它是唯一不使人成为物的理论。所有的唯物主义理论都使人把所有的人，包括他自己，当作物——也就是说，当作一套预先决定了的反应，与构成一张桌子，或者一块石头的那些质地和现象的模式并无二致。我们的目的恰恰是建立一个价值模式的人的王国，有别于物质世界。[②]

当有人质疑这种学说所表现出的悲观主义情绪时，萨特的回答是：

---

① ［法］让-保罗·萨特：《存在主义是一种人道主义》，周煦良、汤永宽译，上海译文出版社，1988 年版，第 8 页。

② ［法］让-保罗·萨特：《存在主义是一种人道主义》，周煦良、汤永宽译，上海译文出版社，1988 年版，第 21 页。

"你会看出它不能被视为一种无作为论的哲学,因为它是用行动说明人的性质的;它也不是一种对于人类的悲观主义描绘,因为它把人类的命运交在他自己手里,所以没有一种学说比它更乐观的。它也不是向人类的行动泼冷水,因为它告诉人除掉采取行动外没有任何希望,而唯一容许人有生活的就是靠行动。"① 所以,萨特所说的人道主义,有时是一种行动的人道主义。

当然,这只是萨特的人道主义,其魅力和活力,在我看来,并不在于一种理论的推演,而是一种情怀,来自于他对于人类所承受的难以摆脱的悲剧状态的体验和反抗,来自于他对于人的世界的向往和追求。

人道主义在中国同样如此,因为它一直与中国人争取自己的生存权和发展权连在一起。可以说,作为一种人道主义美学原则的崛起,《论"文学是人学"》在当代文学发展中举足轻重,虽是逆水行舟,但是其激起的浪花波及了文艺理论与批评的各个方面,也记录了当代中国文学所经历的悲欢离合。它以一种博大的人道主义情怀,第一次系统、完整地阐述了"文学是人学"的历史内涵和普遍的美学意义,并把它看作是超越一般创作方法和流派的艺术标准,是一把开启和深入文学殿堂的"总钥匙",正如文中所说的:"文学作品的历史地位和社会意义,首先是从它描写人,对待人的态度上表现出来的。"随着历史变迁和社会进步,这一理念被越来越多的人所接受,而人道主义美学也在突破种种旧有僵化思想模式过程中,不断吸取各种新的艺术创作的馈赠,不断向着更广泛的生活和思想领域拓展,显示出常新的思想魅力。也许正因为如此,"十年动乱"结束后,人们首先想到的是恢复人的尊严,重新认定人的价值,形成了人道主义的再次回归。而文艺理论和批评的复兴,也正是从重提人道主义的魅力开始的。

这种魅力首先来自于钱谷融先生对历史文化资源的深刻理解和发扬光

① [法]让-保罗·萨特:《存在主义是一种人道主义》,周煦良、汤永宽译,上海译文出版社,1988年版,第20—21页。

大。钱谷融先生在《论"文学是人学"》一文中说：

> "人道主义精神，人道主义理想，却是从古以来一直活在人们的
> 心里，一直流行、传播在人们口头、笔下的，我们无论从东方的孔
> 子、墨子，还是从西方的苏格拉底、柏拉图等人的言论著作中，都可
> 以发现这种精神、这种理想。虽然随着时代、社会等等条件的不同，
> 人道主义的内容也时时有所变动，有所损益，但我们还是可以从中找
> 出一点共同的东西来的，那就是：把人当作人，对自己来说，就意味
> 着要维护自己的独立自主的权利；对别人来说，又意味着人与人之间
> 要互相承认、互相尊重。所以，所谓人道主义精神，在积极方面说，
> 就是要争取自由，争取平等，争取民主；在消极方面说，就是要反对
> 一切人压迫人、人剥削人的不合理现象，就是要反对不把劳动人民当
> 作人的专制和奴隶制度。①"

正是在这种历史文化的感悟中，钱谷融先生意识到了人道主义精神和
理想的美学价值，并将其推向了文学理论的中心位置，试图唤醒当时文学
创作与批评中被遮蔽的人的存在意识，恢复人在文学活动中的主体地位，
给文学注入人道主义的精神活力。

古人言："道不远人。"中国传统文化的根基就是"人学"，孔子之
《论语》，核心观念就是"仁"。孔子再三所说的"仁者爱人"，表现了一种
涵盖群体关系的人学理想，其既是社会的，也是伦理血缘的，因为"仁"
还显示一种由爱构成的两性关系，为"夫妇之大伦"奠定了基础。所以，
把儒家学说称之为"人学"合情合理，其所显示的以友爱为本的人际关
系，至今还具有现实意义。可惜，这种人学理念后来遭到了误读和替换，
以权力为中心的文化意识形态日渐强势，甚至形成了对人及人性的控制和

---

① 钱谷融：《艺术·人·真诚》，华东师范大学出版社，1995年版，第81页。

压抑。特别是宋明以来，中国传统文化中人性、人道主义和人学因素，非但没有得到张扬，反而受到了封建专制制度从未有过的压制、曲解和压抑，"官学一致"的思想教条和控制深深戕害了中国人的生存和心理状态。正是在这种情景下，西方的人道主义、人文主义及其人性解放的理论，在20世纪初的中国思想文化界获得了广泛认同，成为"五四"新文化运动中"人的发现"的思想基础和武器。

　　一种学说的崛起与发展，总是体现了某种社会发展的历史要求，与人们对于理想生活的希望与追求密切相关。西方文化语境中的人道主义也是如此，其与思想学术上的人文主义并行不悖，后来在文艺复兴运动中得到了发扬光大，后来又得到启蒙运动、工业革命、政治改制、科学至上等社会潮流的推助，奠定了西方现代性和现代化的文化基础。在西方，从文艺复兴开始，人便逐步摆脱了神的束缚而成为了历史文化的主体，同时也成为了人文理论的核心问题。莎士比亚借哈姆雷特之口所喊出的人是"宇宙的精华、万物的灵长"，成为了那个时代的强音。可以说，对人的关注在现代意义上是新生的人文学科诞生的标志，而人的问题从此也成为了几乎所有思想家、哲学家们所关注、思考的核心问题；人文科学以及哲学、伦理学、美学的发展过程，也是人们对人本身及其相关问题的一个不断再认识的过程。

　　尤其是20世纪以来，通过很多哲学家，如尼采、弗洛伊德、福柯等人的不断探索，人对自身的认识更为深化和深刻，提出了很多新的命题和理论。虽然有的后现代主义哲学家提出"人死了"，但是细细道来就会发现，他们所说的"人"是被以往文化所塑造和认定的"观念人""符号人"或者"虚拟人"，也并非是他们所期望的人及人性状态。透过这种充满悲观意识的理论，人们或许能够看到以往不适当地加在人和人类头上的很多理性光环——破碎，取而代之的是一个真正的人或者说是人的真实的生存状态。

　　人的问题同样是马克思主义的出发点和关注的核心。在《德意志意识形态》里，马克思和恩格斯就这样说："德国哲学从天上降到地上，和它完全相反，这里我们是从地上升到天上，就是说，我们不是从人们所说的、所想象的、所设想的东西出发，也不是从只存在于口头上所说的、思考出来的、想象出来的、设想出来的人出发，去理解真正的人。我们的出发点是从事实际活动的人。"这也就是现实的人，实践的人，是作为"一切社会关系的总和"而出现的人。

所以，这里的"人学"，不仅贯穿着人类对于自身状态的思考，而且洋溢着对未来理想的憧憬，而这种理想的根须就扎在人的生活实践中。在《1844 年经济学哲学手稿》中，马克思还提出了"人也按照美的规律来塑造"的著名论断。因此说，人学与美学是互相吸引的，人道主义美学观和艺术观正是这二者"合二而一"的思想历程。因为人不能没有美，不能不追求美创造美，以完成对人的完整的理想和自我生命状态的期盼；而美永远离不开人，它无论是客观还是主观，是无意识还是意识，是情趣还是理趣都是人的美，都必须能够引起和给予人以健康、愉快和美妙的生命感受和体验。美也许是虚无缥缈、不可名状和莫可言说的，但是其中永远包含和显示着人的生命存在。就此来说，人学的最高境界也就是一种美的境界，因此也必然通向艺术创造：因为只有在美学和艺术状态中，人类才可能突破一系列既定的范式、概念和观念的制约，体验和感受到自身生命的魅力。如果说人生的极致是美的体验和发现的话，那么美的渊源就是人本身及其创造。

显然，马克思这里所说的"人"和"美的规律"，都具有一种普遍的人类性特征，而并非是被限制在某一种族或国家范围内的，这无疑为马克思主义人道学说提供了沁入人心的广阔天地。萨特就吸取了这种人类命运与共的思想。他曾如此诉说人道主义"超越限制"的可能性："其结果是，任何一个企图，不管会是多么个别的，都具有普遍价值。任何意图，即使是一个中国人的，或者一个印度人的，或者一个黑人的，都能为一个欧洲人所理解，说它能够被理解，就是说这个 1945 年的欧洲人会挣扎出某种处境而以同样方式对付同样的那些限制，并且可以在自己心里重新形成那个中国人，或者那个印度人，或者那个非洲人的意图。任何意图都有其普遍性；在这个意义上，任何意图都是任何人所理解得了的。并不是说这个意图或者那个意图能够永远解释人，而是说它可以反复用来参照。"①

二、"文学"与"人学"的结缘

可以说，马克思主义的中国化就是在这种普遍化基础上实现的，一个远在万里的德国人的思想，征服了中国人的心，得到了中国人的认同和理解，并取代了几千年来在中国占据统治地位的儒家学说，成为当下中国文化意识形态的理论基础，不能不说是一种倒转乾坤的奇迹，最鲜明地体现了文化大交流的时代特征。

这是一种对于思想和学说超越国族界限的、跨文化的重新塑造。无疑，20 世纪以来，人学和人道主义在中国是以一种新的价值观和文化观出现的，其提倡就有一种"舶来品"色彩。这不仅因为五四新文化运动矛头所向是僵化的中国传统文化体制，倡导者无不受到了西方文学的影响，所以借西方文化之剑消除专制文化之弊，用人道主义文学打破传统的封建礼教制度；而且还反映了中国当时社会文化历史状态的特殊性，官府腐败，社会凋敝，生活贫穷，文化和学术不振，中国迫切需要一场狂飙突进的思想解放运动。

在这个过程中，这种以人为本的思想在中国有时也被译为人文主义、人本主义、人学、人文精神，等等，其称谓不同表明倡导者和研究者所侧重问题和领域不同，具有不同的重心和重点。就此来说，钱谷融先生所说的"人学"，重心不在阐释某种抽象的理论或理念，而是以一种美学情怀和眼光观照人生和艺术创作，具有广阔深厚的历史意识，显示了文艺美学

---

① ［法］让-保罗·萨特：《存在主义是一种人道主义》，周煦良、汤永宽译，上海译文出版社，1988 年版，第 23 页。

的包容性和独立性。也就是说，文学中的"人学"不同于哲学、历史、经济学等学科中的人学，而具有自己鲜明的特性，这就是它的具体性和艺术性。

毋庸置疑，作为人文精神和学科的一块基石，人学的理论指向是宽泛的，能够扩展到整个文化和意识形态之中。正因如此，"人学"如今已是一门显学，拥有多种流派和学派，其共同特点就是以人本身为对象和目的，渊源于人类自我认识和理解，重视人类自我发展的内在需求，都在追寻一种完整的和完美的人的理想，已经成为贯穿于整个人文学术历史及其思想发展中的一种基本精神，其意蕴和意义是多样化和多维度的。

人学的根脉无疑深扎在历史沃土之中。在西方，这种情景或许在文艺复兴时期就已经萌生，而文学艺术创作特别突出地表现出了这一点。它们以一种能够打动人、触动人心灵的方式，体现了人性的自觉，呼唤人类能够摆脱世俗权力化的神学的束缚，回归人性的自然状态。这时候文学中的人学就与人道主义发生了密切的亲缘关系，文学艺术最先感知并呈现了人们身心的脉动及人性解放的渴求，为人道主义的崛起注入了张扬的生命活力，而人道主义理念的生发反过来为文学开辟了道路与空间，激发了人学的发展，在文学和人学之间架搭了新的桥梁。

这也是现代中国文学与人学结缘的主要原因。胡适之所以把五四新文学运动称为"文艺复兴"也是基于这样一个事实：新文学不同于旧文学，因为它是以活生生的人为中心的，是为了解放人和表现人的。中国的文艺理论和批评也由此有了新的价值尺度。但是，在风风雨雨的一个世纪当中，这种理论价值尺度却一直处于飘摇之中，它不仅经历了一个难以想象的被批判和误解的过程，而且一直面临着各种各样的现代思潮的夹击和质疑。"人"曾经几次被抬举到理论思潮的浪尖，被倍加崇尚或严加批判。而正是在这历史过程中，人道主义成了另外一种文艺理论和批评状态的尺度：从它的遭遇和处境中，可以看到现代中国文学及理论批评的命运和走向世界的意义。

五四新文化运动是以"人的发现"为起点的。从鲁迅早年提出的"立人"思想到周作人提出"人的文学",从陈独秀的"平民文学"到文学研究会的"为人生",都围绕人的觉醒和解放做文章,胡适称五四新文学运动为中国的"Renaissance"(文艺复兴),表现了一种跨文化的思维,用"人的解放"勾连起了中国文学与世界文学的联系。而周作人的《人的文学》就是在这种情况下提出的,成为建构五四新文学文艺美学的关键话语。显然,周作人的文学观中并非没有传统因素,但是当时却主要有感并借助了西方文艺复兴和启蒙主义思想来建构其"人的文学"。他在文章中说:"欧洲关于这'人'的真理的发见,第一次是在十五世纪,于是出了宗教改革与文艺复兴两个结果。第二次成了法国大革命,第三次大约便是欧战以后将来的未知事件了。女人与小儿的发见,却迟至十九世纪,才有萌芽。古代女人的位置,不过是男人的器具与奴隶。中古时代,教会里还曾讨论女子有无灵魂,算不算得一个人呢。小儿也只是父母的所有品,又不认他是一个未长成的人,却当他作具体而微的成人,因此又不知演了多少家庭的与教育的悲剧。自弗罗培尔(Frobel)与戈特文(Godwin)夫人以后,才有光明出现。到了现在,造成儿童学与女子问题这两个大研究,可望长出极好的结果来。中国讲到这类问题,却须从头做起,人的问题,从来未经解决,女人小儿更不必说了。如今,第一步先从人说起,生了四千余年,现在却还讲人的意义,从新要发见'人',去'辟人荒',……"①

可见,要创造"人的文学",首先要回到常识,回到人的原初状态,回到真实的人。就此来说,我们不能不面对文化意识形态对于人的多重遮蔽和"蒙骗"。一是以往传统道德观念对于人的过高要求和过度理想化,忽略了人之存活的基本状态,也就是过度强调和夸大了精神性存在,反而忽略了物质和肉身的存在,尤其没有关注普通人和底层人的人性和生活状态。二是受到过度物质化、功利化、工具化等思潮和思想方式的影响,以

---

① 周作人:《人的文学》,《新青年》第五卷第六号。

纯粹商业化、市场化为价值判断和衡量标准，把人当作"物"，当作工具，无视人的文化精神需求，以及对于温馨和温暖社会的期望和追求。三是出于权力机制和意识形态的要求，强调用既定的观念形态改造人，塑造人，用种种花样百出的手段和方式，生产和制造"观念人""符号人"等等。

孙犁在一篇文章中谈道："现在和过去，在创作上都有假的现实主义。"① 这句话是否可以用在"人学"和"人道主义"方面还需要讨论，但是从历史上看，回顾百多年来的文学创作历程，确实存在着很多虚假、空洞的作品，它们标榜是为人民服务的，有些研究和评论也是如此恭维它们的，但是实际上是功利主义，是概念化的产物。

五四时期人学的基调是个人主义和个性解放。例如鲁迅当时提倡"排众数，任个人"，郁达夫认为五四运动的最大成就就是"个人的发现"，并说这个"个人"是一种独立的、不依附于君主和家族的现代人，等等，都表达了类似的意思。所以朱自清先生后来总结说，五四时期周作人等人提倡的人道主义，主要是指"个人主义的人间本位主义"。这一点其实在周作人的《人的文学》中不难找到根据，周作人写道："我所说的人道主义，并非世间所谓'悲天悯人'或'博施济众'的慈悲主义，乃是一种个人主义的人间本位主义。这理由是：第一，人在人类中，正如森林中的一株树木。森林盛了，各树也都茂盛。但要森林盛，却仍非靠各树各自茂盛不可。第二，个人爱人类，就只为人类中有了我，与我相关的缘故。墨子说'爱人不外己，己在所爱之中'，便是最透彻的话……所以我说的人道主义，是从个人做起。要讲人道，爱人类，便须先使自己有人的资格，占得人的位置。"

周作人后来在自己文章中还不断强化这种观念，例如他还如此强调过个人主义在中国的重要性："歌谣是民族的文学，这是一民族之意识，是全心的表现，但是非到个人意识与民族意识同样发达的时代不能得着完全

_____

① 孙犁：《致铁凝》，《孙犁全集》第五卷，北京人民文学出版社，2004年版，第378页。

的理解与尊重，中国现在是这个时候么？或者是的，或者不是。中国的革命尚未成功，至今还在进行，论理应该是民族自觉的时代；但是中国所缺少的，是彻底的个人主义……"① 这是因为"假的，模仿的，不自然的著作，无论他是旧是新，都是一样的无价值；这便因为他没有真实的个性。……"② 于是他对于"人的文学"之认定做了如此补充："因此我们可以得到结论：（1）创作不宜完全没煞自己去模仿别人，（2）个性的表现是自然的，（3）个性是个人唯一的所有，而又与人类有根本上的共通点，（4）个性就是在可以保存范围内的国粹，有个性的新文学便是这国民所有的真的国粹的文学。"③ ——这种观点无疑与胡适相一致，因为胡适后来在《〈中国新文学大系·建设理论集〉导言》对此进行了很高的评价，认为它与"活的文学"的主张一起构成了五四新文学革命的两大"中心思想"，如果说"活的文学"口号体现了文字工具的革新，那么"人的文学"则体现了文学内容的革新。胡适还说："周先生把我们那个时代所要提倡的种种文学内容，都包括在一个中心观念里，这个观念他叫做'人的文学'。他要用这一观念来排斥中国一切'非人的文学'，来提倡'人的文学'。"④ 胡适还在他的长篇论文《易卜生主义》中说，"社会最大的罪恶莫过于摧折个人的天性，不使他自由发展""社会是个人组成的，多数出一个人，便是多备下一个再造新社会的分子""社会国家没有自由独立的人格，如同酒里少了酒曲，面包里少了酵，人身上少了脑筋""那种社会国家决没有改良进步的希望"。

关于个性解放和个人主义在中国 20 世纪文学中的意义和作用，李今在

① 周作人：《潮州畲歌集·序》，见《谈龙集》，河北教育出版社，2002 年版，第46 页。

② 周作人：《个性的文学》，《新青年》第八卷第五号。

③ 周作人：《个性主义》，见《谈龙集》，河北教育出版社，2002 年版，第 146—147 页。

④ 胡适：《〈中国新文学大系·建设理论集〉导言》，上海良友图书印刷公司，1935 年版。

其《个人主义与五四新文学》一书中有过深入探讨，其中一些论述令人信服。书中指出："在五四时期，'个人主义'不仅仅是一个流行的褒义词，而且作为一种精神渗透到政治、伦理、道德以及文学各个领域。它不仅唤起了'人'的自觉，尤其是后者，作为与中国评论完全异质的一种意识，构成了五四新文化运动的一个组成部分——五四文学之'新'之永恒存在的特殊价值。它也是个人主义这种普泛的社会哲学思潮转化为文学形态的一个过渡的'中介'。正是围绕着'自我'的发现，五四文学从文学观念到表现方式、人物形象的范式、情感类型等总体精神倾向呈现出崭新的面貌。可以说，它是代表五四文学的主要精神特征之一，抽掉了它，五四文学的特质和异彩就将不复存在。"①

可见，文学中的"人学"，有自己的特质和风采，其中最重要的就是对于人性基本状态的关注。可以说，这种对于人性状态的关注和探索，对于优美人性持之以恒的追寻，是人学之文学性的思想基础，也是文学之人学的核心价值观，其构成了"人学"源源不断的生命状态，也体现了文学在不同时期的美学追求。正因如此，围绕着人性的存在及其特点、本质和发展等问题，从来就是争论不休的话题。其中一个重要维度，就是如何划分文明与野蛮的界限，如何看待人类原始本能与理性建构的关系。人不能排除动物性，但是动物性又是人类文明最早受到压抑的生命形式，所以就"普遍的人性"来说，也存在着两种完全不同的认定，一种是源自生命本能的欲望和寻求，它们尽管属于生命存在的最底层，但是也经常得不到满足，而且其压抑的原因也在转移，从原始状态的自然灾难和物质匮乏，渐渐转移到了人为的社会制度和文明冲突。很难想象，在科技如此发达的现代社会，还普遍存在不能满足人类基本生存需要的现象，还有数千万人挣扎在饥寒交迫的死亡线上。这或许是引发文学产生的最原初的生命驱动，人性最原始欲望所不能满足的痛苦，往往会激起人们最深刻的同情，唤起

---

① 李今：《个人主义与五四新文学》，北方文艺出版社，1992年版，第28页。

人们对于人之存在最刻骨铭心的生命体验和记忆。

我们在张贤亮的《绿化树》中，就能反复感受到这种人性的痛苦。这是作者在新时期文学中最早引起公众关注的作品，饥饿的幻象不仅促使小说中的主人公重新研读马克思的《资本论》，而且也把读者引向对于社会历史与现实状态更深远的思考。在《绿化树》中，那散发着生命光泽，对主人公产生无与伦比的吸引力的白馒头，也许会使一些读者想起鲁迅《孔乙己》中的茴香豆、《伤逝》中那几棵白菜以及莫言笔下的透明的红萝卜等等，对于人生最基本人性需要的关注，造就了中国文学中众多名篇的诞生。

这无疑是文学魅力的一种展示，也表明文学所关注的人和人性，不是观念的人，抽象的人，复制的人，概念的人，符号的人，纯粹理性的人，已经被设计好的十全十美的人，不是哲学家、历史学家、道德家、符号学家笔下那些被构建和被塑造出来的人性，而是活生生的、有血有肉的具体的人，他们的人性首先建立在对生命本能的欲望和寻求之中，是自然、社会和文化等多重存在相互融合和冲突的结果。文学所呈现出来的人学，不是去建构一种历史的标杆和时代的标准，而是一种充满生机和欲望的审美现实。

当然，即便如此，文学中的人性描写依然面临多种质疑，受到多重挑战。例如，自然与文化、感性与理性、普遍性和具体性都在持续不断地争夺人性的主导权。一种倾向是，借助哲学等思想理论的力量，以提升人性档次的名义，不断为人性建构某种完美无缺的标准甚至规则和纪律，用完美的人性来要求和规范文学创作中的人及其生命状态。由此，文学或许能够赢得一些高高在上的道德家和思想者的赞许，但是却失去了对于生活中具体的人及人性的关注和关怀。沈从文写过一篇题名《知识》的小说，其中戏谑讽刺了一位研究"人生哲学"的硕士。这位硕士来到乡下，看到一位老农和儿子一道在田地锄草，儿子不幸被毒蛇咬后而死，但是这位老农却无动于衷。这位哲学硕士感到吃惊不解，就问老农为什么不悲伤，老农回答说："我伤什么心？天旱地涝我们就得饿死，军队下乡土匪过境，我们又得磨死。好容易活下来！死了不是完了？人死了，我就坐下来哭，对他有何好处，对我有何益处？"在这里，沈从文不仅表现了具体的人性状态，而且也让人们思考哲学与文学之间的差异，以及它们对于人性的不同关注和理解。这位硕士之所以不理解老农的内在感情，是因为他并没有深入到老农生活的具体情境之中，很难理解人生悲哀的具体真实。可见，在具体的文学创作中，人性作为艺术表现的对象，是在一定历史生活环境中具体的人性，是人性活生生的特殊形态，而不同于哲学家所归纳出来的抽象的人性。由此而言，就文学创作来说，不仅要看一个作家是否描写了人性，更要考察他描写了什么样的人性，又是怎样表现这种人性的。沈从文的人性描写之所以感人，就在于他是从具体的生活、特有的感情出发，是对活生生、具体的人的描写和呈现。这种人性状态与具体生活境遇紧密相连，表现在人的血肉之躯之中，是人的存在状态留下的历史印记。正因如此，沈从文小说中的人性描写才具有迷人的艺术魅力。

还有一种倾向或许更为普遍，这就是不断用理性观念的尺度，对于人和人性加以切割、划分和重新归类，完全不介意人类命运共同体的存在基础。在这种为符合某种权力和政治标准的切割、划分和重新归类中，人及人性被大卸八块，被按需分配到不同权力和意识形态格局中，被贴上不同的集团、阶级、阶层和人群的辨识，成为泾渭分明、你死我活的社会存在，人性不仅有了明确的观念属性，就连人的感觉和感官也都成了观念争夺的对象，于是文学中出现了"香汗"和"臭汗"、"香花"与"毒草"等等之类的对立，甚至延伸到了现实世界的各个层面，比如"社会主义风景""资本主义景观"等等，就连自然界的兰草、绿叶、花朵，似乎也染上了阶级斗争的气息，失去了人们可以共享的美的氛围。这样，文学与美也自然被划归为完全不同的意识形态，文学艺术研究就成了诸如无产阶级与资产阶级、社会主义与资本主义、封建主义和一切反动阶级斗争的前哨阵地，文学创作则成了不同人性搏斗的场所，由此很多历史文化遗迹遭到破坏，很多古籍被销毁，因为它们毫无例外被恶魔化了，成了人性恶的标志。

"文学是人学"观念就是在这种语境中提出的，所以受到批判和攻击也在情理之中。因为当时文坛正处于剑拔弩张的高度紧张时期，阶级斗争意识压倒一切，成为文学理论和批评拿来任意和习惯性地对文学和人性进行切割、划分和重新定位的锐利武器，人性和人道主义自然会被排除在文化意识形态场域之外。而用"人学"来为文学定位，恰恰就是要把人和人性放在第一位，使文学回归具体存在状态的人，回到活生生的自然与生活之中，而不至于成为某种观念的工具。正是由于如此，经过很长一段时间的验证，"文学是人学"的观念能够重新被人们接受，并成为中国现当代文学的一种思想标识。

当然，这并不意味着人学和人道主义美学情怀在历史进程中就能一帆风顺，畅通无阻，相反，历史在这里不仅风尘仆仆，充满矛盾冲突，而且还时时带着血泪，很多人在身心两方面付出了沉重的代价。对此，钱谷融先生曾这样指出，近 40 年来，除了"文革"期间中国文学被彻底毁坏之外，中国的文学家们始终都在自觉地同文学上的政治教条主义和狭隘的功利主义进行着抗衡。17 年是如此，新时期也存在类似的情景。粉碎"四人帮"以后，虽然政治上对于文学的黑暗高压已经不再，但是在既定的文学观念意识中，依然延续着以往长期形成的思维模式和习惯，以强制性的硬性尺度和标准来统制和衡量文学创作的现象时有发生，人学、人性和人道主义文学仍然不时受到质疑和批判，步履艰难。20 世纪 80 年代和 90 年代文坛发生的几次文学争论，都险些回到文化大批判年代，都不同程度地把斗争矛头指向了人道主义文学观点。从一种比较彻底的意义上来说，可能是只有当人道主义不再引起政治的注意，不再成为一个敏感的字眼，才能说它已克服了主要障碍，并已成为中国文学的基本精神。

或许这也是"文学是人学"观念在中国独特的演绎和传播过程。就 20世纪中国而言，人道主义在不同的历史时期有不同的思想内容，而且是在质疑和批判中被认识和丰富的。简而言之,人道主义在现代中国可分为四个时期:五四时期以个人主义和个性解放为焦点的人道主义;30 年代对"人性论"的提倡;50 年代人道主义美学原则的崛起;80 年代之后世界人权观念的逐步接受和形成。在这个过程中,中西文艺理论和批评的交流与对话也几经风雨考验和变换,充当着不可缺少的角色。

例如,五四新文化运动过后,以个人主义为中心的人道主义遭到严重的挑战,陷入双重误解的困境之中。一则是由于个人色彩过分浓厚不易为国人所接受,二则是用过分功利的态度来理解个人主义,必然会导致误读。因为人道主义毕竟不能立即改变人的生存环境,带来革命胜利的效应。这些都影响了人道主义的传播和认同。尤其在政治斗争日益尖锐的情况下,相互敌对的各方都在竭尽全力鼓动人们投入火与血的斗争,文学艺术自然也不能例外。这时,不仅西方个人主义价值观遭到怀疑,就是托尔斯泰式的人道主义也被认为是一种精神软弱的表现。

也许正因为如此,30 年代梁实秋提出"人性论",就遭到了迎头痛击。从学理上而言,梁实秋的理论有很多可以商榷之处,尤其是其沿袭了白璧德的学说,仅仅从理性和道德层面来判断人性,甚至提出了"文学的纪律"等观念,并不见得有利于文学创作和人性的倡扬。但是,当时的攻击和批判完全超出了学术和学理之辨,采用了极端暴烈的话语方式,并冠之以"资产阶级"和"资本家"的称号,等于宣告了人性论的死亡和终结。因此,在很长一段时间内,文学中的人性、人道和个人主义开始走向历史边缘,完全被阶级性、战斗性和意识形态性所遮蔽。后来,随着革命的演进,激进的文学理论家和批评家就把人性,个人主义的理论和话语,完全拱手让给了资产阶级等意识形态。至于到 20 世纪后半叶,这种批判更是超出了文学界,伸展到了文化、哲学、伦理等各个领域,到了谈人、谈人性就"色变"地步,艺术创作面临限制和关卡,文艺理论和批评更是成了观念和权力话语的留声机和传声筒,完全失去了其为人民服务的功能和作用。

这是一个人和人性都成了禁忌的过程，意味着人为地营造一种非人的文化环境，通过人与人斗，人与自己作对，强化了对于人自身的压抑和肢解。或许正是这种悲剧性的文化体验，为"文学是人学"观念的重放光彩营造了氛围。所以，经历过一个漫长的文艺创作和文学批评的冬季之后，新时期文学的复兴首先就是人性、人学和人道主义的复活。在文学创作上是如此，理论和批评也是如此。1981年，李泽厚的《美的历程》由文物出版社出版，在文学理论和批评界产生了深刻的反响。这是一本不厚的小册子，在思想意识上似乎并没有完全摆脱以往观念的纠缠，但是它把人的主题明确地提了出来，并且使这本书成为一本从历史美学中探讨人性的书。作者在结语中还提出了一个更重大的理论问题，即，"如此久远，早成陈迹的古典文艺，为什么仍能感染着、激动着今天和后世呢？"接着，他在寻求一把"解决艺术的永恒性秘密的钥匙"时指出：

譬如说，凝冻在上述种种古典作品中的中国民族的审美趣味，艺术风格，为什么仍然与今天人们的感受爱好相吻合呢？为什么会使我们有那么多的亲切感呢？是不是积淀在体现在这些作品中的情理结构，与今天中国人的心理结构有相呼应的同构关系和影响？人类的心理结构是否正是一种历史积淀的产物呢？也许正是它蕴藏了艺术作品的永恒性的秘密？也许，应该倒过来，艺术作品的永恒性蕴藏了也提供着人类心理共同结构的秘密？生产创造消费，消费也创造生产。心理结构创造艺术的永恒，永恒的艺术也创造、体现人类传流下来的社会性的共同心理结构。然而，它们既不是永恒不变，也不是倏忽即逝，不可捉摸。它不会是神秘的集体原型，也不应是"超我"（super-ego）或"本我"（id）。心理结构是浓缩了的人类历史文明，艺术作品则是打开了的时代魂灵的心理学。而这，也就是所谓"人性"。①

————————

① 李泽厚：《美的历程》，中国社会科学出版社，1984年版，第266页。

从理论上讲，这个结论并没有多少新意，但是从当时中国文学状况来说，却犹如一声久违的春雷，突破旧的、僵化的文化思维模式，打开了一种新的理论天地，由此引起了人们的注意，激发了人们艺术创作和想象的热情。实际上，由于种种原因，很多基本的文艺理论问题需要重新考虑，尤其是对过去一概否定的古今中外的文艺遗产，需要重新认识。只不过由于某种原因，人们还在小心翼翼地回避一些重大问题，人、人性论和人道主义就是其中重要的议题。

三、"人学"与"美学"的氤氲化醇

事实上，从理论层面来考察，"文学是人学"的观念显示了一种独特的审美现实，这就是"人学"与"美学"的融通化一，因为它的渊源就是人性的生命状态，表现了一种人类普遍向往的精神和情怀，这种精神和情怀是通过人作为创作主体的文学作品体现出来的。它以一种具体和活生生的生命状态，表现了人类对于存在状态的体验和认知。它既是人类的一种觉醒和存在意识，也是一种精神和思想，更是一种悲天悯人的感情，一种对人类自身状态完美和完善理想的追求和显现。因此，尽管文学和美学总是与一定的社会环境和意识形态相关联，甚至会呈现出鲜明的政治性、革命性和阶级性，但是其本体和本质并不依附于任何一种政治体系和国家形态，不表现为任何一种民族或阶级的功利目的，而是一种独立的，超越一般功利目的和工具化限定的意识和情怀。因此它也是不受中西文化限制的，它是一种人类可以互相沟通的共同的美学语言。作为一种人类生命意义的体认和表达，它无法用严格的概念来限定，也不可能通过一系列既定的原则、范式和方法来呈现，然而，出于一种人类生命和生存的必然要求，文学和美学会向一切"把人不当作人"的思想模式提出挑战。

这也是人类共通的一种精神和情怀。在西方文学中，我们最初能够从但丁的诗篇、薄伽丘的小说和莎士比亚的戏剧中读到，感受到一种吸引人、感动人、打动人的情感；它与人生，与人的灵魂及其欲望紧密相连，使人们真实地体验到一个具体的生活着欲望着追求着的自我。这种人学的内涵有点像中国古代的"道"，原本是不可言说和确定的，但是却以一种大象无形的美学情怀得以呈现。此后我们又在雨果、巴尔扎克、托尔斯泰的创作中继续发现和感受到这种情怀，使人们为之感动和流泪，不仅感受到人及人性状态的真实，而且触及了我们自己的心灵体验。可以说，这种人道主义一直以一种生命的形式、艺术化的方式、美的形态存在于历史生活之中，让我们通过文学艺术去发现和体认自己，去追求和创造人类的理想世界。钱谷融先生在《论"文学是人学"》中就试图发现和倡扬这样一种文学的共同语言；这是一种从活生生的艺术生命中获得的理论话语，是从古今中外文学源流中涓涓而出的。也就是说钱先生触及了人和美的本源，却没有把它们看作是某种抽象的哲学理念；他不是在探讨一个哲学思潮和理论观念，而是在追寻一种贯穿于过去、现在和将来的人生期许和艺术生命。

这也显示出文学和美学发展中的一种生命化倾向。人学和美学的结合，不仅为艺术创造开辟了更广阔的天地，而且带动了近代以来人文精神的变革。例如，进入 20 世纪以来，几乎所有的哲学研究都在摆脱过去的经院气息，而愈来愈趋向对人本身的关注，而且越来越向美学靠拢，形成了从概念向体验，从逻辑向直觉，从形而上的确定性向模糊性，甚至混沌性研究的发展趋势。原本哲学和美学的联姻，越来越趋向于人学和美学的合二为一。从叔本华克服欲望的美学思考，到萨特对人的存在的关注，人类和人性的自我发现一步步突破理性和概念的花环，进入活生生的人的世界。在这个过程中，文学和美学也在转型，面对人类的绝望和困境，一次又一次潜入人的生活和心理，寻找人和人性的解放和发展之路。例如，弗洛伊德曾用类似"白日梦"的艺术创作疗救性压抑的人，萨特则用文学创作来对抗虚无、显示存在。在这个过程中，人学和美学犹如人文精神的两只车轮或翅膀，同时滚动才能向前，一起飞扬才会飞翔。

可以说，以 20 世纪末开始的理论时代，正是一个美学和人学的创造性结合的思想时代。当一个思想者最初艰难地从过去的思维逻辑中解脱出来之时，就希望找到一条感受、体验并阐发艺术的独特道路。于是，他就不得不开始怀疑种种既定的思想模式，从人本身活生生的生命意识出发，体会到过去文艺美学在理念圈套中的尴尬情境，以及过去理论拘泥于形式的苍白无力。例如叔本华就是如此。在哲学史上，叔本华对传统哲学思维方式提出深刻质疑的基础，就是对人的生命的重新认识。当一个活生生的有欲望的人出现在冰冷的哲学概念面前时，一切不得不重新来过。他曾指出：

> 哲学本来就是一个错误。确实，它别无它途。因为它不能把自己限定在经验和体验范围内去有效地理解世界，哲学家总是热衷于超越它们，希望去发现所有存在最后的定律和事物间的永恒关系。这正是我们的智力所无法达到的。哲学的理解能力永远不可能超越哲学家所说的"有限事物"，或者有时候称之为"现象"的；简而言之，这些只是世界转瞬即逝的影子，个别的兴趣及其目的的期待而已。正因为我们的智力是有限的，我们的哲学也是如此，不必妄想去把握一切，除非满足于对经验世界的把握。
>
> ——译自《Religion：A Dialogue》，New York，1972

如果说哲学是一个错误，那么，以往建立在哲学理念基础上的美学和文艺理论是否也存在同样的危机呢？

实际上，钱谷融先生所提倡的"文学是人学"观念的一个重要特点，就是其对于艺术性的坚持和追求，艺术性是人学中的应有之意，而且是其不可或缺的基础和依托。

这当然是一个言说不尽的话题，幸运的是，在这个过程中人学和美学获得了不断会通和交汇的机会。例如，弗洛伊德和荣格都是从病理学、心理学起家的，他们所关注的都是人的精神状态，但是后来都不约而同地转向了文学。类似的现象在中国同样出现过。郭沫若和鲁迅就是一个很好的例子，他们都是从医学转向文学的。俗话说"有情人终成眷属"，这也可借用于人学与美学的不解之缘，其体现了人学和美学相结合的魅力。因此，钱谷融先生曾在一次谈话中对人道主义文学观有如此阐释："人道主义不管是一种观点还是一种精神，它都试图将文学的存在与人类的生活感受和心灵活动联系起来，强调人的存在及人的情感对于文学的根本制约作用，把文学看作是人的存在的一种表现方式，并追求一种文学与人的合二而一的境界。我认为这是人道主义具有永恒魅力的基本所在。"

可以说，这种人学与美学的合二而一，不仅是钱谷融先生"文学是人学"思想的精髓所在，而且也是其魅力所在。从理论层面上说，这种"文学与人的合二而一"体现了美学与人学相聚合相统一的风范，表现了 20 世纪以来中西文艺美学思想的一种共同发展趋势。

由此我们可以说，20 世纪中国文艺美学，是一个人学和美学相互磨合的理论时代，它不仅为中国现代文学带来了生命活力，而且为传统文化向现代转型提供了契机。所以，尽管人学、人性和人道主义一直受到质疑、挑战和误解，至今还继续遭到来自传统和时尚两方面的误解和反抗，但是仍旧具有摄人魂魄的魅力。这不仅在于文学、人学和美学都在继续成长，更在于它们之间的相互融通和交合，并在这个过程中不断造就更具有人性化和亲和力的艺术作品，给人们带来更多的美感和艺术享受。在这个过程中，任何一种有价值的、能够引起人们注意的艺术作品，不管它是属于什么主义和流派，都首先取决于它对于人类生存和心理状态的深刻关注和关怀，都有赖于它所表现的对人类理想的期盼，都发之于它能够启发人、感染人和打动人的艺术力量。

毫无疑问，这是一个不断折叠、不断上升和不断氤氲化醇的过程。因为历史总有曲折和循环往复的一面，在不同的历史时期总有一种相通、相关和相互映照的情景呈现，让我们感受到人类一以贯之的追求。例如，发生在 20 世纪初的五四时期和 70 年代末的新时期文学，就有某种极为相同或相近的思想和艺术特点，以至于人们能够轻而易举地跨越 60 年时间，把文学发展想象理解为一个整体。人学和美学在文学创作中的贯通性，就是其中的显著特点。从鲁迅的"立人"主张，到梁实秋提倡永久、普遍的人性；从钱谷融发表《论"文学是人学"》，到新时期文学中文学主体性的讨论，人道主义构成了现代中国文学的基本精神，而它在不同历史状态中所遭遇的不同待遇，也最显明地反映了现代文艺理论演进的曲折过程。对此，青年批评家葛红兵也注意到了，他在《为二十世纪中国文艺理论批评写一份悼词》一文中写道："八十年代新启蒙文学发展过程中出现的文学与人性、文学与人道主义的争鸣，回归了'文学是人学'的命题，这一方面是当时业已存在了的新启蒙文学现象的总结，另一方面，又为新启蒙文学进一步发展提供了理论武器……"①

而刘再复关于文学主体性问题的提出，无疑是"文学是人学"思想的一种延续。曾有研究者对这场讨论的缘起有如此说法："打倒'四人帮'以后，文艺理论问题的研讨空前活跃，关于文艺创作的艺术规律的探讨更为引人注目，并有长足的进步。而且，由于历史的原因，关于艺术规律的探讨，又大致集中在怎样认识文艺的特质，怎样认识文艺创作、文艺欣赏与文艺批评的主体上。这两个问题的研讨，相互关联，相互作用。关于后者，最早掀起'形象思维'（实即艺术思维）问题的讨论，接着，在1983—1984 年间展开了文艺主客体关系，情理关系的讨论。这一讨论，结合对'自我表现'的批评，分析，对艺术直觉与灵感问题的研究，深化了对文艺主体的认识，终于酿成了 1985—1987 年间的声势不同凡响的关于文艺主体性的论争。这一论争，几乎牵涉到打倒'四人帮'以来的所有的文

---

① 葛红兵：《为二十世纪中国文艺理论批评写一份悼词》，长沙《芙蓉》，2000 年第一期。

艺论争，牵涉到文艺观念、文艺学方法论等根本性问题。"①

这是新时期文学发展中一次影响深远的讨论，尽管从理论上来说是一个老话题，但是就其深度和现实意义来说，再次触及了人学和美学的关系问题。一些新时期最优秀的理论家和批评家，例如刘再复，孙绍振，高尔泰等人，都参与了这场讨论。而作为文艺主体性理论的倡导者，刘再复无疑是一个开风气之先的人，他有关主体论的理论思考可以追溯到 1978 年出版的《鲁迅美学思想论稿》，但是那时候他还没有在思想上完全解放自己。直到 1985 年，他在《文学评论》第六期上发表了《论文学的主体性》一文，显示了自己在人学和美学上的高瞻远瞩，在文学界引起了很大反响。

从理论框架来说，刘再复当时并没有脱离 19 世纪以来的西方理论论说，而是延续了传统的哲学思维路径，但是他把艺术主体性推到了文学的中心地位，进一步撼动了观念主导性的文艺理论体系，由此强调了人学在美学中的作用和意义。刘再复在论述主体性的重要意义时指出："文艺创作强调主体性，包括两层基本内涵。一是文艺创作要把人放到历史运动中的实践主体的地位上。即把实践的人看作历史运动的轴心，看作历史的主人，而不是把人看作物，看作政治或经济机器中的齿轮和螺丝钉，也不是把人看作阶级链条中的任人揉捏的一环。也就是说，要把人看作目的，而不是手段。或者说我们要把人看作目的王国的成员，而不是看作工具王国的成员。二是文艺创作要高度重视人的精神的主体性，这就是要重视人在历史运动中的能动性，自主性和创造性。……当人的精神能力被限制，即它的精神主体性丧失了，那么人也就丢丧了在实践中的主体性，这时，人就变成任人操纵的机器，任人摆布的木偶。可见，重视人的精神主体性是极其重要的。当前，我们在文艺创作中尤其应该强调人的精神主体性。"

在论述主体性过程中，刘再复借鉴了许多西方文论家的思想，其中最为显著的是马克思在《1844 年经济学哲学手稿》中有关人的论述，以及西

① 栾昌大主编：《中外文艺家论文艺主体》，吉林大学出版社，1988 年版，第 1页。

方人本主义心理学家 A. H. 马斯洛学说——由于某种特别的原因，这两种学说对中国八十年代文艺理论和批评的介入是最深的；① 除此之外，从黑格尔到弗洛伊德的理论都在不同程度上参与了其中。

这当然无可厚非。历史总是古今中外相互影响的。而如果从连续性着眼，把李泽厚的论说看作是梁实秋"人性论"的历史认定，把刘再复的理论看作是胡风"主观战斗精神"的扩展也未尝不可，尽管这是一种并不十分确切的联结，但是可以帮助我们更深刻地理解人学和美学是如何"道通为一"② 的，所以"人学"和"美学"的氤氲化醇是一个无止境的历史过程，伴随着对于历史文化资源的不断选择、汲取和整合。

几乎和五四新文学运动之后的情景一样，对艺术主体性的重新发现和再讨论，再次打开了探索艺术家创作主体的大门，中国文学理论和批评界兴起了一股研究文艺美学的潮流。应该说，注重人的主体性才会注重作家的心理，而对文艺美学和创作心理的研究必然会促进对人的进一步认识，为人学添光增彩，这两者原本是紧密联系的。所以，钱谷融先生 1962 年所写的《不可无"我"》一文，强调的就是创作主体的重要性；而他在 50 年代提出的"文学是人学"的命题，只有到了 70 年代末才真正得到理论界的回音。这种回音不仅表现在创作上，很多艺术家都自觉地把这一命题当作自己的文学追求；而且也表现在文艺理论之中。这种理论发展的连续性决定了新时期文艺美学的最大特征就是"人学"，而"人学"的深化研究又为文艺心理学的发展提供了更为坚实的思想基础。不难看出，在新时期文艺理论界所兴起的名目繁多的新方法和新学科中，文艺美学和文艺心理学

---

① 对这种特别处可以理解为：在中国，以马克思主义的名义最容易介入思想和理论问题的公开讨论，这当然首先要感谢朱光潜对马克思《1844 年经济学哲学手稿》的重新翻译与评价，在研究中他提出"人"是打开美学秘密的钥匙，对当时的美学界产生了重大的影响。至于马斯洛的理论，以纠正弗洛伊德理论的消极面见长，自然会给理论批评一种积极的人生色彩。

② 详见拙作《20 世纪中国文艺理论交流史论》，华东师范大学出版社，1999 年版。

取得了最引人注目的成绩，不仅出版了大量这方面有分量的著作，而且涌现出一批有影响的理论家和批评家。钱谷融，胡经之，金开诚，洪毅然，鲁枢元，陆一凡，滕守尧等人的成果，已为文艺美学和文艺心理学的发展打下了稳固的基础。至于文艺美学和文艺心理学向文学批评方面的渗透，更是广泛，几乎影响到了每一个批评家的笔触，使得整个80年代的文学批评带有浓厚的主观心理色彩。

由此看来，人学与美学的融通化合和氤氲化醇，不仅体现了不同学科之间的影响、交融和互动，而且正在铸造一种新的文学艺术形态，使文学、人学和美学相互映照，相得益彰，不断创造新的境界。

第三讲　论"文学是情学"

一、"文学是情学"观念的提出

也许很多人都有过相同的经历，这就是当读到一部好的小说，或者欣赏一部好的影视剧的时候，我们在深受感染和感动的时候，会情不自禁地投入其中，甚至与作品中的人生打成一片，与其中的人物一起悲欢离合，被其所创造的审美情景所驱使——这或许就是我们之所以热爱艺术、热爱文学的根本原因。在这个过程中，其中或许还有一些人进行提问和追问："艺术创作的这种打动人的魅力到底来自何处？"

情感，这或许就是回答。

正如人类一切理论学说的发生一样，"情学"同样具有自己深厚的文化渊源，根植于人类艺术丰厚的历史沃土中。不言而喻，"情学"之魅力不仅来自理论家、批评家的感悟和理解，而且来自深厚的历史资源。换言之，"情学"之内涵以及未来之成长，离不开其所根植的丰厚的文化土壤。

说到"情"，都会想到元好问。

"情为何物？"——这是元好问一千多年前在《摸鱼儿·雁丘词》中的发问，也是中国文人几千年来一直追问的话题。词的上阕曰："问世间、情为何物，直教生死相许？天南地北双飞客，老翅几回寒暑。欢乐趣，离别苦，就中更有痴儿女。君应有语，渺万里层云，千山暮雪，只影向谁去？"对于元好问的发问，汤显祖则以创作《牡丹亭》作了回答："情不知所起，一往而深，生者可以死，死可以生；生而不可与死，死而不可复生者，皆非情之至也。梦中之情，何必非真。天下岂少梦中之人耶？必因荐枕而成亲，待挂冠而为密者，皆形骸之论也。"[1]

无疑，元好问在词中所表达的正是作者刻骨铭心的情感体验，而甚为感人的还有词前的一段序言："泰和五年乙丑岁，赴试并州，道逢捕雁者云：'今旦获一雁，杀之矣。其脱网者悲鸣不能去，竟自投于地而死。'予因买得之，葬之汾水之上，累石为识，号曰雁丘。时同行者多为赋诗，予亦有《雁丘词》。旧所作无宫商，今改定之。"而这里所追问和体验的"情"不是一般的感受和情绪，而是"爱"——在中国源远流长文学传统中，其只是所谓"六情"喜、怒、哀、乐、爱、恶中的一种，而且处于较后的位置。但是，在元好问的笔下，也许只有这种爱才是一种最为感人至深的、超越人与自然界限的情，值得人们千秋万古称颂的。

说到元好问、汤显祖，就会想起冯梦龙（1574—1646），他所编著的《情史》（又名《情史类略》《情天宝鉴》），堪称中国的"情学宝典"，而其"序"更是一篇千古名文，积淀了中国人对自我文化心理的深度剖析和认知，同时也是对传统的礼教和理学观念的一次超越，亦可称之为中国的"文艺复兴"之先声，不妨再三阅读和欣赏：

> 情史，余志也。余少负情痴，遇朋侪必倾赤相与，吉凶同患。闻人有奇穷奇枉，虽不相识，求为之地，或力所不及，则嗟叹累日，中夜展转不寐。见一有情人，辄欲下拜。或无情者，志言相忤，必委曲以情导之，万万不从乃已。尝戏言，我死后不能忘情世人，必当作佛度世，其佛号当云"多情欢喜如来"。有人称赞名号，信心奉持，即有无数喜神前后拥护，虽遇仇敌冤家，悉变欢喜，无有嗔恶妒嫉种种恶念。又尝欲择取古今情事之美者，各著小传，使人知情之可久，于

---

① 汤显祖：《牡丹亭记题词》，《汤显祖全集》（第二集），徐朔方笺校，北京古籍出版社，1999年版，第1153页。

是乎无情化有，私情化公，庶乡国天下，蔼然以情相与，于浇俗冀有更焉。而落魄奔走，砚田尽芜，乃为詹詹外史氏所先，亦快事也。是编分类著断，恢诡非常，虽事专男女，未尽雅驯，而曲终之奏，要归于正。善读者可以广情，不善读者亦不至于导欲。余因为序而作情偈以付之。偈曰："天地若无情，不生一切物。一切物无情，不能环相生。生生而不灭，由情不灭故。四大皆幻设，性情不虚假。有情疏者亲，无情亲者疏，无情与有情，相去不可量。我欲立情教，教诲诸众生：子有情于父，臣有情于君，推之种种相，俱作如是观。万物如散钱，一情为线索，散钱就索穿，天涯成眷属。若有赋害等，则自伤其情。如睹春花发，齐生欢喜意。盗贼必不作，奸宄必不起。佛亦何慈悲，圣亦何仁义。倒却情种子，天地亦混沌。无奈我情多，无奈人情少。愿得有情人，一齐来演法。"①

其实，这种重情、扬情的论说在中国传统文论中并不少见，尽管中国正统文化一直把"礼"和"理"放在首位，一直对"情"与"爱"保持一种高压姿态，但是依然不能阻断情感在艺术中的蔓延和绵延，从《诗经》到《红楼梦》，人们能够感受到"情"在中国文化中不可遏制的精神魅力。这在文论中也留下了一条显而易见的线索，从《毛诗序》之"情动于中而形于言"、《易经》之"以通神明之德，以类万物之情"，到陆机《文赋》中的"每自属文，尤见其情"、刘勰《文心雕龙》所强调的"为情而造文"等等，不仅没有忽略情之存在，而且都把情放在一个十分重要且醒目的位置进行论述，形成了独特的源远流长的抒情传统。可以说，如今在理论界流行的"情本位""共情""情动"等学说，都能在中国传统文论中找到源头，而令人不可思议的是，如今它们大多都是以西方文论名义进入中国的，而这些观念的原创性被莫名其妙地转移到了西方文化之中。

---

① 冯梦龙：《情史》，浙江古籍出版社，1998 年版，第 2 页。

当然，也许有人说，在中国传统文论中，虽然有很多情学的论说，但是都显得过于零散和随意，不成体系，所以不能称之为学说。我认为这种说法也显得过于轻率了。就拿魏晋嵇康所写《声无哀乐论》来说，其所表现出的问题意识和理论深度，并不逊色于任何一位西方古代文艺理论家。这里不妨摘录二三：

> 劳者歌其事，乐者舞其功。夫内有悲痛之心，则激切哀言。言比成诗，声比成音。杂而咏之，聚而听之。心动于和声，情感于苦言。嗟叹未绝，而泣涕流涟矣。夫哀心藏于苦心内，遇和声而后发，和声无象，而哀心有主。

> 此为心悲者，虽谈笑鼓舞，情欢者，虽拊膺咨嗟，犹不能御外形以自匿，诳察者于疑似也。

> 然人情不同，各师所解，则发其所怀。若言平和，哀乐正等，则无所先发，故终得躁静。若有所发，则是有主于内，不为平和也。以此言之，躁静者，声之功也；哀乐者，情之主也。不可见声有躁静之应，因谓哀乐皆由声音也。①

从有关史料中可以看出，不仅在艺术创作中，而且在人生中，嵇康都是一个主情论者，而正是出于一种主体性的情感体验，他对于情感与艺术创作之间的关系有深刻的感悟和认知，能够切入人心深处，揭示出情感呈现过程中的一致和冲突。而也许正因为嵇康如此钟情于内在感受，才使他自己置身于一种险恶的生活环境之中，成为政治、礼教压制和剿灭的对象，最后厄运难逃。

---

① 嵇康：《声无哀乐论》，《中国美学史资料选编》（上），中华书局，1980年版，第145—150页。

　　但是，这似乎也表明，尽管有"礼教"和"理学"的道德思想封控，并不能禁绝情感在艺术创作中的藏身和展演；相反，这种文化监控和思想打压，在某种程度上促使了情感在艺术创作中的藏身与浸透，使文学艺术成了人的情感的唯一栖息之地。而人们唯有在文艺作品中才能找到自己情感的镜像，获得心灵的慰藉，在幻想和想象中获得情感的宣泄和满足。这种情景不仅为艺术创作提供了取之不竭的生活和生命资源，而且也使有关情学论说获得了多种多样的阐释空间。

　　《文心雕龙》就是很好的例子，在《神思》篇、《情采》篇和《物色》篇中，有不少精彩论说。例如：

　　　　夫神思方运，万涂竞萌，规矩虚位，刻镂无形。登山则情满于山，观海则意溢于海，我才之多少，将与风云而并驱矣。方其搦翰，气倍辞前，暨乎篇成，半折心始。何则？意翻空而易奇，言征实而难巧也。是以意授于思，言授于意，密则无际，疏则千里。或理在方寸而求之域表，或义在咫尺而思隔山河。是以秉心养术，无务苦虑；含章司契，不必劳情也。人之禀才，迟速异分，文之制体，大小殊功。相如含笔而腐毫，扬雄辍翰而惊梦，桓谭疾感于苦思，王充气竭于思虑，张衡研京以十年，左思练都以一纪。虽有巨文，亦思之缓也。淮南崇朝而赋《骚》，枚皋应诏而成赋，子建援牍如口诵，仲宣举笔似宿构，阮禹据案而制书，祢衡当食而草奏，虽有短篇，亦思之速也。

　　　　　　　　　　　　　　　　　　　　　　——《神思》[1]

　　　　昔诗人什篇，为情而造文；辞人赋颂，为文而造情。何以明其然？盖风雅之兴，志思蓄愤，而吟咏情性，以讽其上，此为情而造文也；诸子之徒，心非郁陶，苟驰夸饰，鬻声钓世，此为文而造情也。

　　① 刘勰著，周振甫注：《文心雕龙注释》，人民文学出版社，1981年版，第295—296页。

故为情者要约而写真，为文者淫丽而烦滥。而后之作者，采滥忽真，远弃风雅，近师辞赋，故体情之制日疏，逐文之篇愈盛。故有志深轩冕，而泛咏皋壤。心缠几务，而虚述人外。真宰弗存，翩其反矣。

————《情采》①

春秋代序，阴阳惨舒，物色之动，心亦摇焉。盖阳气萌而玄驹步，阴律凝而丹鸟羞，微虫犹或入感，四时之动物深矣。若夫珪璋挺其惠心，英华秀其清气，物色相召，人谁获安？是以献岁发春，悦豫之情畅；滔滔孟夏，郁陶之心凝。天高气清，阴沉之志远；霰雪无垠，矜肃之虑深。岁有其物，物有其容；情以物迁，辞以情发。一叶且或迎意，虫声有足引心。况清风与明月同夜，白日与春林共朝哉！

————《物色》②

在这些论述中，情不仅是艺术创作中不可或缺的因素，涉及艺术创作的生发和驱动、创作主体与表现对象之间的关系、情感状态对于创作的影响等重要问题；而且以自然物象为镜像，揭示了情在不同语境中的审美呈现与价值，至今仍然具有深入进行探讨的价值与空间。当然，刘勰的论情绝不止于这三篇，而是贯穿于整个《文心雕龙》之中，渗透于从文学创作到文学鉴赏、传播的各个环节中，在前人的研究中也多有感悟和发现，值得继续深入细致进行研究。

这种富有创见性的文论识见，还表现在思维方式和研究方法方面。例如，在诗歌创作繁茂的唐代，就形成了一种以情为本、缘事入情的诗学方法，即在解读和欣赏诗歌的过程中，务必追溯其情感的发生过程，究其来

---

① 刘勰著，周振甫注：《文心雕龙注释》，人民文学出版社，1981年版，第347页。

② 刘勰著，周振甫注：《文心雕龙注释》，人民文学出版社，1981年版，第493页。

源，并视之为不可或缺的一部分。在这方面，孟棨的《本事诗》是珍贵的典范，其在卷首就云：

> 诗者，情动于中而形于言。故怨思悲愁，常多感慨。抒怀佳作，讽刺雅言，虽著于群书，盈厨溢阁，其间触事兴咏，尤所钟情，不有发挥，孰明厥义？因采为《本事诗》，凡七题，犹四始也。情感、事感、高逸、怨愤、征异、征咎、嘲戏，各以其类聚之。①

不难看出，在这里，以情为本不仅是一种观念，而且已经渗透到了具体文学批评活动之中，形成了自己的门类和路径。这里不妨摘录其"情感第一"中之一欣赏之：

> 陈太之舍人徐德言之妻，后主叔宝之妹，封乐昌公主，才色冠绝。时陈政方乱，德言知不相保，谓其妻曰："以君之才容，国亡必入权豪之家，斯永绝矣。倘情缘未断，犹冀相见，宜有以信之。"乃破一镜，人执其半，约曰："他日必以正月望日买于都市，我当在，即以是日访之。"及陈亡，其妻果入越公杨素之家，宠嬖殊厚。德言流离辛苦，仅能至京，遂以正月望日访于都市。有苍头卖半镜者，大高其价，人皆笑之。德言引至其居，设食，具言其故，出半镜以合之，乃题诗曰："镜与人俱去，镜归人不归。无复嫦娥影，空留明月辉。"陈氏得诗，涕泣不食。素知之，怆然改容，即召德言，还其妻，仍厚遗之。闻者无不感叹。仍与德言陈氏偕饮，令陈氏为诗，诗曰："今日何迁次，新官对旧官。笑啼俱不敢，方验作人难。"遂与德言归江南，竟以终老。②

---

① 丁福保辑：《历代诗话续编》，中华书局，1983 年版，第 2 页。
② 丁福保辑：《历代诗话续编》，中华书局，1983 年版，第 4 页。

在这里，似乎毫无理论意味而言，但是以一种叙述方式呈现了"情"之存在，其贯穿于艺术创作、传播和欣赏的各个环节，其理不言自在。这也表明，情不仅是推动艺术创作发生和延展的真正动力，也是理解和阐释文艺活动的一把钥匙，并不一定要依据纯粹理性和理论进行演绎，可以从具体的生命和生活中洞察其人性情采，揭示其艺术真谛。通过这种对于具体的"事"的追寻和感悟，不仅令读者为其中闪烁的人性之光所感动和感染，而且很自然地触及诗之本源，意识到诗意和诗情原本就来自人生，尤其是人丰富多彩的情感生活。可见，以情为本，以事为镜，它们互为因果，合为一体，在文艺创作和文艺理论方面，都留下了难以复制的精品和极品，深刻影响了中国日后文学的发展，也成就了中国文学中独特的抒情传统。

当然，情学不仅仅属于中国，也属于世界，属于人类。例如，西方文学源头就流淌着爱情、激情和浪漫之情的琼浆玉液，以至于人们确信情是人类最古老艺术的精魂所在。这一看法，在苏格拉底时代就十分流行。柏拉图在自己的《斐德罗篇》和《会饮篇》中，就记录了一场事关此后人类思想史发展的争论，其极大影响了日后文艺理论发展的方向；可惜，以往几乎所有研究者，都忽略了这场讨论在文化思想史上的意义。

这场争议的命题是爱情，而焦点就是"情学"是否能在新的文化语境中持续扮演重要角色、能否被新的艺术标准和价值观念所接受的问题。这也正是斐德罗要提出这个问题进行讨论的意味所在：

> 为什么所有颂神诗和赞美诗都献给其他神灵，但就是没有一个诗人愿意创作一首歌赞美如此古老、如此强大的爱神，这岂不是太离奇了吗？[①]

---

① 《柏拉图全集》第二卷，王晓朝译，人民出版社，2002年版，第212页。

显然，斐德罗的抱怨是针对当时希腊学术状态的，而抱怨的对象并不是当时的诗人和戏剧家，而是新出现的一些博学的文化人，其中自然包括苏格拉底这样的哲学家。[①] 他们代表了当时希腊新的思想潮流和学派，正在酝酿和建构某种新的理论和学说，由此确立"管理国家的艺术和能力"在西方乃至人类文化和思想学术中的轴心地位，其核心价值如同中国儒家学说中的"王道"一样，就是政治与权力。就此来说，所谓哲学、艺术、道德等人文思想的设置，都不能不受到这种集体或群体价值和意志的规范和要求，并在合乎国家管理目标的秩序中获得相应的位置和话语权。

这也是当年苏格拉底迷醉于情，但是又不能不怀疑情、质疑情，甚至否定情的原因，也是人类思想文化在其奠基期难以避免的局限性。也许正因为如此，在传统思想体系中，文学艺术始终难以拥有属于自己的终极价值，总是要依赖和取决于诸如宗教、道德、哲学等其他思想的支撑和认定，甚至连美及美学在很长一段时期内也难免如此。所以，从苏格拉底到黑格尔，西方美学和文艺理论的终极价值取向一如既往，就是给艺术套上理性的枷锁，使之服从权力话语和理性逻辑的规训。这无异于为一匹充满野性活力的马套上辔头。从柏拉图的理想到黑格尔的"艺术哲学"，再到如今无处不在的争夺话语权的"政治诗学"，西方理论范式与话语似乎已经越来越脱离其生命之源，濒临"终结"的困境。

二、"文学是情学"理论的生成

因此，在那场事关情学命运的讨论中，苏格拉底之所以忽略情的终极价值，继而一定要给情戴上理性的镣铐，有其人类文化发展的内在原因，也显示了苏格拉底在人类群体利益和智慧方面的高尚追求——因为此时的苏格拉底思考的出发点不再是个人的喜怒哀乐，而是整个城邦和国家的利

---

① 这在下文中有明确所知，比如提到的普罗狄科写的散文，还有所列举的介绍食盐和一些日常用品用法的著作等。这也说明，在希腊时代，所谓诗的领域是广泛的。

益，连他本人也不否认"我还不能做到德尔斐神谕所告诫的'认识你自己'"①，而只能关注如何去做一个符合社会理想和理性规范的人——这一点与中国的孔子非常相似。如果我们希望在他们之间，甚至在中西传统哲学之间，寻找一个相通的价值和观念基础的话，那不妨借用苏格拉底说过的一句话："迄今为止，最重要的智慧是统治社会的智慧，也就是所谓的正义和中庸。"②

即便如此，在这场辩论中，苏格拉底所表现出的对于情的恋恋不舍依然动人，因为情不仅是人类生命意识中最早觉醒和意识到的元素，也是人类生活中最难以忘怀的记忆，要完全回避、遮蔽和否定其意义和魅力并非易事，需要苦口婆心的文化建构。或许这也是连苏格拉底也感到棘手的问题。所以，在进入辩论场所之前，他就表现得十分犹豫，在外面徘徊了很久，迟迟不愿、也许不敢面对众多的对手；而进入辩论之后，他开始也是含糊其辞，不是正面迎辩，而是采取了借他人之口的方式来申述自己的观点。好在后来记述这场辩论的是他的学生柏拉图（这一点与《论语》的成书过程颇为相似），所以自然把最后的胜算归于了苏格拉底。

也许在此时，我们会对王国维当年为什么突然会对西方哲学生厌有了新的感悟，所谓"可爱者不可信，可信者不可爱"说的正是哲学和艺术、理和情的关系，哲学因为依仗的是理性和逻辑，面面俱到，但是未必能给人带来心灵的慰藉；艺术是以情动人，尽管不足以以理服人，但是会令人得到心灵慰藉而流连忘返。而从《红楼梦评论》到《人间词话》，也正反映了王国维从"可信"的西方哲学，折返回"可爱"的中国文学的心路历程。

这种艺术与哲学、情与理之间的矛盾，曾给苏格拉底带来过困惑，作为一个经常借助神灵立言的哲学家，苏格拉底在关键时刻甚至也会忽略神

---

① 《柏拉图全集》第二卷，王晓朝译，人民出版社，2002年版，第139页。

② 《柏拉图全集》第二卷，王晓朝译，人民出版社，2002年版，第252页。在讨论爱情的价值时，这段话是通过狄奥提玛之口说出的，显然，这是苏格拉底认同的。

话的意义，他申言："只要我还处于对自己无知的状态，要去研究那些不相关的事情那就太可笑了。"同时，对于自己的知识和价值取向，他已经表现出了远离自然的倾向，当斐德罗把他带到城外一棵茂密的梧桐树下的时候，他马上说："你必须原谅我，亲爱的朋友，我爱好学习，树木和旧园不会教我任何事情，而城里的人可以教我。但你好像发现了一种魔法，能吸引我出城。"①

尽管如此，柏拉图还是记下了苏格拉底很多值得后人铭记和回味的名言，例如：

> 爱本身如此神圣，使得一名诗人可以用诗歌之火照亮其他人的灵魂。无论我们以前对作诗有多么外行，但只要我们处于爱情之中，那么每个人都是诗人。②

这似乎是对于情的一种犒赏，同时又是对于情的一种惩罚，因为柏拉图最终还是把诗人排除在了理想国之外，但是又把最热烈的赞词和最神奇的灵感献给了诗人。钟情于情，但是又不能不怀疑情、限制情，甚至否定情，这似乎是人性不能不承受的悖论和宿命，也许一直会追随着"文学是情学"的前程和命运。或许这未必是对情感之价值和魅力的一种无视和否定，而是文学艺术在现实生活中不能不付出的人性代价。当然，反过来说，尽管情在文学中不可或缺，是艺术活动的灵魂所在，也并不意味着情拥有一切，能够代替一切，决定一切，占据无可争辩的强势地位。相反，正因为情在文化中一直处于弱势地位，一直难以与强势的理性规则和道德话语相抗衡，才更贴近和靠近文学世界，在艺术的广阔的天地获得庇护。人类的情感体验和记忆，或许唯独只有通过艺术创作才得以保管和留存。而这一切，无论是从正面还是从反面，是在中国还是在西方，是从历史还

---

① 《柏拉图全集》第二卷，王晓朝译，人民出版社，2002 年版，第 140 页。
② 《柏拉图全集》第二卷，王晓朝译，人民出版社，2002 年版，第 235 页。

是从美学角度，都体现了情学在人类艺术生活中不可或缺的重要性。

在西方文论中，存在多种多样有关情感的论说，尤其文艺复兴的兴起，冲破了之前神学禁欲观念的束缚，开启了人性解放和情感宣泄的大门，各种张扬情感的论说层出不穷，到了浪漫主义时期达到了一个极致，深刻影响了西方文艺理论的发展。例如，对于艺术起源的理解，列夫·托尔斯泰认为："艺术起源于一个人为了要把自己体验过的感情传达给别人，于是在自己心里重新唤起这种感情，并用某种外在的标志表达出来。"① 为此，老托尔斯泰曾举过一个生动的例子："比方说，一个遇见狼而受过惊吓的男孩子把遇狼的事叙述出来，他为了要在其他人心里引起他所体验过的某种感情，于是描写他自己、他在遇见狼之前的情况、所处的环境、森林、他的轻松愉快的心情，然后描写狼的形象、狼的动作、他和狼之间的距离等等。所有这一切——如果男孩子叙述时再度体验到他所体验过的感情，以之感染了听众，使他们也体验到他所体验过的一切——这就是艺术。"② 也许正是由于这个原因，托尔斯泰把感情看作是艺术表现的主要内容，他还说："各种各样的情感——非常强烈的或者非常微弱的，非常有意义的或者微不足道的，非常坏的或者非常好的，只要他们感染读者、观众、听众，这都是艺术的对象。戏剧中所表达的自我牺牲以及顺从于命运或上帝等等感情，或者小说中所描写的情人的狂喜的感情，或者图画中所描绘的淫荡的感情，或者庄严的进行曲中所表达的爽朗的感情，或者舞蹈所引起的愉快的感情，或者可笑的逸事所引起的幽默的感情，或者描写晚景的风景画或催眠曲所传达的宁静的感情——这一切都是艺术。"③

也许受到老托尔斯泰的影响，苏俄作家阿·托尔斯泰也认为："艺术乃是对世界的感性认识，是借助那作用于感情的形象思维。这儿特别要强调的是，形象应该作用于感情。甚至更确切地说：形象的辩证法应该作用

---

① 列夫·托尔斯泰：《艺术论》，人民文学出版社，1958 年版，第 46—47 页。
② 列夫·托尔斯泰：《艺术论》，人民文学出版社，1958 年版，第 46—47 页。
③ 列夫·托尔斯泰：《艺术论》人民文学出版社，1958 年版，第 4 页。

于感情。只有这样，艺术才能成为艺术，成为对世界的认识。"①

很早之前，我读到《外国理论家作家论形象思维》一书，其中法国心理学家、哲学家里博（1839—1916）对于创造性想象研究中的一些看法，给我留下深刻印象。他认为创造性想象的所有一切形式，都包含感情因素；一切感情的气质，不论它们怎样，都能影响创造性的想象。在谈及艺术创造时，他说："在这里，我们可以看到最初还是感情因素作为原动力，然后感情因素又配合着创作的不同阶段。但是，除此以外，这些感情状态，还要成为创造的材料。诗人、小说家、剧作家、音乐家，甚至雕刻家和画家，都能感受到自己所创作的人物的情感和欲望，和所创造的人物完全融合为一，这是一个众所周知的事实，几乎也是一条规律了。因此，在这第二种情形中，有两道感情之流一道构成激情，这是艺术的材料，另一道则激起创作的热情，随着创造而发展。"②

这些都说明，情感是诱发艺术家创作的决定因素。无论是始发的情感（指艺术家心理受到刺激或压抑自然产生的），或者是继起的情感（指艺术家受到其他事物的感染而产生的），实际上都隐含着艺术家某种心理欲望和期待，需要通过某种外在的途径表现出来。当这种表现以一种虚幻的主观意境呈现在艺术家心灵中的时候，也是艺术女神翩翩而至之时。因此，还是19世纪英国湖畔派诗人华兹华斯（1770—1850）说得好："……诗是强烈情感的自然流露。它起源于在平静中回忆起来的情感。诗人沉思这种情感直到一种反应使平静逐渐消逝，就有一种与诗人所沉思的情感相似的情感逐渐发生，确实存在于诗人的心中。一篇成功的诗作一般都从这种情形开始，而且在相似的情形下向前展开；……"③

---

① 中国社会科学院外国文学研究所、外国文学研究资料丛刊编辑委员会编：《外国理论家作家论形象思维》，中国社会科学出版社，1979年版，第159页。

② 中国社会科学院外国文学研究所、外国文学研究资料丛刊编辑委员会编：《外国理论家作家论形象思维》，中国社会科学出版社，1979年版，第186页。

③ 中国社会科学院外国文学研究所、外国文学研究资料丛刊编辑委员会编：《欧美古典作家论现实主义和浪漫主义》，中国社会科学出版社，1980年版，第268页。

显然，正如人类一切理论学说的发生一样，"文学是情学"的提出，具有自己深厚的文化渊源，根植于人类文化艺术丰厚的沃土之中，早就有人不断提及和论述，但是它作为文艺探索中一个命题的提出，首先要感谢王世德先生。1989年，王世德①先生在《探索》第2期发表《探析"文学是情学"》一文，开宗明义提出"情学"命题，并在文中指出：

> 既然，文艺要动人以情，要使观赏者激发起美感，那么它怎么可能不表现感情呢？不表现感情，不充满感情，就不可能动人以情；要起给人美感的作用，就必须具有审美感情这一本质特征。②

显然，王世德提出的问题和回答是精准的，他牢牢抓住了"感情"这一关键词。接着，他还如此解说了"人学"与"情学"的关系：

> 人们常说文学是人学，其特指意义是文学要写人，写人的情感，这主要是指作者的情感。为了表现作者的情感，就要派生出着力表现作品中人物的情感，在叙事文艺作品中就要着力写人的命运。……我认为，在这个意义上可以说，文学是人的情感，是情学，是表现人情的审美对象。中外文学反映的生活原型可以变形，但仍感动人心者，靠的就是其中充满人们相通的情理，情的背后有理。如果违背了人间情理，即使反映生活形貌毫厘不差，真实到极点，也只是假象，也不可能感动人。③

---

① 王世德（1930—2019），当代美学家、文艺评论家，主编我国第一部《美学辞典》，出版《文艺美学论集》《美学新趋势》《儒道佛美学的融合：苏轼文艺美学思想研究》等多部专著。

② 王世德：《探析"文学是情学"》，《探索》1989年第2期。

③ 王世德：《探析"文学是情学"》，《探索》1989年第2期。

这是一次在"人学"基础上的大胆探索。说来有缘，我与王世德先生在 80 年代有过短暂交集，甚为其艺术触觉和深厚学养所感染，他对于钱谷融先生"文学是人学"多有深刻感悟，对于钱谷融先生"文学创作是一种有情思维"的观点颇为认同。在这篇文章中，他试图在"人学"的框架和语境中更深一步，进入人类尚未能够完全把握和认知的领域，在人类情感构成中找到文学的根脉，探求文学与人、与人生和人性之间的隐秘关系。如果在这里论者不是突然求助于"理"（"情的背后是理"），那么，关于"情学"一说几乎要落地生根了。但是，这似乎只能是一个开始，一种浅尝辄止的探索，"情学"作为一种"学"，恐怕还有一段很长的路要走，需要通过这条探寻和理解文学存在和价值之秘境的通幽小径，穿越附加在文学身上种种的外在理论和观念，回到文学本身，细读、细看和细解文学的奥秘。也许正因为如此，王世德这一独到闪亮的发现，给人一种顿开茅塞之感，可惜，由于各种缘由，王世德的这一论说当时并没有引起文艺理论界特别的关注。

不过，尽管"文学是情学"这一命题当时应者寥寥，但是，有关"情"的文学话题却不时出现在文学研究中，因为那毕竟是一个思想解放的时代，中国人不仅正在奋力从思想文化禁忌中解脱出来，而且也正在走向一个情感和欲望勃发的历史时期，文化迎来了百花齐放、百家争鸣的局面，而文学创作中充满波澜壮阔的情感冲动和冲突。此时，王世德的论说至少昭示了这样一个时代景观，即汹涌澎湃的思想解放运动的背后，必然涌动着蓄势待发的情感要求，这两者之间实际上是相互激发和促进的；而一场有效的、能够持久的思想解放运动，必然要有情感甚至激情作为基础，而作为一种被长期压制和压抑的情感喷发，也无不期待思想和理论的支撑与正名。

例如，朱德发[①]先生就在梳理和研究中国情爱文学基础时，提出了"爱情与文学结下不解之缘"的看法。朱德发先生指出：

> 情爱之所以与文学结下不解之缘，在文学领域具有如此不可取代的地位，虽然原因是多方面的，但是最根本的原因却是它与人类生活息息相关。它不仅与个体人生密不可分，而且在整个人类生活中也占有极为重要的位置，从特定意义上讲，毁灭了情爱就意味着毁灭了人类。文学是人类生存方式和自由意志的表现，当然它要主动地密切关注着人类情爱生活或性爱意识的发展与变化。[②]

人生和人性本身就充满冲突和困惑。尽管为了重获平衡和解惑，人类创造和建构了很多理论和学说，但还是无法满足人们对于情感的向往和迷恋。情感力量是如此的执着和强大，它们时而如万马奔腾，时而使人感到万箭穿心，使人喜，使人忧，使人兴高采烈，使人无法入眠。情到深处、烈处、绵延不断处，人们可以放弃一切世俗偏见，冲破所有既定的现实规范和规则，这时候，任何学说、理论和道理，尽管宏大深刻，面面俱到，似乎也失去了效力，也显得苍白，唯独在艺术作品中方能得到一些共鸣和慰藉——而情学将会在这种人类日益增长的寻求中获得自己的丰华和新生。在从过去通向未来的历程中，不管情遭遇怎样的时代风云和历史盘诘，情学都会以各种方式向既定的道德规范和理论体系提出质询，发出挑战，顽强地争取自己作为一种"学"的存在和地位。

---

① 朱德发（1934—2018），山东师范大学中文系教授，致力于中国现当代文学教学与研究，著有《二十世纪中国文学流派论纲》《五四文学初探》《主体思维与文学史观》等专著。

② 朱德发、谭贻楚、张清华：《爱河溯舟——中国情爱文学史论》，天津教育出版社，1991年版，第1—2页。

三、"情"路漫漫："情学"的现在与未来

关于"文学是情学"的提出，不能不提到钱谷融先生的引路之功。[①]
在著述中，钱谷融先生最关注的命题，就是探索艺术创作的魅力所在，如
果说，"文学是人学"理论为这种探索提供了一把"总钥匙"，那么，"文
学创作是一种有情思维"的提出，则已经打开了"文学是情学"的大门。

这里或许应该提到钱谷融先生对于清人焦循（1763—1820）文论的发
现和喜爱。焦循很早就提出了"诗本于情"的观点，把"情"置于诗学的
核心。他在论及"诗何以必弦诵"时如此说到"情"之重要意义："诗何
以必弦诵，课间不能弦诵者，即非诗也。何以能弦诵？我以情发之，而又
不能尽发之，第长言永叹，手舞足蹈。若有不能已于言，又有言之不能尽
者，非弦而诵之，不足以通其志而达其情也。"[②] 由此，他指出：

> 诗本于情，止于礼义。被于管弦。能动荡人之血气，故有市井之
> 心，不可以为诗；有轩冕之心，不可以为诗；有媚嫉之心，不可以为
> 诗；有骄肆之心，不可以为诗；有寒俭狭小之心，不可以为诗；有偏
> 颇怪癖之心，不可以为诗；有矜能斗胜之心，不可以为诗；有雷同剿
> 袭之心，不可以为诗；有妇人女子之心，不可以为诗。是故议论非诗
> 也；谩骂非诗也；诙谐非诗也；俳优非诗也；非不说理，拘于理者，
> 非诗也；非不隶事，滞于事者，非诗也；非不写景，饰其景者，非诗
> 也；非不考古，泥于古者，非诗也。总之，未作诗之先，意中必有所
> 不可已之处，始而性情所鼓，盈天地间皆吾意之所充，若千万言写之

---

① 相关论述还可以参见拙作《"情学"：文学追寻的归根之路》，载《华东师范大
学学报》2013 年第 1 期。

② 焦循：《与欧阳制美论诗书》，见《雕菰集》，卷十四，二三五页，王云五编，
商务印书馆，1936 年版。

而不足者，迟之又久，神渐敛，气渐翕，即而取之无有也，至于鬼神不能通其虑，风雷不能助其奋，而后郁而徐之，积而出之，引而伸之，辞不必至，性已先之，虽简亦深，虽平亦曲，虽率亦神，其文也不缛，其质也不俚，斯庶乎味者而不穷，寻之而愈有也。①

在这里，说"文学是情学"的发明权属于焦循亦未尝不可，可惜当时焦循尚不能尽情言之，仍然在传统的诗教框架内有所顾忌。不过，正是由于焦循发现并认定了这个"本"，后来被钱谷融先生引为圭臬，并加以了更精妙的倡扬。钱谷融先生在《艺术的魅力》一文中细致解读了焦循的观点，认为焦循用以下三句话来解释诗歌创作非常精到，揭示了文学创作的魅力所在，即"不质直言之而以比兴言之，不言理而言情，不务胜人而务感人"。实际上，这三句话都是讲情的，正如钱先生所说："焦循这三句话，如果用科学的眼光来看，当然是未必精当的，我们不能把它绝对化。但这三句话却的确抓住了文学艺术的一个根本特点，那就是'文学艺术主要是从感情上去打动人的'。"②

文学是情学，是从"文学是人学"中脱颖而出的。钱谷融先生在论述"文学是人学"观念时，曾不断强调艺术性和审美性在其中的作用，而且指出："只有人学和美学的结合，才谈得上艺术性。"③钱谷融先生还指出：

从美的角度来说，艺术是对于人的理想最完美的肯定，最贴近人的灵气和性情，最能体现人与自然的沟通，所以人才去追求它，迷恋它。而从人的角度来说，艺术只有脱离了社会的庸俗气，远离了说教

---

① 焦循：《与欧阳制美论诗书》，见《雕菰集》，卷十四，二三六页，王云五编，商务印书馆，1936 年版。

② 钱谷融：《钱谷融论文学》，华东师范大学出版社，2008 年版，第 179—180 页。

③ 钱谷融、殷国明：《中国当代大学者对话录——钱谷融卷》，中国文联出版社，2000 年版，第 103 页。

的功利性，才能创造美的境界，使人们感受和体验到人存在本身的意义。①

如果是这样，那么在艺术创作中，到底什么才是最能体现人最本真、最完美的存在意义呢？接着，钱谷融先生在文章中写下了如此话语：

> 艺术作品之所以具有打动我们的力量，不正是因为在艺术形象中渗透着作者的强烈而真挚的思想感情吗？作者在创作过程中，把他从生活中得来的思想感情，凝铸到他所创造的艺术形象时，便也接触到了他的思想感情，感受到了他所经历到的激动，他所尝味的欢喜和悲哀。②

钱谷融先生在《文学创作的生命与动力》（1979 年 3 月 6 日）中通过对古今中外一些优秀文学作品的解读和分析，针对当时关于艺术思维方式的讨论③，给出了这样的答案：

> 在我看来，形象思维作为一种艺术的特殊思维方式，它的特点正像艺术的特点一样，就在于它是饱含着感情色彩的，在于它是一点也不能离开感情的，我们简直可以给它另起一个名字，可以就把它叫做

---

① 钱谷融、殷国明：《中国当代大学者对话录——钱谷融卷》，中国文联出版社，2000 年版，第 104 页。

② 钱谷融：《钱谷融论文学》，华东师范大学出版社，2008 年版，第 192—193 页。

③ 20 世纪 70 年代，由于毛泽东同志论形象思维的信的发表，引发文艺理论界展开了一场就艺术的形象思维问题的大讨论，1979 年 3 月，中国社会科学出版社专门出版了由钱钟书等名家参与编译的《外国理论家作家论形象思维》一书，受到学界广泛欢迎。

"有情思维"。①

无疑，在这里，"文学是情学"的观念已经从"有情思维"中缓缓走来，尽管钱谷融先生在文章结尾处申明"关于这个问题，当然还需要做进一步的论证，但是这篇文章已经写得够长了，只能留待以后再说了"②，但是通向"文学是情学"的道路已经打通，"人学"与"美学"再次相遇并喜结良缘，生成了一个文艺理论的宁馨儿——情学。如果说，"人学"是一门人文探究的综合和终极命题，那么，尽管哲学、历史、社会、伦理等学科能够提供多方面、多层次的理论和学说，却不可能代替和完成文学对于人类感情的呈现、宣泄和展演，更无法如此生动、透彻与完美地诠释和理解人类情感的意义和价值。

纵观钱谷融文学思想的线索可发现，在古今中外的艺术创作中，不乏把情放在核心和中心地位的文本个案，而在众多艺术家的生平创作中，也不难找出多情专情这一共通的性情品格。换句话说，情本身就是人们把握艺术特性的最灵敏的钥匙，不仅能够由此打开人学的大门，而且能够由此深入到人性和人性深处，获得独特的资源和启迪——而这几乎是任何一种人文科学和知识所力不从心的。

对此，章培恒先生曾在文学史中做过精到详细的梳理与分析，他认为文学的意义和秘密就藏在人性之中，而文学对于人性的揭示最集中表现在情感上面，由此他赞赏古人萧绎的观点，认为"文学所要求的，只是强烈的感情和艺术上的美，此外不承认对文学的其他约束"③，这是因为"'情'和作为其基础的'欲'原本是人性中最活跃的因素，它在文学中的活跃，

---

① 钱谷融：《钱谷融论文学》，华东师范大学出版社，2008年版，第209页。
② 我以为这是一种谨慎的说法，一方面反映了当时的理论环境和意识形态态势还不够宽松和成熟，另一方面也表达了对于这个命题的重视。
③ 章培恒、骆玉明：《中国文学史》，复旦大学出版社，1996年版，第57页。

直接表现了对人性和人的自由意志的肯定"①。——所以，这才是文学的特质和独立价值所在。

由此章培恒先生得出如下结论：

> 综上所述，文学乃是以语言为工具的、以感情来打动人的、社会生活的形象反映。文学作品之所以能用感情来打动人，一方面是由于作家本人受到强烈的感动并有较高的表现能力，另一方面是因为在一般情况下作家的感情乃是基于人性的，所以能与读者相通。②

所以，作为一个文学命题，"文学是情学"的提出并不突兀。尤其就中国文论来说，这一见解几乎贯穿于整个历史之中，不仅古人论述颇为丰富，现当代文论家也有很多灵犀相通者，诸如在王国维、朱自清、郁达夫、沈从文、钱谷融、章培恒等人的论述中皆有一些独到论述，为这方面的深入讨论开通了道路，使得"文学是情学"这一观念，在文学研究和批评中逐渐得到拓展。

"文学是情学"就是在这样一种历史追寻中提出的。在这里，"情学"已经带领人们进入文学殿堂，游历了文学史的珍园胜境，我们已经听到它正奋力敲击着文艺理论的大门。

值得注意的是，中国现当代文学研究领域近年来出现了一次新的转向，即从纵论"现代性""启蒙""都市摩登"等问题的狂欢之后，转向了对"抒情传统"的关注，接着，又有西方文艺理论中的"共情""情动"等观点鱼贯而出，形成了一个不小的潮流。按照海外学者王德威的说法，"抒情"当是"代表中国文学现代性——尤其是现代主体建构——的又一

---

① 章培恒、骆玉明：《中国文学史》，复旦大学出版社，1996 年版，第 57 页。
② 章培恒、骆玉明：《中国文学史》，复旦大学出版社，1996 年版，第 57 页。

面向"①，尽管这一面向早在现代性还没有出现之前，就在文学史上出尽了风头。当然，王德威在著作中也谈到了中国传统文论中的"抒情"，但是很明显的是，他更倾向于采取西方文论中的"抒情"（Lyricism），所以，他所关注和论述的中国现当代文学中的抒情，在很大程度上是西方理论在中国的现代投影。这当然是可以理解的一种转移，因为从王德威的总体思维来说，现代性依然是一条主线，只是如今已经进入一种令人厌烦、老生常谈的状态，而且距离文学本身也越来越远，文学似乎又重新被禁锢在了一种观念化的牢笼中，文学史也似乎被一种西化概念和过分意识形态化的时代标签所绑架和架空，变得毫无情致情趣可言。在这种语境中，从纵论现代性向抒情传统的转换，就成了一种必要的选择。一方面是为了摆脱"现代性"话题日益标签化、权力话语化的窘态，同时也是为了制造一个新的话题，试图在"现代""后现代"迷雾中找到一个新的路向。其犹如一股清泉注入死水微潭，不仅可以继续延续现代性探讨的话题，而且也是一种从学术困境和窘境中突围的尝试，希望能够为当下现当代文学研究状态带来生机。强调抒情，是为了理论和学术研究更加贴近文学的原生态和生命状态。因为文学毕竟是文学，过度理论化和概念化的阐释，等于一种变相自杀，或者，按照目前流行的一种说法，即是一种文学的终结——尽管这并非不可能，"理论中的文学"不仅完全可能成为一种学术形态，而且会一度占据学院课堂和高端论坛——这种情形在美国学者乔纳森·卡勒的《理论中的文学》一书中似乎得到了证明；② 然而，即便如此，这种理论最终还得依仗文学本身作为底本，只不过是对过早倡言"文学的终结"的一种回应罢了。

就这个意义上说，重提"抒情传统"，实际上是从形形色色的理论观

---

① 王德威：《抒情传统与中国现代性》，生活·读书·新知三联书店，2018 年版，第 3 页。

② 参见《理论中的文学》，乔纳森·卡勒著，徐亮、王冠雷、于嘉龙、郑楠译，华东师范大学出版社，2019 年版。

念中回归文学的一种努力，其中酝酿着对文学自身状态及其价值的重新思考。其实，抒情传统也是一个老话题，最早有陈世骧（1912—1971）、高友工（1928—2016）、徐复观（1903—1982）等学者称道，在海外文学研究中颇受重视，这或许是以现代性名义阐释中国传统文学最早的尝试。对此，我曾在拙作《20 世纪中西文艺理论交流史论》中有过浅论：

　　如对中国抒情美学传统的重新肯定和阐释，就是明显的例子。因为这里实际上隐藏着对西方文艺理论思路的反省和补充。正如西方文论家罗杰·斯克鲁顿（Roger Scruton）在《审美理解》（伦敦，1983年）所言，西方当代分析性的美学思路"过多地致力于对艺术本质的关心，而忽略了康德所考虑的更根本的问题，那就是审美趣味（aesthetic interest）的本质和价值"问题，换句话说，西方文艺理论更注重从理性的、哲学的角度研究艺术的本质，而不是它的个体的创造性经验。而正是由于这种考虑，美国文论家高友工（Yu-Kung Kao）有关中国抒情美学的论述得到了学界的广泛认同。根据中国传统文论的思想，他不仅把主体的创造性体验看作是抒情美学的基本资源，而且把内化过程看成是抒情美学的中心问题。[①] 这显然是对西方文艺美学近年来注重符号化过程的一种补充和反拨。他还在《中国抒情美学》（Chinese Lyric Aesthetics）中特别指出："抒情特性，形成于自我与时机的契合，由个人历史的深刻性与丰富性所赋予，并因记忆和想象而持续。抒情特性非同寻常，它拒绝分析性和拆解开来的解释。"为此，他提出了一种与分析性相对的理论构想，即综合性的文学理论，而其核心就是创造性思维和创造性语言问题。……很显然，高友工在这里最后所说的"这两个概念"，已包含着多种含义，它们既指刘勰所说的神思和情文，包括高友工所翻译的"全能者的思"和"情感语

---

① 见《北美中国古典文学研究名家十年文选》，江苏人民出版社，1996 年版，第15 页。

言",同时又指的是他所"愿意"用的"抒情之思"和"抒情形式";而这前后两者并不是相同的,因为后者已包含了高友工的独特理解和发挥。所以,与其说高友工的说法比较含混,不如说这种说法的前后意指表达了一种思维转换过程——刘勰的神思和情文在不知不觉之间已从中国传统文艺美学范式转换到了现代文艺美学的表达。①

经历了近百年的游历,中国传统文论中的"抒情传统"似乎回到了中国现代文学语境中,尽管有"儿童相见不相识,笑问客从何处来"的尴尬,但是其内涵却多了一些世界性意味,而王德威等人的贡献,不仅表现在由此铺平了从传统到现代的道路,而且在中国现代文学研究中明显加强了中国元素,把中国文论中的抒情传统拓展到了跨文化语境,这正如他引用的陈世骧的观点所说:"所有的文学传统'统统'是抒情传统。"②

显然,为这个传统垫底的是"情"。事实上,如今重提传统中的"抒情",正是针对文学所面对的困局而言的:一方面是在传统道德理性与现代科学理性,以及商业理性的合谋与合力夹击下,其理念和意识正在日益功利化、符号化和技术化;而另一方面,人类的情感状态也随着社会物质和意识形态的挤压,日益萎缩,甚至被排斥在边缘地带,成为不断被虚构、建构和利用的人性资源和文化产品,其所汇集的种种权力与商业包装,正在吞噬着文学原生美的活力与价值,文学正在"无情""乏情"和"虚情假意"状态中失去魅力和吸引力,面临被新的审美方式淘汰的危机。

不能不说,此时"文学是情学"的提出,具有特殊的意义。文学作为人类生活的整体反映和表现,更作为人类生活不可或缺的一部分,原本包含和包容生活的各个方面和层面,其中不仅有历史、哲学、伦理和道德,也涉及人类理性、思想、感情和感觉等各个层面,所以,文学不仅是人

---

① 殷国明:《20世纪中西文艺理论交流史论》,华东师范大学出版社,1999年版。
② 王德威:《抒情传统与中国现代性》,生活·读书·新知三联书店,2018年版,第9页。

学，也可以是"心学"、美学和感性学，文学研究更是可以从历史、政治、经济、哲学、思想和道德等各个方面进行，从中获取启示。不过，从文学本身来说，从各个不同角度和层面来理解和研究文学，确实能够促进对文学的认识，甚至丰富文学的想象和建构，带来文学自身的突破和创新，但是如果过度强调和阐释，也会消解甚至取消文学自身赖以存在的价值和意义，更难以真切体验和触及文学之所以魅力长存的缘由。

第四讲　美学的三双"眼睛"

一、第一双眼睛：感性与理性的转换

在人类思想史上，"眼睛"是一个重要视角和维度，经常出现在分析和阐释中，借此不仅有诸多发现，而且提供了独具特色的理论方法和阐释路径，例如佛学经典《金刚经》中，就有"肉眼""天眼""慧眼""佛眼"之说，中国文论正是借助这些"眼睛"跃入到了一个新的境界。而近代以来，美学的生成和建构则为中国文论又提供了新的"眼睛"，从不同视野和视点观照、认知和论述艺术的存在，体现了一种新的融通和整合不同艺术方式和形式的理论范畴。这在 20 世纪中国美学史上留下了深刻痕迹。这种新的视域与视点，在不同的历史时期有不同的焦点，在中西文化碰撞中内化和积淀为美学史上的节点，凸显了不同层次和方向的艺术关注，在哲学与艺术、传统与现代、客观与主观等关系之间搭建了桥梁，改变了过去研究文学的思维框架和主体性路向，在接受西方美学观念的同时构建着中国性的范畴。

当然，由此也形成了文艺理论和批评中一系列的论争和转换，在这种论争和转换中，美学的眼睛越来越多样化，理论视点和文化视野也越来越锐利，越来越开阔，眼光越来越深邃，眼神也越来越熠熠生辉。

这首先表现在感性与理性的交接和转换上，因为感性和理性是美学得以生成的根脉所在，它们在艺术和哲学之间构成了一种冲突和张力，最后在矛盾中异军突起，形成了美学。由此，可以称美学为一种"感性的艺术学""艺术哲学"或者"艺术的理性概括"，而在这种理论生成中，"感性"和"理性"也成了美学构建和阐释中最基本的"眼睛"。美学家一方面要用"感性之眼"来考察和考量具体的艺术现象，同时还要用"理性之眼"来仰望星空，发现艺术存在的思想意蕴，总结艺术感性体验和经验中的美学真谛。

在中国，这还意味着一种前所未有的中西文化思想的交流和通融。因为不仅美学在中国是一种新学科和新学问，是在中西文化交流中生成的；而且在中国文论中，"感性"和"理性"视角也具有某种相对的意味，具有某种独特的色彩，不能不从西方美学史中去追根溯源。

从西方源流考察，美学原本就是在哲学胚胎中生成，最初是一种哲学的孳生物，好比中国传说中的老子，是从母体腋下生出来的。而有学者这样看康德美学的源起："应该看到，康德这三大批判是一个相当严密的体系，康德的哲学思想已是相当完整、相当成熟了。我们只是说，在康德哲学思想中，'美学'是他的哲学体系的逻辑'逼'出来的，是他的哲学体系的需要，而不是他对艺术问题有多大兴趣，或者对艺术有多大修养。"①既然是"逼"出来的，那么必然有某种强力而为之处，在哲学和艺术之间难免存在某种联系和隔阂。

这种联系也投射到了中国美学的生成语境中，形成中国与西方、哲学与艺术、感性与理性的多重差异与隔阂。

王国维就是一个突出的例子。他接触到康德美学思想之后，非常欣赏其超越世俗的"纯粹美术""纯粹哲学"的思维方式，从中发现了提升中国文论境界的新路径，如其所云："今夫人之心意，有知力，有意志，有感情。此三者之理想，曰真，曰善，曰美。哲学实综合此三者而论其原理

① 叶秀山：《论美学在康德哲学体系中的地位》，《叶秀山文集·美学卷》，重庆出版社，1999年版，第715页。

者也。"① 然而，王国维同时也感觉到其哲学与艺术、理性和感性之间的隔阂，发现它们之间存在"可信而不可爱"与"可爱而不可信"的矛盾，由此陷入了深深的困惑之中，甚至中断了自己的哲学与美学研究。为了突破这种理论的瓶颈，王国维曾重回中国传统文论中寻找出路，创作了不同凡响的《人间词话》，其以"境界"为核心，用"造境"与"写境"、"有我之境"与"无我之境"等观念和范畴，来重铸哲学与艺术、理性与感性之间的关系，而其所独爱之尼采之语，凸显了其重生命感受的意蕴，这就是："一切文学，余爱以血书者。"②

由此，中国文学理论和批评也从美学中获得了一双新的"眼睛"，这就是"理性之眼"和"感性之眼"——这也是西方美学诞生之时最初拥有的一双眼睛，它们来自西方文化思想，直接脱胎于启蒙时代的哲学，但是进入中国之后，无论在视点、视野和视域方面，都显示出了不同的特点，因为中国文化及其传统文论对它们进行了新的"验光"和矫正，在视力和"视网膜"等方面都有新变化。

显然，用"理性之眼"观照艺术，与用"感性之眼"评价文学作品，有明显的不同感受。美学原本就是"理性"和"感性"两只"眼睛"观察和考察艺术的产物，它既是用理性来解释和提升感性的一种方式，也是用感性来支撑和丰富理性的一种开拓，最初的美学构建者试图穿越西方文化中固有的思想隔阂，用美学的方式打通哲学和艺术思维，以一种新的范畴和学问寻求一种新的平衡和融通，创建一种新的理论。

这当然难以一蹴而就。因为在具体的文化语境中，甚至在不同的艺术家、理论家视域中，这两只眼睛很难完全一致，多半存在明显的差异和"不平等"。在西方艺术史上，理性一直占据绝对的统治地位。同时，理性

---

① 王国维：《哲学辨惑》，《王国维全集》第十四卷，浙江教育出版社，2009 年版，第 8 页。

② 王国维：《人间词话》，《王国维全集》第一卷，浙江教育出版社，2009 年版，第 465 页。

是启蒙主义哲学馈赠于艺术的珍贵礼物，它不仅搭建了哲学通向艺术的桥梁，而且为艺术和诗学进入形而上学殿堂提供了入场券。例如牟宗三先生在七十五岁那年就如此总结自己的学术人生："我的一生可以说是'为人类价值之标准与文化之方向而奋斗以申展理性'之经过。"① 显然，在这里，"理性"占据着学术的中心，把持着艺术研究的价值和方向。

但是，对于理性的高度依赖和过度阐释，也给美学带来了困顿。就拿康德美学思想而言，哲学与艺术依然是征服与被征服的关系，"在他看来，审美性的观念乃是理性观念的附属物"②；美只能是表象和现象，不可能成为"本质"和"规律"。正如鲍威尔所说，康德美学正是试图"为美学设定'感性的规则'，用来制约直觉的框架及其判断标准，理性是整合一切、判断一切的基础"③。也许正因为如此，所谓"审美判断与目的论的判断皆属反省的判断力，而非决定性的判断力"④。由此，美学自身，至少在古典启蒙哲学范畴内，也受到了某种限制，人们往往普遍把美学视为哲学的传声筒和附属，习惯于用哲学观念和理性逻辑来解释艺术现象，反而忽略了艺术存在方式的自主性及其审美特征，从而在艺术理论和批评中容易形成从观念到观念的叙述逻辑。这无疑给中国的接受者带来很大困扰，因为在中国文论传统中，一向注重艺术欣赏，把感性和感悟放在首位，并不习惯于用某种形而上的哲学眼光来看文学，所以也很少致力于文艺理论体系的建构和阐释。

可见，美学的这双"眼睛"，其大小、视力不是相同的，在不同时期有不同差异——例如，在美学原创者鲍姆加登的《美学原理》中，"理性

① 牟宗三：《序言》，《牟宗三先生全集》（23），台北联经出版事业有限公司，2003年版，第4页。

② ［英］鲍桑葵：《美学史》，张今译，商务印书馆，1985年版，第224、249页。

③ Andrew Bowie：*Aesthetics and Subjectivit：from Kant to Nietzsche*，Manchenster university Press，2003，P34.

④ 牟宗三：《卷首 商榷：以合目的性之原则为审美判断力之超越的原则之疑窦与商榷》，《牟宗三先生全集》（16），台北联经出版事业有限公司，2003年版，第1页。

之眼"睁得很大，而"感性之眼"似乎刚刚睁开，它们之间的不平衡和不匹配，很可能在审美判断上发生矛盾。这不仅表现在王国维的感受中，也不同程度地表现在蔡元培、朱光潜、宗白华、李泽厚等人对于西方美学思想的解读中。例如，崇尚理性的牟宗三先生，在翻译康德《判断力之批判》过程中竟然也发出了这样的疑问：

> 　　试看"这枝花是美的"这一美学判断。在这一"自然之美"之对象中，有什么"合目的性"存于其中呢？这一审美判断表象什么"合目的性"呢？人人见美的花皆有一愉快之感，这愉快之感与康德所说的"合目的性"有什么关系呢？我百思不得其解！我不知合目的性原则在这里究竟如何了解其切义。我每看到康德于美学判断处说合目的性时辄感困惑，我找不到它的切义究竟在哪里。我甚至怀疑它在这里根本没有切义。①

　　牟宗三先生在这里所追问的"切义"是什么呢？如果这是一种审美感受和感悟的话，那么就不可能用某种确定无疑的理性概念来界定，所以牟宗三先生的抱怨是有理由的。但是既然如此，又为什么去追究这种"切义"呢？看来，牟宗三先生的困惑，不仅来自不同文化背景，而且来自不同的"眼睛"。康德是用"理性之眼"观照这枝花的，所以领悟到的是本质、法则和规律，是形而上学的美学观念；而牟宗三是用"感性之眼"来看这枝花的，所沉浸和感悟的是具体的、活生生的艺术表象和情景，所以看不到康德的"合目的性"与这"美的表象"有任何契合。而且愈加感到："如果这原则或这法则进入这些美的对象或美的风光中，则这些美的

---

　　① 牟宗三：《卷首　商榷：以合目的性之原则为审美判断力之超越的原则之疑窦与商榷》，《牟宗三先生全集》（16），台北联经出版事业有限公司，2003 年版，第 15 页。

对象或风光早就不美了。"①

不能说康德和牟宗三谁对谁错，只能说他们处于不同的文化语境中，对于感性和理性的理解有不同落差，"理性之眼"看到的是观念，"感性之眼"看到的是具体的审美景象。由此可见，在中国传统文化语境中，美学的生成并非那么自然而然。如果说，西方美学是哲学和艺术相互融通的产物，不仅是哲学的拓展，也是艺术理论的新生和扩展，二者之间的张力为美学的生成和发展提供了动力和活力来源，那么，美学进入中国之后，理性与感性之间的隔阂就显得更为显著和突出。且不说审美意识方面的不同，单突破语言翻译方面的习性来说，就面临巨大挑战——尽管西方美学经典大多充满理性智慧，逻辑关系显得天衣无缝，但是那种从概念到概念的、连环套式的思维和表述方式，会使中国学人感到坚硬枯燥，毫无艺术滋味可言。这种概念套概念的美学，最终是得了"哲学的芝麻"，反而丢了最初手里"艺术的西瓜"；有时候读完一连串层层相应的附句，原有的进入艺术世界的喜悦和审美期待，也早就消失殆尽，形而上的"纯粹"和"绝对"并不见得能够提升人们的审美意识。以至于人们为此不能不感谢那些执着的西方美学译者和传播者的苦辛，他们突破了中国传统的习以为常的感性模式，用自己的生命热情持续着对美的探寻。

如今，在美学和文艺理论中，依然普遍存在着美感和审美意识减弱和丧失的危机，文艺理论研究中的过分观念化、概念化和符号化，不仅没有强化、反而弱化了人们对于艺术原生美的感受，原本对于艺术情有独钟，但是经过美学和文学理论训练之后，反而失去了艺术感受和感悟的能力。当然，这并不能怪罪于西方美学的引进和传播，更不能完全否认他们的贡献，但是如果不能平衡和处理好哲学与艺术、理性与感性之间的关系，一味强调哲学和理性的话语权，过度淡化对于具体艺术活动和作品的沉浸与

---

① 牟宗三：《卷首 商榷：以合目的性之原则为审美判断力之超越的原则之疑窦与商榷》，《牟宗三先生全集》（16），台北联经出版事业有限公司，2003年版，第15—16页。

感悟，美学就会迷失于抽象概念的阐释之中，失去其存在的活力。

这是中国美学一直面临的问题，其实也是西方文艺理论所面临的困境。在美学研究中，很多学人都表现出了这种忧虑。面对如潮水般涌入的理论潮流和概念，一些学者坚守以艺术感受为本位，尽量避开连篇累牍的哲学论述，以活生生的、具体的艺术感性来激活概念和术语，使美学永葆艺术青春。蔡元培之所以把重心放在美育，朱光潜之所以选择尼采和克罗齐，宗白华之所以钟情于中国书法绘画，鲁迅之所以大力张扬"摩罗诗力说"，等等，都在一定程度上显示了这种回归审美感受的意识。

当然，在这里，哲学与艺术是相得益彰还是互相抵牾，始终是美学关注的问题。这种情景也纠结于西方美学发展中。从鲍姆加登、康德、黑格尔到叔本华、尼采、克罗齐、弗洛伊德，西方美学一直处于此起彼落的转型过程中，传统哲学框架中的美学不断受到挑战和质疑，而具有独立自由意识的现代美学呼之欲出，其为中国美学提供了新的借镜和阐释空间。

这种情景不仅影响着美学的异变，同时也改变着哲学状态。感性和理性的关系问题，也一直是哲学家和美学家共同关注的话题。在这个过程中，一方面是哲学家不断把感性的艺术活力注入哲学思维之中，另一方面则是美学家不断借哲学名义升华艺术意识，形成了哲学与美学相互融通现象。在这里，方东美（1899—1977）是一个值得关注的例子，其研究凸显了哲学与美学相契合的学术品相。在《中国哲学之精神及其发展》一书中，方东美一方面借用西方哲学的思想框架，同时又从中国文化中提取了美学资源，注入西方哲学的理性躯体，形成了独特的哲学—美学思想范式。方东美提到，他的目的之一就是"表现出一种与相对流行于西方哲学界的'超自然的形而上学'（praeternatural metaphysics）迥然不同的'具内在超越性的形而上学'（transcendental-immanent metaphycics）的独特形态"。而这种"独特形态"最重要的支撑点之一就是"中国哲学家虽然集体代表着一种诗人—智者＝先知的综合体，但他们都能证明自己的独特性：道家具诗人气质，儒家具智者魅力，而佛家寄希于成为先知"。继而他又特别强调了他们的艺术气质："无论各家心态的差异如何，他们都倾向于将宇宙作为一个理想的整体看待，并使之符合他们在道德启迪、具创造性想象之美感意识，以及对精神觉悟之渴望等方面的理想。"至于他对于中国古代文化精粹的评价，更体现了其艺术内涵和审美想象力：

> 通过"洪范九畴"我们可以上溯一个古老的中国，那时的中国人醉心于诗歌、神话和宗教而非哲学。①

显然，不能完全以西方理性思维的模式来判断方东美的论述和界定，甚至不能把方东美视为一个合乎学术规范的哲学家或美学家。因为在他的著述中，哲学是一种宽泛的存在，甚至是一种"杂述"，并没有严格意义上的理论逻辑；相反，在其并不天衣无缝的概念和逻辑关系中，不时彰显出一种诗意和诗化的逻辑，也可以说，在其表层的理性思辨中始终隐藏着一种诗意和诗化结构，主导着哲学探索的方向。也就是说，就思维和呈现方式来说，方东美不是一个严格意义上的哲学家，而是一个沉迷于探索艺术奥秘的美学家，尽管他借助了纯粹理性的眼光，但是吸引人的却是那充满美感的、生动活泼的艺术识见。

二、第二双眼睛：客观与主观的分野

在这个过程中，另一双美学的眼睛似乎在思维中闪烁，这就是"客观之眼"和"主观之眼"。

在《中国人生哲学》的叙述方式中，就藏匿着这种诗意或诗化逻辑，其"哲学"背后是包罗万象的人生感受和感悟，最终归结为一种美学体验，正如傅佩荣所概括的："最高的顶峰是'不可思议的神明境界'，或称

---

① 方东美：《中国哲学之精神及其发展》，中华书局，2012年版，第1—2页。

之为'玄而又玄的奥秘'。"①

例如，方东美对于中国传统的审美观有这样的阐释：

> 综合上述所言，可见中国人对美的看法，尽可在道家与儒家的伟大系统中得到印证。简单地说，不论在创造活动或欣赏活动，若是要直透美的艺术精神，都必须先与生命的普遍流行浩然同流，据以展露相同的创造机趣。凡是中国的艺术品，不论它们是什么形式，都充分地表现了这种盎然生意。一切艺术都是从体贴生命之伟大处得来的，我认为这是所有中国艺术的基本原则，甚至是中国佛教的雕塑、壁画与绘画，也不例外。②

这似乎应和了高尔泰对于人的审美意识看法："美作为人的本质的对象化意味着我从有限的自我超越出来，而同外在世界达到同一。……是在不断的超越中不断的扬弃，从而把人不断推向更高的人生境界的。所以审美的能力作为一种感性动力，审美活动作为一种满足感性动力的需要，意味着更高的生物效能。"③

当对艺术"外在世界"的研究越来越重视的时候，尤其是哲学界经历了数场唯物主义和唯心主义大论战之后，美学的另外一双眼睛"客观之眼"和"主观之眼"也越发频繁闪现在文艺理论和批评研究之中，研究者不能不应对来自唯物主义与唯心主义、客观真实与主观真实、生活与自我、历史性与主体性等多方面的质询和挑战，在种种两难境地中做出艰难选择，在它们相互分歧和矛盾中寻求美的规律，探究艺术创作的终极价

---

① 傅佩荣：《广大和谐的哲学境界——〈方东美全集〉校订版介绍》，见方东美：《中国人生哲学》，浙江人民出版社，2019 年版，第 3 页。

② 方东美：《中国人生哲学》，浙江人民出版社，2019 年版，第 203 页。

③ 高尔泰：《关于人的本质》，见《美是自由的象征》，人民文学出版社，1986 年版，第 24 页。

值。这种寻求和探究在黑格尔时代展开，在费尔巴哈学说中得到了充分展演。很多哲学研究者认为，对黑格尔和费尔巴哈的批判、扬弃与超越，是马克思辩证唯物主义理论的基础。

这种在客观与主观世界之间激荡和纠结的思辨和论争，既赋予了美学一双透视物我关系的眼睛，同时也把美学置于了二元论的矛盾和交战之中，在物质世界和人的精神世界的交合中考察美的存在及展现。毋庸讳言，二元论是人类认识论中一种根深蒂固的思维模式，但是只有到了近代，特别是马克思主义产生之后，才突出表现为一种唯物主义与唯心主义、客观性与主观性的分野与冲突，因为作为一种能够与上帝观念分庭抗礼的现实存在，"客观"显示了一种物质世界的强大力量，正在以科技发明和工业革命的方式改变着世界，同时也在改变着人的处境及人性观念。而在这之前，按照鲍桑葵（Bernard Bosanquet，1848—1923）的说法，从笛卡尔到鲍姆加登，从哲学到美学，主要面对的是"普遍性"与"个性"的关系问题，由于文学中伤感主义、怀疑主义等情绪的发展，以往的绝对理性已经无法解释个人感受和感官直觉的丰富表现，不能不对感性和感情进行专门研究，而美学的难题就在于"怎样才能把感官世界和理想世界调和起来"[1]。所以，尽管康德强调"美就是理性的要求、希冀或原则在感官形式中的暗示"，甚至也认可客观美的存在，但是在有关美的论述中，重点还是主要放在自然美和艺术美上，几乎没有使用客观这个词。[2]

其实，"客观"进入中国，已经有别于西方；西方的"客观"来自能够认知和触摸的"物体""实物"（object），而中国的"观"即起源于人的视觉经验，是用眼睛审视的意思。用《说文解字》中的说法就是"观，谛视也"，"观"就是用眼睛看，此后扩展到了对于整体世界的观察与研究，成为一种超越人格和主体意识的视角和维度。于是就有了北宋邵雍在《皇极经世》所言"谓其能以一心观万心，一身观万身，一物观万物，一世观

---

[1] ［英］鲍桑葵：《美学史》，张今译，商务印书馆，1985 年版，第 224、245 页。
[2] ［英］鲍桑葵：《美学史》，张今译，商务印书馆，1985 年版，第 224、356 页。

万世者焉"的广阔视野。至于"客",则表现了物我之间的距离,体现了人与自然之间的一种对话关系。所以,邵雍的"以物观物"与"以我观物"之说,既包含"客观"与"主观"之分,也有两者之间的交流和融通意识。此后王国维从中延展出了"有我之境"与"无我之境"之说:"有我之境,以我观物,故物皆著我之色彩。无我之境,以物观物,故不知何者为我,何者为物。古人为词,写有我之境者为多,然未始不能写无我之境,此在豪杰之士能自树立耳。"王国维还用"有我之境"和"无我之境"的范畴,来评判文学作品的美学品相。无疑,这里体现了某种客观与主观的视域和视点,阐明了一种明朗的、超越艺术欣赏的审美意识,文学家和批评家能够通过某种反思和重构的方式,去营造不同的审美之境,创造不同的审美意境和景象。

作为一种中国化了的审美视角,从"客观""主观"到"唯物主义美学观",经历了一个漫长过程。从"以物观物"到"客观"只是一个开始。在中外文化交流和交融语境中,由于现实主义和浪漫主义文学潮流此起彼伏,客观和主观概念亦被视为唯物主义和唯心主义两种对立的思想模式,并渐渐成为两种世界观和审美观的关键词,在美学研究和论争中形成了两个势不两立的美学阵营,"美"亦成为"客观"与"主观"视域之间所争夺的对象。

在美学史上,这种"客观之眼"和"主观之眼",不仅观察到了不同的审美特征,体现了不同的美学观念,而且成了美学发展中时代转换的某种标志。例如,20世纪30年代就有一种观点认为,在哲学史上,黑格尔到达理性(理知)主义的顶峰,同时也是反理性主义的开始,"此后的发展,便是人类对于推理和感觉的日甚一日的不信任。通过了叔本华的盲目的生活意志,通过了尼采的超人权力意志,到新康德派的先验的道德意志,一直线地进行着哲学界的意志的发展,其间,还有柏格森的创化流动的生命作为旁系,有詹姆士的心理学情欲意志作为支流。'知'没有了,

'情'和'意'占据了哲学的领域"。① 在这一潮流影响下，就有了辩证唯物主义在中国的拓展空间，就有了"研究有素如李石岑先生，亦不惜放弃了旧来的思想，而唯情哲学者朱谦之先生也开始在暨大讲授黑格尔哲学及辩证法了"② 等不断转换方向的学术研究。在这种思想转换中，不仅先前的"客观"也面临新的审视，一方面遭到了质疑，另一方面不断获得新的阐释和认定，而且"主观"也处于不断改变、改造和矫正之中。

在这个过程中，一些较早接受马克思主义哲学思想的学者，对于"客观"和"主观"之间的关系进行了深入思考和探析。例如，艾思奇在30年代就连续发表了《理知与直观的矛盾》《从新哲学所见的人生观》《客观主义的真面目》等文章，试图从"新哲学"角度来阐释"客观"的意义与局限，他首先这样表述"新哲学"的使命：

> 新哲学一方面反对观念论，一方面和机械主义作战，要在这两条战线的夹攻中，打出一条血路来。这就是说，不能把人类生活中的意志现象和自然的机械运动同样看待，同时，也不让玄学鬼有作祟的机会，而将具体的解决权交与研究人类生活的社会科学。③

这里的"新哲学"就是辩证唯物主义和历史唯物主义，而此时的艾思奇正处于"两条战线的夹攻中"，他正在用一种"作战"姿态来维护"新哲学"。为此，他必须突破张君劢、吴稚晖、胡适、费尔巴哈、斯宾诺莎等人的哲学思想，为客观与主观的关系提供一个完满的解释。"……要说一切的唯物论都主张客观主义，这是错误的。纯粹主张客观主义的，只是

---

① 艾思奇：《直观主义与理知主义——现代哲学的两大源流》，《艾思奇文集》第一卷，人民出版社，1983年版，第35页。

② 艾思奇：《二十二年来之中国哲学思潮》，《艾思奇文集》第一卷，人民出版社，1983年版，第60页。

③ 艾思奇：《从新哲学所见的人生观》，《艾思奇文集》第一卷，人民出版社，1983年版，第90页。

旧的机械的唯物论，真正的新唯物论，是要克服客观主义的。固然，新唯物论始终也是唯物论，它也不能否定客观世界的存在，不能否认'存在决定意识'的原则，但是，它决不会因为主观是被客观所决定，就以为主观这东西没有重要性。"①

照理说，艾思奇的解释够完满的，但当时却并不能让人们普遍信服，因为当时的美学研究界，一向受西方美学思想的浸染，对艺术源自一种主观创造的观念早已习以为常，而马克思主义是一种新的哲学思想，所以学界一下子难以接受客观决定论。

李长之（1901—1978）就是其中之一。1941 年，李长之在《时代精神》第五辑第一期上发表《我之"唯物史观"观》一文，系统阐释了自己的观点。他说："我不承认唯物史观是唯一的真理，但我不否认它揭穿了真理的一小部分。"在他看来，唯物史观并不能完全解释历史，因为其"所解释的只是条件而不是原因"；而且唯物史观只是"常识"而"不足以作为学术观点的基础的"。② 不仅如此，李长之还试图从根源上批判唯物史观的经典论述："假若荀子生在现代，我想一定会批评恩格斯未免太蔽于物而不知人，太蔽于经济而不知文化了"：

> 唯物史观的论者只看见具体的生产品的生产和交易可以支配人类行为，却没看见抽象的概念是同样可以支配人类行为的。……也就因此，革命必先革心，革命须赖宣传，否则何必宣传呢？等着生产方法和交易方法的改变好了，唯物史观也何必大声疾呼？③

---

① 艾思奇：《客观主义的真面目》，《艾思奇文集》第一卷，人民出版社，1983 年版，第 102 页。

② 李长之：《我之"唯物史观"观》，《李长之文集》第一卷，河北教育出版社，2006 年版，第 351 页。

③ 李长之：《我之"唯物史观"观》，《李长之文集》第一卷，河北教育出版社，2006 年版，第 351 页。

李长之还发出这样的呼吁，丝毫没有意识到自己所面对的是一列势不可挡的时代思想列车："我不愿意病态的中国本土的老子哲学再发荣滋长下去，我也不愿意外来的常识的唯物史观被人奉若神，中智以上的人是不会拘束于此的！"①

其实，李长之不过是多用了一只"主观之眼"来看"客观"世界，他曾如此来定义主观："所谓主观，是指艺术品中所要表现的艺术家的人格。这是艺术品的核心……"② 这在当时似乎是一种共识，很多研究美学者都沿用了康德的路径，从理性进入审美判断的世界。

20世纪60年代，朱光潜以一种洗心革面的状态，奉命写作《西方美学史》，其不仅一开始就强调"研究美学史应以历史唯物主义为指南"，而且把柏拉图与亚里士多德视为代表唯心主义与唯物主义的"两种性质不同的线索"③。这一观点引起了后来《西方美学通史》作者的质疑，其导论中指出："但是，在二十世纪末的今天看来，朱先生所概括的这两条互相对立的主导线索，似乎并不十分切合西方美学发展的实际；把一部西方美学史概括为唯物主义与唯心主义、现实主义与浪漫主义之间对立斗争的历史，进而使肯定的价值评判主要向唯物主义和现实主义方面倾斜（这一价值标准在两条对立线索的概括之中），显然是过于简单化且有失公允的。"④显然，这部七卷本的皇皇巨著在很多方面都有新的开拓，但是其将本体论、认识论和语言学视为西方美学发展的三个发展阶段，将理性主义和经验主义视为西方美学史的两条主线，似乎又掉入了西方哲学史的又一个挖

① 李长之：《我之"唯物史观"观》，《李长之文集》第一卷，河北教育出版社，2006年版，第353页。

② 李长之：《中国画论体系及其批评》，《李长之文集》第三卷，河北教育出版社，2006年版，第241页。

③ 朱光潜：《西方美学史》（上），《朱光潜全集》第六卷，安徽教育出版社，1990年版，第13页。

④ 范明生：《古希腊罗马美学》，《西方美学通史》第一卷，上海文艺出版社，1999年版，第6—7页。

好的陷坑中，用某种既定的思想模式限制了美学视野。[①]

三、第三双眼睛：创作与理论的互动

应该说，艺术创作和理论是美学得以生成和发展的基础，美学犹如脚踏创作和理论两只船，站得稳才能在文学艺术发展的激流中浪遏飞舟；与此同时，创作和理论又是美学赋予人们观察、审视和评判艺术现象的一双眼睛，从感性和理性相交汇的维度，去感悟、认知和阐释文学艺术。

在中国现代美学史上，层出不穷的新潮流和新观念，都在用自己闪烁的眼光，诱惑和吸引着文学理论家和批评家，它们既是一双双观照艺术的眼睛，也是一个个捕获理论家批评家的陷阱。其中，美学往往被视为一种超越限定和偏见的意识，能够以艺术创作为基础，以艺术理论为指导，为艺术发展提供动力和方向。但在具体的艺术实践中，事实并非都能随人所愿，艺术创作和艺术理论并非常常心平气和地坐在奥林匹克山上，它们时时斗嘴甚至斗殴，一个瞧不起另一个，酿成文艺史上一次又一次的分歧和分裂。

在这个过程中，首先感到为难的是批评。因为批评一方面要贴近具体的艺术创作和作品，甚至要直接面对艺术家、作家的提问；另一方面则需要一种理论眼光和勾连能力，不仅能够超越具体的艺术创作，为艺术家、作家提供高瞻远瞩的思想启迪，而且能够把创作和理论、感性和理性、审美与思想融通为一，把艺术创作和理论意识结合起来，形成一种新的富有创见的认知。李长之曾引用过美国理论家斯宾迦（J. E. Spingarn）一段话："批评家没有美学，便好像一个航海者失了地图，失了指南针，或者缺少了航行的知识；因为，问题并不是在船应当往哪里去，也不是在船应载什

---

① 范明生：《古希腊罗马美学》，《西方美学通史》第一卷，上海文艺出版社，1999 年版，第 38 页。

么东西，却是在船是否到达了什么地点而没沉陷。"① 就如何进入作者世界，李长之说：

> ……批评家在作批评时，他必须跳入作者的世界，他不但把自己的个人的偏见、偏好除去，就是他当时的一般人的偏见、偏好，他也要涤除净尽。他用作者的眼看，用作者的耳听，和作者的悲欢同其悲欢，因为不是如此，我们会即使有了钥匙也无所用之。具体的，以我个人的例子来说，我是喜欢浓烈的情绪和极端的思想的，我最憧憬的，是理性的自由……②

其实，这只是李长之谈及如何进入作者世界的第二条，其第一条是"需要哲学家的头脑"，第三条"似乎更重要，便是必须知道作者的社会、环境"，显然，这三条并不能形成一个哲学体系，也没有一个确切的中心观念，但是展现了一个充满矛盾冲突的批评时代的要求。李长之一方面在强调稳定的思想体系和中心观念，但是又在渴望和喜欢"浓烈的情绪和极端的思想"，憧憬"理性的自由"；既在强调了解作者的社会和环境，又在质疑唯物史观的"阶级基础"和"阶级意识"，反映了那个时代理论与批评的隔阂与冲突。

作为一个自觉的批评家，李长之对于美学是相当看重的，他不仅用"创作之眼"看文学，而且时常转向一种理论眼光来观照艺术和人生。从文艺观念上理解，理论和批评原本就是唇齿相依、相得益彰的，但是在实践中，在具体文化语境中并非那么随人所愿，尤其在一个文化大转换时代，理论和批评所参与政治活动的深浅，所担负的社会责任，在文化意识

---

① 李长之：《现代美国的文艺批评》，《李长之文集》第三卷，河北教育出版社，2006 年版，第 49—50 页。
② 李长之：《我对于文艺批评的要求和主张》，《李长之文集》第三卷，河北教育出版社，2006 年版，第 13 页。

形态场域中的角色，都是不同的。这也就形成了艺术创作与理论批评之间的矛盾和冲突，艺术创作并不一定符合理论批评的美学标准，为理论和批评的生成和发展提供价值判断的基础和依据；而理论与批评也往往不能满足艺术创作的需要，甚至与艺术创作实际相距很远，结果二者南辕北辙，各说各的，两败俱伤。

作为一个自觉的批评家，同时作为一个学院中人，李长之具有强烈的理论意识，时常介入理论探究和论争，探寻文学艺术的终极价值和本质。在中西文学比较中，他认为，中国文学批评的短板就是缺乏理论，他尤其对三十年代批评状态不满，他说："中国的文学理论与文学批评，荒芜得太久了，国人囿于成见，始终不以为文学也是一种学，一种专门之学，一种应该成为有体系，有原则，有确切概念的学。这是大可哀的！文学，是国民的精神粮食，是民族文化命脉的寄托，是人类近于和平和幸福之境的必要途径，但这都需要健康正确的理论作为基础。"[1] 正是基于这种判断，美学及其文学原理就成了批评的一种必要选择："文艺体系学也就是文艺美学（Literaraesthetik），其中包括诗学（Poetik），或称文学原理（但中国的名称是文学概论！）以及文艺中各种成分的专门研究。体系学所问的不是演化意义了，而是绝对价值。"[2]

问题在于，人们在从事文学批评的时候，往往预设自己已经掌握了正确的文学理论，理所当然地对艺术创作评头论足。事实是，这并不一定是一种幸运的选择。因为无论是在何种文化意识形态语境中，这种具有"绝对价值"的"有体系，有原则，有确切概念的"，而且又是"健康正确"的美学理论，都只是一种期待，而其从何而来，如何构建，却是一种众口难调、难以确定的期待，而且在众说纷纭的文学论争中，时常显露出冰火

---

① 李长之：《正确的文学观念之树立》，《李长之文集》第三卷，河北教育出版社，2006年版，第310页。

② 李长之：《释文艺批评》，《李长之文集》第三卷，河北教育出版社，2006年版，第318页。

两重天、水火不相容的状态。不同的政治集团和权力阶层，都在建构和选择自己的理论学说，由此争夺在文化意识形态场域中的话语权。正如当年"绝对理念"对黑格尔的诱惑一样，这种过于完美、正确的美学诉求，不仅会导致批评过度依赖经典学说、并以此设立艺术标准，难免在历史与现实之间形成难以跨越的鸿沟；而且在面对丰富多样艺术作品时，会把批评家拽入一种难以企及的困境之中，在理论和批评之间进退维谷。

20 世纪以来，这种创作与理论的矛盾冲突，非但没有得到缓解和消融，反而变本加厉地发展起来，以至于有人明确提出"文学需要理论吗"的疑问。最近，在"中国作家网"上就转摘了邢建昌的文章《文学需要理论吗》一文，其中特别指出了文艺创作与理论批评之间的裂痕：

> 批评作为理论的应用，是指向作品的。批评是一种旨在发现作品的美和缺点，阐释作品的意义的理性活动。批评连接着两头，一头连接理论，一头连接文学。

> 但是，当今文学批评被人们诟病最多。无论是从理论方面，还是从文学方面，批评远不尽如人意。一方面，人们指责非文学的批评太多了；另一方面，贴近文本、深入细读的批评太少了。还有人指责批评家阅读作品没有耐心，在没有读完作品或者粗糙阅读的情况下就对作品遽下断语。诸如此类都说明，文学批评远没有达到与文学并驾齐驱的程度。而从理论的角度看，批评的浅薄暴露无遗。因为批评疏离了理论，导致批评与理论脱节。批评要从理论上解决为什么批评以及如何批评的问题。[①]

包括文学在内的各种艺术创作，确实不再需要这样的理论及理论家，除非整个情势发生某种彻底的改观。

---

① 邢建昌：《文学需要理论吗》，中国作家网，2022 年 11 月 17 日。

　　不过，一种自我完满的乐观看法至今依然流行，即认为创作和理论批评是一个整体，两者是一种唇齿相依的关系，批评往往是理论的具体运用，而理论往往是批评的升华和概括。这种看法看似完美无缺，其实恰恰造成了理论和批评的双重误区，因为它们都忽略了一个不可或缺的中介，即具体的艺术作品、活动和现象，继而忽略了批评家的具体选择。对此，茨维坦·托多洛夫在与保尔·贝尼舒关于批评的对谈中，首先关注的就是方法问题："您对当代批评论争的第一个总批评就是论证了那些批评对一种被称作'批评'的语言虚构的迷信。批评家们'自以为是在谈方法问题'，倾向于'为所有新发现的方法命名'实际上完全不是那么一回事……"① 而更大的批评悲剧在于，批评家自以为掌握了"放之四海而皆准"的理论方法，能够回答和解释一切文学问题。正如保尔·贝尼舒所说："……文学是在广泛、普遍的主观经验基础上建立起来的，它是日常人际关系的一部分，它意味着一种广泛的交流，给文学规定一个科学所具有的法则会损坏文学本身的真理并使它失去与其对象的接触。"②

　　在具体的文学活动中，尽管创作与理论批评还得时常见面，共处一室，但是不能睁一只眼闭一只眼，更不能用权力话语的方式挖掉一只眼。显然，美学对两者的要求和塑造是不同的，立足于创作的"理论之眼"需要敏感、敏锐的艺术眼光，能够更贴近具体的艺术作品和现象，通过细读和细致辨认来感受、体察和阐发其中的奥秘，而"创作之眼"则需要高远、超脱和深邃的目光，能够从具体的艺术作品和现象中生发出美的本质和规律。一些过于靠近和介入具体的社会生活的艺术作品，反而会陷入"不见庐山真面目"或"瞎子摸象"的境地。这种情景，即便对一个具有敏锐眼光和理论意识的批评家来说，也会是一种极大的挑战。

---

　　① ［法］茨维坦·托多洛夫：《批评的批评：教育小说》，王东亮，王晨阳译，生活·读书·新知三联书店，2002 年版，第 159 页。

　　② ［法］茨维坦·托多洛夫：《批评的批评：教育小说》，王东亮、王晨阳译，生活·读书·新知三联书店，2002 年版，第 161 页。

例如，李长之虽然面对现实具体作家作品的评论能够游刃有余，但是面对"美感的民族性"时却会显得左右掣肘。他曾这样评判中国绘画的历史价值：

> 我觉得中国画是有绝大价值，有永久价值的，然而同时我觉得它没有前途，而且已经过去了。①

这显然是一种悖论，读者很难贯通其中的历史逻辑，亦无法为这种"绝大价值"提供理论基础，甚至难以理解李长之当时进行艺术研究的心理状态。因为在文学研究和批评中，李长之一直表现出强烈的现实感，一直在寻求中国文学艺术突破困境的路径，而此时他却陷入在过去与未来的悖论之中，所研究和追寻的中国画论体系之美，与其所面对的中国绘画之现状，形成了一种彼此解构、消解和难以相通的状态，理论失去了现实创作的意义，而批评则迷失在了虚幻的理论设定之中。

这或许是李长之介入与梁实秋、朱光潜等人关于"美是什么"论争的意义所在。不过，李长之所关注的是"美学与文艺批评的关系"，而梁实秋的《文学的美》及其应答和朱光潜的质疑，所探究的是美在文学中的展现，重在概念内涵的确定和延伸，实际上与李长之思考的问题相距很远，且有一种在象牙塔内自说自话的性质。李长之从文艺批评的要求出发，认为一个文艺批评家首先需要哲学的训练，然后是美学的知识，再就是社会科学的知识和伦理学的知识，所以"美学对一个文艺批评家，和哲学、社会科学、伦理学便同其重要了"②。他还认为，文学批评不能没有尺度，而这个尺度是由批评家的艺术理想、人生理想和社会理想所决定，"艺术理

---

① 李长之：《中国画论体系及其批评》，《李长之文集》第三卷，河北教育出版社，2006年版，第302页。

② 李长之：《我对于"美学和文艺批评关系"的看法》，《李长之文集》第三卷，河北教育出版社，2006年版，第5页。

想所需要的学识就是美学"。由此，李长之说："在这点上，我很赞成'为艺术而艺术'的信条。"他说：

> 这种态度，不止是文艺创作，所有一切艺术创作，都不可缺，不能缺。何以这种态度关系作品非常之大，道理在什么地方？这是美学所要解答的。[①]

但是，就当时理论界批评界状况来说，包括热衷于美学理论的梁实秋和朱光潜，都并没有解答这个问题，李长之寻求批评与理论对话的愿望，落了一个空。同时，这里再次透露出一个信息，这就是，在文学实践中，文学理论和批评并非完全匹配的。当然，文学理论不仅需要美学，还需要哲学和形而上学，而文学需要更宽广的思想视野，不仅需要哲学和美学，还需要社会学、伦理学等等，或许还有更重要的，这就是对于社会现实生活的关切、体验和介入，拥有切实的观察和了解，所以仅仅靠哲学和美学是不够的。

为此，李长之甚至又回到了审美的主观性，他努力睁大自己的理论之眼，但是美学并没有给他带来更宽广的视野，倒是他一旦回到批评场域，回到具体文艺作品的感悟和鉴赏中，其批评眼光就会显得炯炯有神，显示出批评家的个性来："我以为，不用感情，一定不能客观。因为不用感情，就不能见得亲切。在我爱一个人时，我知道他的长处，在我恨一个人时，我知道他的短处，我所漠不关心的人，必也是我所茫无所知的人。假如不用革命的情绪，对旧社会加以诅咒，我们决获得不了如许的关于旧社会的病态的材料。对新社会亦然，没有热烈的憧憬，是不能有清晰的概念的。感情就是智慧，在批评一种文艺时，没有感情，是决不能够充实、详尽、

[①]　李长之：《我对于"美学和文艺批评关系"的看法》，《李长之文集》第三卷，河北教育出版社，2006年版，第6页。

捉住要害的。我明目张胆地主张感情的批评主义。"①

所以，美学不能失去"创作之眼"，它要理论和批评，但是同时不能抛弃创作，也要让作家作品说话，不能成为文艺理论与批评中的"独眼龙"，虽然大学者易中天说："美学是个什么'东东'呢？它是研究'问题的问题'、'标准的标准'的。也就是说，它研究的，是艺术和审美的那些带有根本性和普遍性的问题。"②

正是由于这种创作和理论之间的隔阂和冲突的存在，促成了美学在理性与感性、主观和客观的相互观照中崛起，以一个更宽广的视野来整合和重塑理论与批评的关系，一方面引导理论走向活生生的审美现实，另一方面促使批评具有更为宏大深邃的眼光，在具体生动的审美现实中发现艺术的共同性，找到打开人类艺术终极价值的钥匙。显然，美学为人们提供的"眼睛"也不会仅限于这三双，随着其不断发展，不断发现和开发新的视角、思路和方法，自然会为人们提供更多的"眼睛"，使人们有更多、更丰富的审美享受。

---

① 李长之：《批评精神》，《李长之文集》第三卷，河北教育出版社，2006 年版，第 20 页。
② 易中天：《破门而入——美学的问题与历史》，复旦大学出版社，2004 年版，第 5 页。

第五讲　形式的美学奥秘

一、形式：是艺术的"桥梁"还是"围墙"？

正如沃林格在《抽象与移情——对艺术风格的心理学研究》一书中所说："人们所能论及的始终只能是一种有关形式的美学"[①]——不管这一说法在何种程度上合乎实际，在艺术活动中，艺术的组合形式自古以来就是艺术存在的最重要特点之一，而且在文艺美学研究中也越来越受到重视。因为艺术本身就是作为沟通人类心灵的一种普遍媒介而存在的，这种媒介之所以能够超越一切物质生活的交换方式，就因为艺术能够体现一种普遍的心灵，而这种心灵则是由一种特殊的艺术形式固定下来的。如果说丰富的生活给予艺术多样化的内容，那么形式则赋予艺术一种普遍的心灵意义。因此，艺术内容和形式的不可分离性，正是艺术本身的自然性质。从这里引申出的另一条思维射线则是，任何一种艺术形式，不仅是表现内容的一种方式，而且本身就是某种内容长久沉淀的生成物。

对此，被称为"恶魔诗人"的波德莱尔就曾坚决认为，如果以思想比形式更重要为借口而忽略形式，"结果是诗的毁灭"[②]。而法国美学家杜夫

[①]　［德］沃林格：《抽象与移情——对艺术风格的心理学研究》，王才勇译，金城出版社，2010年版，第24页。

[②]　郭宏安：《译本序》，《波德莱尔美学论文选》，人民文学出版社，1987年版，第11页。

海纳（Mikel Dufrenne，1910—1995）曾有这样表述："事实上，任何理论，即使还没有形式化，它已是有形式的了，而且只有在形式上真实时，在内容上才能真实。因为，它所许可的演绎首先应该根据形式标准证明它们的有效性。在审美经验中所显示的恰恰是形式……"[1] 而正是出于这种理由，他得出了如此结论：

> 因此，美的经验要求哲学去思考"形式"这个词的意义的统一性（对"结构"一词亦然），也就是说，去思考审美对象所专有的被作为有意义的格式塔给予的感性形式和为了理解真实对象，以一个理想对象替代真实对象的各种形式主义所制定的理性形式这二者之间的关系。[2]

但是，新的发现常常会带来新的怀疑，人们似乎通过内容捕捉到了形式的某种内涵，但是却无法最终解释长久积淀的内容最初是怎么存在于形式之中的。形式，其确切的存在，在这种单向推论之中已经悄然隐逸。事实上，形式本身常常会自行"隐没"的。在艺术活动中，一种完美的艺术境界是忘却形式的。而这种形式本身的被遗忘并不是形式的悲剧，而是它的幸运，因为这时人们才真正毫无阻挡地步入艺术家创造的艺术世界，艺术形式已最完满地实现了自己的美学价值。

由于最完美的形式往往是默默无语的，它就可能使人仅仅注意到它的表层内容，而把自己丰富深刻的内在品格隐藏起来，人们常常会由此产生一种错觉，似乎艺术形式只是某种内容的附属品，它只是艺术作品不会发言、也不必发言的一个影子。而就在这时，对艺术形式置若罔闻的人，往

---

[1]　［法］米盖尔·杜夫海纳：《美学与哲学》，孙非译，中国社会科学出版社，1985 年版，第 5 页。

[2]　［法］米盖尔·杜夫海纳：《美学与哲学》，孙非译，中国社会科学出版社，1985 年版，第 7 页。

往也会遭到一种无言的"报复"。旧的艺术形式会以一种无形的力量捆住他的手脚，遮住他的艺术视线，使他永远循环往复地重复一条艺术路径，在一种封闭的、无所更新的艺术小圈子里踯躅徘徊。当生活一旦把他带到一个新的艺术世界面前的时候，他便会感到陌生，感到格格不入。新的艺术形式会成为某种艺术知觉和感觉的屏障，使他耳不聪，目不明，被阻挡在一个新的艺术世界之外。尽管他可能会产生进入这个新的艺术世界的强烈欲望，但也无法真正领略这个世界的无限风光。这时候，形式确实又像是一个无情而公正的"判官"，在默默无言之中淘汰着一些不尊重、不关注自己的作家和评论家。

　　显然，作为一种艺术历史活动的结晶，艺术形式的存在，在艺术活动中具有两种可能性：它可能是一座桥梁，把人们带到一个新的艺术世界之中；它有时也可能会是一道"围墙"，把人们和艺术家所创造的艺术世界隔绝开来。艺术形式这种双向的美学功能给艺术活动带来了种种复杂的情况。

　　艺术是人类心灵的一种创造，是用来沟通和铸造人类心灵的。因此，任何一种艺术创造都是在既表达自己，同时又使他人接受这种表达的过程中实现的。于是一种被普遍认可的、并能够显示出自己独特内容的形式媒介的存在，就成为艺术构思和想象实现的最重要的前提。因为一种独特的生活内容，要转换成一种普遍的艺术存在，不仅包含艺术家某种美学选择和艺术熔炼，更明显地表现为某种艺术抽象化的过程。这种抽象化的过程也就是一种形式化的过程。实际上，在整个艺术活动之中，最奇妙的美学意蕴恰是表现在内容和形式的转换过程中的。如果我们从人类最原始的艺术现象——图腾艺术来看这个问题，就会在艺术理解上获得一种极大的满足感。在人类原始生活中，一种图腾，不仅表达某种社会结构和某种特异的宗教信仰，而且表现为一种普遍的心灵符号，凝聚着某种部落群体的群体意识。部落初民通过某种图腾显示了彼此之间维系着的某种共同命运和心灵，由此构成某种牢固的心灵联系。

显然，图腾是一种心灵化的形式，同时又是一种形式化了的心灵。它代表着初民对自然及其自身命运秘密的一种认知方式，同时又是他们对自己尚未能完全理解和把握的人类秘密的一种寄托和隐喻。图腾的这种性质正好表现了艺术作品最普遍、最深刻的形式意义。可惜，图腾的这种意义在一些西方研究者，包括弗洛伊德的研究中，令人遗憾地被忽略了。这种忽略使得他们只是着重于探求图腾本身所表达的那种具体的人类意义，而没有注意图腾自身所创造的、对整个人类历史尤其是艺术历史产生深远影响的抽象含义——也就是形式的意味。任何一种艺术作品，都不仅揭示着人类的某种秘密，而且自身又在创造着一种"秘密"，这是来自艺术本原的一种特色。

艺术的这种特色确定了艺术同时是一种特殊的符号系统，其中蕴藏着特殊的情感内容，它们之间具有互相转换的关系。艺术中关于形式的原理不过强调了这样一种事实，即艺术之所以为艺术，就在于它有一个可以令人观察到的、可以接受和理解的形式，就是所谓"有意味的形式"。反过来说，艺术作为一种普遍的心灵媒介，艺术家通过它把一般生活经验转换成某种艺术存在，因此，艺术同时也是一种"有形式的意味"。

艺术形式所具有的普遍的美学功能在于，它区分了由艺术活动产生的美感经验和一般生活经验中的自然情绪，而这两者之间的差异往往是最容易混淆的。这是因为情感因素无论在艺术还是在一般生活中，都是最活跃、最具有色彩的，人们沉浸其中而又常常无力去辨认它们。但是，由某种特定艺术形式所唤起的美感情绪之所以不同于一般生活的自然情绪，是因为形式已表达了某种艺术秩序的定向作用，把人们引导到一个独特的审美世界之中，同时形式又造成了一种距离，遏止了种种非艺术的心理骚动和感情喧嚣，起到一种"净化"意识的作用，自然而然地把一个非艺术的经验世界和艺术的审美世界区别开来。我们在艺术创作中常常会感受到这种情景，虽然一种强烈的生活氛围感染了我们，涌起的种种情绪不时强烈地敲打着心扉，但是当我们没有找到恰当的表现形式的时候，它们只能焦急地等候在生活的"候车室"里，不能进站上车，行驶在艺术创作的轨道上。

　　还是易中天说得好："最不像艺术的艺术也不能没有形式，或者说因为形式而成其为艺术，这就等于说'艺术即形式'。……不管你把艺术看作什么，看作模仿也好，表现也好，游戏也好，都得有形式。正是形式，区分开艺术和非艺术，此类艺术与他类艺术，优秀的艺术与平庸的艺术。形式，是艺术的生命线。"[1]

　　由此说来，艺术的发展不得不经常应付来自形式方面的挑战，因为形式本身并不总是那么顺从人意。作为美学桥梁的艺术形式有时会向"围墙"转化，把艺术制约在一个狭小的圈子里不得解脱，甚至会像钱钟书在小说《围城》中描写的那样，在城堡里的人走不出来，而在城堡外的人又走不进去。也许在这里我们能够意识到艺术活动中另外一层含义，在艺术创作中，特定的内容会通过形式来表达自己，同时也可能通过形式的力量来巩固甚至封闭自己。这时，形式往往体现出一种凝固了的情感方式和生活观念。因此，艺术形式上的冲突，往往包含着生活观念的冲突，不论这种内在的冲突表现得如何隐晦曲折。人们从对某种艺术形式的流连忘返之中，能够勾连起对某种已十分熟悉的生活世界的眷恋之情。

　　这时，艺术不得不时常提防这种裂痕的出现：当某种特定的内在情感通过特定的外在行为类型（包括写作、绘画、演奏、舞蹈等）表现出来，并逐渐以一种方式确定下来的时候，由情感积淀确立的形式，也就同时造就了与情感分离的可能性，并开始用各种方式日益频繁地造就着这种"裂痕"。

　　艺术不该是被囚禁在某种形式牢笼中的囚徒。在现代社会中，艺术所面临的挑战不仅表现在某种既定的艺术形式对艺术发展的某种束缚、限定和抑制，还表现在来自某些人对形式的利用而造成的艺术的恐慌。形式相

----

　　① 易中天：《破门而入——美学的问题与历史》，复旦大学出版社，2004年版，第181页。

对独立的美学意味，不仅使人能够用它来传达某种生活内容和情感活动，而且还可能以此来臆造内容和情感。这时，形式不再是艺术创作的某种内在需要的表现，而成为某种时尚的风向标。例如，计算机能够通过对某种形式的控制来进行创作，其实已经排斥了艺术创作中的情感活动，形式成为人类情感活动过程的某种"替代"和标志，使艺术活动变成一种"无情"的机械活动，艺术本身也开始了自我丧失。当然，这里并不否认利用某种"程序"，可能创作出一些较好作品的可能性，也不否认这些作品可能具有的一些社会价值，但是可以肯定的是，最优秀的作品不可能是"机械复制"的产品，人的最深刻的感情也不可能用智能美学的程序表现出来。假如人们通过某种形式的程序来把握一部分人的审美情趣，由此创造出多样内容的"作品"，在一个多层次的、文化水平差异很大的社会艺术结构中，也许未尝不是一件坏事，起码它能够加快艺术水平和层次的更新，满足一般人的日常审美需要，为艺术水平的提高创造一定的基础。但是，同样不可否认的是，计算机是永远无法完全取代人的艺术创造能力的，它只能在把握了某种艺术规则——这种规则在某种程度上必然是对一种普遍的模式化思维方式的利用——基础上的"创作"，所以尽管可能在故事编排和具体叙述秩序上花样翻新，却永远无法超越原来的艺术层次的规范的意味。因为，艺术形式作为人的心灵存在的家园，作为情感的储存和传达，具有超越具体艺术内容的美学意蕴。

问题在于，艺术之所以成为人类生存的需要之一，重要的还不仅仅在于其产品的"后天"的价值，而在于艺术活动本身。这种活动本身就显示出一种生命的完美境界，使人们的心灵获得一种激荡，一种铸造，从而焕发出灿烂的美学光华。艺术创造中的一切因素只有和这个过程紧紧联系在一起，才具有自己真实的生命价值。事实上，就艺术形式来说，它的迷人之处，并不仅仅在于其本身所体现出的那部分"积淀"的意义，那只是体现了一种凝固了的、静态的历史内容；而在于它在一种动态的艺术创造活动中迸发的创造活力，即属于艺术家把某种情感内容转换为形式媒介的整个美学熔铸过程。

在艺术中，内容和形式的相互转换和交融，是在一种整体的生命创造过程中实现的。这种转换和交融会以多种多样的方式进行，体现出思维运动中的某种神秘莫测、色彩缤纷的特征和丰富内容。它也许是不知不觉，一帆风顺；也许是曲折艰难，百炼成钢；也许是山重水复，突然又柳暗花明。然而不管这个过程多么富有戏剧性，多么复杂多样，艺术家总是在极力表达内容的过程中确定了形式，同时也是在形式的确定中表达内容的。在这个过程中，仅仅被艺术家所感觉到的、意识到的生活并不属于真正的艺术内容，因为它们并不规则，只是零乱的、互相离异的生活元素。艺术形式内在的美学意味就在于，艺术家如何把它们溶合成一个整体而确定下来。形式是在艺术运动中确定的，而任何艺术都需要把自己寄托到一个确定了的世界之中，它能够把任何不确定的、朦胧模糊的、处于自在状态中的生活元素和意识元素，按照特定的美学理想统一和组合起来。

二、形式：是艺术的"载体"还是"本体"？

在艺术创作活动中，内容和形式不仅彼此确定着对方，而且也是彼此互相引展、互相转换的，共同浇铸着艺术作品的美学结构。尤其是当艺术家发现了某种被生活表面现象还掩盖着的秘密，需要做出一种新的艺术选择的时候，形式的更新往往是十分内在的。

最好的例子是托尔斯泰创作《安娜·卡列尼娜》的过程。起初，托尔斯泰仅仅是从众说纷纭的生活表面现象来评断安娜，安娜被认为是一个制造家庭悲剧的坏女人。但是当他真正触及安娜完整的生活时，马上发现了在安娜心灵中被压抑和被摧残的美好品质。于是，为了排除符合常规的外在生活描写对安娜内在心灵的遮蔽，托尔斯泰不能不面临着一种形式的挑战。在作品中，托尔斯泰在很多地方直接描写了安娜的内心活动。特别是在第四章中，托尔斯泰甚至运用了近似"意识流"的方式，呈现了安娜难以为人知的心理活动。托尔斯泰用最大限度的心理活动的自然流露，不动声色地揭示了安娜内在性格的秘密。由于艺术家在生活中感受到了更多的东西，在内容上发现了"新大陆"，所以意识到了选择新形式的必要，最终产生了在艺术形式上的突破。在另一位俄国作家陀思妥耶夫斯基的创作中，也可以找到类似的证明。可以说，形式的变革往往是一种内在的艺术运动，它把更深层和广阔的艺术内容托浮到了人们能够感觉和感应的日常生活的水面上，期望得到艺术呈现。一位研究陀思妥耶夫斯基的外国学者由此发现，陀思妥耶夫斯基的心理描写艺术早在弗洛伊德精神分析学派之前，就深入探索了人的下意识心理内容，而且他的分析并不限于个人心理，还透视了家庭、社会、民族的心理，并涉及了作为整体的人类深层意识。

写到这里，也许我们能理解，为什么一些作家、艺术家不喜欢理论家和评论家仅仅停留在形式上的评头论足。因为这种仅仅注重于艺术形式的外在定性，有时会导致对艺术创作心理过程的忽略，甚至对艺术作品作机械性的分析，无法触及艺术家独具个性的艺术创作的生命过程。例如，作家王蒙就曾对一些技巧方面的评论采取过暂时回避的态度，因为这不是他最想要的。问题也许并不在于是否可以用"意识流"来分析王蒙的小说，或者就王蒙的小说创新去确定某种形式上的概念，而在于这种形式技巧的创新在何种程度上，表现了作家的内在美学追求。如果仅仅借用形式的概念，有时恰恰没有帮助理解艺术创作的内在性和复杂性，反而"简化"了艺术家艺术创新过程的独异性及其丰富内容。对王蒙来说，艺术创新的力量是在长期的沉默中聚积起来的，他所要表达的不是生活的表层内容，而是几十年生命遭遇沉积下来的人生体验。不真正把握王蒙的这种生命体验和意识，以及由此造成的心理负重感和由此产生的陈述自我的必然要求，就难以把握王蒙艺术创新的内在过程及其独特意味。

这种对于形式的选择，同时也是艺术家的某种新的发现。在艺术创作中，形式创新作为表达内容的必然要求，并不是那么轻易能够确定下来的。这不仅意味着艺术家要在表现生活中选择形式，而且还意味着艺术家能够在形式中发现意蕴，在形式中发现自我。这种发现包含艺术创作中更深奥的秘密。这种秘密一般表现为相反相成的两个方面。一方面表现在艺术家对于"找到"形式的欣喜，不仅表现为它和内容传达所产生的一致关系，而且会和艺术家整个心灵息息相通。因此，艺术家对形式的发现，应该是一种心灵的语言，可以尽情地与它交谈，并使艺术家表达出他想要表达的一切。另一方面则是，艺术家对自我的"发现"，并不是艺术家能够完全凭理性把握的。有时候艺术家仅仅是"感到了"，却无法完全确定它的涵义。因此，艺术形式常常会给作品带来一种寓意。这种寓意既可能在艺术家意料之中，也可能在艺术家预料之外；既会使艺术家有感能言，也会使艺术家有感难言。

于是，对于形式的探索和理解，就有了一种新的问询，即艺术形式是否是一种艺术内容的载体，或者它就是一种艺术的本体，是艺术活动最终要达到的一种神奇的彼岸？

如果按照前一种说法，那么，艺术形式就如同上海黄浦江上的一艘渡轮一般，不断把乘客送到对岸就可以了；甚或，形式如同一个旧瓶子，或者一个漂亮的容器，可以装盛不同的液体和物体。显然，这是一种过于简单的说法，因为无论是渡船、瓶子或者任何漂亮的容器，都是把形式固定化，或者视之为一种固定不变的载体，并没有顾及形式是一种非常活跃、且具有灵活好动的因素，其难以把握的重要特点，就是它的多变性。

因此，不能不说，形式有一种不可描述的性质。当代女作家茹志鹃在《剪辑错了的故事》中，采用时空交错的叙述形式。这种形式除了具有表现作品特定的生活内容的艺术功能之外，还具有某种特定的生活内容所无法直接传达的意味。就这篇小说所表达的某种生活现象和事实来说，也许并没有过于惊人魂魄的地方。但是，不同凡响的形式的选择，却延展了其故事本身的意义——一种广义的、无法完全确定的隐喻潜伏在作品之中，作者超越了具体的生活故事，以全部的身心感觉，捕捉、模拟到了整个时代生活运行中的某种独特的韵律。当然，也许形式最终要通过内容来证明自己，但是，形式却不是无动于衷地受内容支配，而是积极参与了内容，新的内容必然要依靠形式来展示和延展自己，否则，拘于一种固定的形式，各种各样的生活内容也许会给作品带来各种色彩，然而，很难表达某种超越自身的美学境界。

由此说来，艺术形式既是艺术的载体，也是一种艺术本体。在艺术创造中，艺术的魅力常常并不是表达某种观念或者对生活的判断，而是表达了某种独特的美学意味和境界。这种意味和境界也许常常是象外之象，羚羊挂角，无迹可寻，但这正是艺术的迷人之处。一位学者在评论贝克特的《等待戈多》时说，他十分赞赏的并不是作品的内容，而是作品的形式。因为他觉得作品所表达的内容，他曾在中国道家和佛家的经典里早就看到过，但是贝克特能够用这样具体的形式表现在舞台上，实在是了不起的。这位学者之所以这样来评论贝克特，我想大约其中还隐含着这样一层意思，这就是他从贝克特作品中所获得的审美感受，并不是建立在作品所表达的某种内容和观念基础上的，而是作品通过特定的形式所显示出的那种独特的美学意味。

艺术形式如果仅仅被认定为某种内容的载体，那么就不可避免地忽略了其所具有的独立的本体意义。还好，这种观念在20世纪初遭到了来自形式主义美学的质疑。在俄国形式主义美学学派那里，形式就不再仅仅是内容的载体，而具有了独立的本体意义。其中一位学者就曾如此论述艺术感染力的来源："……诗的结构也从属于艺术规律，它是对读者进行感染的独立手段，是进行了规则切分的艺术结构：它是曲线式的思维状态，其结构只可意会。"① 而这本书的译者方珊的概括是这样的："既然他们认为，文学是一个复杂的有机系统；一部文学作品是一个体系，正如整个文学是一个总系统一样，要研究文学之所以成为文学的内部规律，那就是要深入

---

① ［俄］维克托·日尔蒙斯基：《诗学的任务》，《俄国形式主义文论选》，什克洛夫斯基等著，方珊等译，生活·读书·新知三联书店，1989年版，第229页。

文学系统内部去研究文学的形式和结构，即研究文学的构成规律和秩序化原则。"①

　　显然，在这方面，艺术家同评论家一样面临着考验。在任何条件下，艺术家要创造新的艺术境界，从他原来驾轻就熟的路径中超越出来，必然要冲破种种习以为常的偏见和规范，经过一番艰苦的艺术拼搏才能实现。这时，对艺术家来说，形式上的迟钝和内容上的贫乏同样会造成艺术创造上的蹒跚不前。某种既定的艺术形式的规范，会阻隔通向新的艺术境界的道路，这即便在一些伟大的艺术家那里也会发生。高尔基晚年就在艺术创作中感受到这种苦恼。他给罗曼·罗兰的信中谈到，他非常不满意自己在创作中仅仅作为一个"讲故事的人"，而无法表达出他心灵中的负重感。不言而喻，这种负重感是同高尔基对人类生活深刻的洞察力和内在体验连在一起的。但是高尔基并没有能够最后再一次突破自己，进入一个新的境界。这显然是和高尔基某些凝固成形的艺术观念有关联。高尔基在一定程度上限定了自己的艺术眼光，这明显地表现在他对 20 世纪初一些艺术更新现象的误解和偏见，由此阻碍了他在艺术创作上的自我更新。尽管高尔基在现实主义创作中取得的辉煌成就，足以奠定他在世界文学中的大师地位，但是这在他个人的艺术追求上终究是个遗憾。

　　造成这种遗憾的后果之一，就是艺术家在艺术追求中丧失了某种主动性。由于缺乏克服自我、突破既定艺术模式的勇气，艺术家将失去在艺术上创新的机会——事实上，对任何一个艺术家来说，这种艺术上突破和创新的机会，都是十分难得的，这不仅需要艺术家某种深厚的生活积累和艺术积累，而且需要一定的历史时机和社会条件。因此，这样的机会对一个艺术家来说，一生能够获得一次、两次，已经足够幸运的了。而它们常常又是一旦错过就无法追回的。这个机会是艺术向前跃进的机会，艺术家错过了它就意味着后退。然而，并不是所有的艺术家都能抓住这个机会的，

---

　　①　方珊：《前言：俄国形式主义一瞥》，《俄国形式主义文论选》，什克洛夫斯基等著，方珊等译，生活·读书·新知三联书店，1989 年版，第 18 页。

有的拘于某种艺术观念上的偏见，有的会受到文化意识形态的限制，某些艺术经验也会成为艺术家保护自己、维护自己原有艺术天地的口实，为其艺术创作的发展打上一个又一个的休止符。这时，形式常常成为加固了的篱笆，使艺术家的创作无法实现超越。

这里，人们也许能够听到一些司空见惯的辩护词，就是把对艺术形式的强调看作是形式主义态度，因而把对形式的漠视认为是对内容的强调。其实，在很多情况下恰恰相反。在对艺术形式的轻视，或者在漫不经心之中，往往在其意识深层潜藏着一种真正的形式崇拜，即把某种既定的、为人们所熟知的艺术形式，看作是万能的，仿佛像一个能无限膨胀的口袋，能装下一切内容。形式和内容在人们整个思维过程中偷梁换柱的现象，也非常容易造成艺术感觉上和判断上的错觉。

不让这种错觉来左右创作意识，就必须对艺术形式有新的认识，用一种新的动态的整体的观念来认识和发现艺术形式。在艺术创作中，内容和形式是在一种多层次的不断转换和相互渗透过程中存在的；它们都在证明和表达着对方，同时又通过对方来证明和表达自己。内容和形式在运动过程中都有着自己确定性的一面，又有不确定性的一面。例如，曹雪芹在《红楼梦》中把"梦"当作对生活的一种隐喻，作为内容来说，它是具体的，又是无法确定的、神秘的，作为形式来说，它具有不确定的品格，但又包含着某种确定的喻义，创造了一种神不离形、形外有神的境界。艺术内容和形式常常是彼此承担着对方，共同完成着一种独特的美学过程。

在这个过程中，我们发现，在艺术创作动态结构中，任何一种内容和形式的美学价值和功能都不是既定的、一成不变的，而是时常存在着互相超越对方和通过对方超越自己的可能性。这种可能性实际上造成了在艺术世界里，任何一种因素都具有一定的弹性限度和伸缩能力，给不同艺术个性和风格之间的相互竞争提供了广阔的天地。一种特定的内容，被不同的美学思想所理解，通过不同的艺术形式来表达，会产生风采各异的艺术效果。它的涵义可能被集中，也可能被扩散；可能被扩张，也可能被压缩。

艺术形式的效果也常常由此不同。在不同的创作心境中，会发生种种不同的变异现象。所以，在艺术世界中，一切因素的价值都是变化不定的，此高彼低，时涨时落，其功能和意味常常在于艺术家创造的智慧和能力。在一种动态的多层次的艺术铸造中，任何一种具体的生活内容都有可能在向形式的转换中，获得新的美学价值。

这时候，艺术形式不仅能表现出生活的具体性，即作为一种具体实在和人们直观感觉发生密切联系；而且能表现出主体意识的独特性，即作为某种内在幻想唤起人们心灵深处的东西。于是，形式的构成和创新，会使作品本身具有一种超越自身存在的意义。而这种意义往往使作品获得了更为深刻的美学意义。艺术家总是在不仅发现了具体生活本身，而且发现了其中更隽永的意味，才不顾一切地投入艺术创作的。这部分意味不仅属于个别的具体生活，而且还属于艺术家在整个人生中的感受。在现代艺术创作中，很多艺术家，例如鲁迅、马尔克斯，正是发现了具体生活内容的某种形式的意义之后，才真正跨越了具体生活内容的局限性，走向了更开阔的美学境界之中。

三、形式：是艺术"积淀"还是"抽象"的生成物？

研究和把握艺术形式的难点，不仅在于形式本身，更在于形式和内容之间的关系，它们是多层次的，动荡不定的，充满变异的。因此，如果确实有必要在艺术创作中确定内容和形式的美学关系的话，那么这种关系也必然是多重的：有正面的，也有反面的；有定形的，也有变形的；有内部的，也有外部的；等等。也许这种多重的美学关系是在这样一种情景中被确定下来的：因为艺术家实际上面临一个与他主体世界产生多重关系的对象世界，这个对象世界的不同事物同他的主体世界构成多种多样的奇妙关联，艺术家要把他们聚集起来，熔铸成一个有机整体，这就需要用艺术方式把它们联结起来，确定下来，用不同的方法来实现自己的艺术构思。艺术家在确定自己与对象世界的不同关系时，同时也确定了内容和形式多重的美学关系。

在这种关系中，艺术形式自身的存在方式往往是不确定的，它在某一个层面上是形式，但是到了另一个层面是内容，一直延展到艺术家意识无法到达的地方，到达艺术表现的极致，方才会不无遗憾地停留下来。例如，我们可以说，揭露封建礼教制度的罪恶是《红楼梦》的内容，但是，就表达曹雪芹内在情感和思想来说，前者又是创作的形式；而在这种新的内容背后，还有更深广的人生和生活世界，它们包含新的艺术创作的欲望，继续构成了对于新的艺术形式的需求。

这或许是一种艺术积淀的过程，也是一种艺术抽象化的结晶。

可见，艺术形式之所以一直是文艺理论研究中的重要论题之一，是因为在林林总总的文艺探讨中，它总是能把思路引向文艺的本体及其最敏感的区域，于是有了"艺术形式不仅仅是形式""内容是有意味的形式"等话题。但是，也许由于受到根深蒂固的"二元论"思维方式的影响，相关的讨论和探索一直难以脱出内容与形式、题材与体裁、思想与言语等二元对立的框架，这是形式本身处于一种尴尬的依附性的观念状态，难以展现出自己更深层和丰富的存在依据。这在某种程度上也意味着艺术形式自身的本体性并未获得完整认知，还有待于探讨和发现。

在文艺理论中，艺术形式之所以引人注目，在于其关系到艺术存在方式的独特性问题。诚如阿多诺（Theodor Wiesengrund Adorno）所言，艺术不是通过任何直接宣讲的方式来实现自己的，而是以一种"微妙曲折的方式"① 来发生影响的。而这种"微妙曲折"，不仅表现在丰富多样的艺术表现形态之中，也同样体现在对于艺术形式的理论探讨之中。

---

① 参见 T. W. Adorno：Aesthetic Theory，London，Boston & Melbourne：Routledge & Keganpaaul，1984，pp. 355—366。

康德曾经说过："任何物体都具有广延性。"① 理论命题也是如此。自20世纪初形式主义发生以来，文艺理论研究出现了新的转向，从传统的绝对理念的支配和掌控中解脱而出，步入了一种充满矛盾、富有张力和不稳定的思维空间。而此后的文艺理论研究，几乎都被笼罩在形式与内容关系的论辩中，扩展出了一系列相关的命题和论题。例如，从形式方面来说，衍生出了符号、隐喻、叙述方式、文本、话语等更具体和深入的话题；而在内容方面也毫不示弱，拓展出本质、主体、价值、意义、意识形态等相关的范畴，与前者形成了不同方向的理论诉求与探寻，构成相互博弈与消长的理论过程与格局。

在这种过程和格局中，内容与形式的关系似乎已经确定，"形式是内容的积淀"与"内容是有意味的形式"等观念已经成为常识，被一般人所普遍接受。但是，在这种不断被新的观念和命题所复制的过程中，艺术形式并没有拥有自己的历史和自主性，依然在"内容"的裹挟中"顺带地"被定义和定位。因为问题恰恰在于，人们在热衷于讨论和追逐这些新的热点话题的时候，往往忘记了这些话题的源头——从文学本体意味及其认知中去探讨艺术形式的存在。这就造成了理论研究中日益空洞化的倾向。当研究越来越走向多元、走向新的概念和话语的同时，就越远离了文学的本原，离开了对于文学基本问题的探讨。

由此，理论的反思不可避免地发生了，而正如一位哲学家所说："在进行反思的道路上，我们必须从任何人都毫无异议地同意的我们的某一个命题出发。"② 换句话说，形式主义的崛起之所以对文艺理论研究及其观念的嬗变发生了如此大的引领作用，在于其触动了对文学本原问题的探究，颠覆了以往对文学存在本质的认识。

---

① ［德］康德：《任何一种能够作为科学出现的未来形而上学：导论》，庞景仁译，商务印书馆，1978年版，第3页。

② ［德］费希特：《全部知识学的基础》，王玖兴译，商务印书馆，1986年版，第7页。

在此之前，自柏拉图以来，西方对于文学及其文学性的认知，基本掌控在精神、思想和心灵手里，如果不是以神性为主导，那么就是视理性为艺术的主宰，而作为载体的语言、形式和符号等形式元素，始终处于依附地位，属于手段、技巧和工具的范畴。在中国，文化语境虽然不同，但是"文以载道"的思维定势同样把艺术形式置于一种依附和工具地位，始终难以进入文学的主体性的意识层面，在理论和理念领域得到认同。

这或许是俄国形式主义之所以在中国获得某种认同的原因，因为俄国形式主义美学把艺术本体落实到有形、可感、可触摸的语言层面上，意味着艺术形式具有了某种艺术形式的存在感，也意味着以往的文艺理论——至少在存在方式及其本质方面——要重新来过，从新的本体论的起点上进行重构。

不过，值得注意的是，俄国形式主义的主要创始人都是语言学起家，并非专业的文艺理论研究者。就其理论的起点来说，也许并非要在文艺理论研究中有所作为，而是企图借助文学及其理论为语言学研究开辟新的道路，所以未必想到会在文艺理论和批评领域引起如此强烈的反响。例如雅克布逊（Roman Jakobson）最初提出"文学性"概念，就是为了把语言从混乱不堪的自然状态中解救出来，使其拥有交流的关联性，并由此找到隐藏在言语深处的密码。所以，作为一位对于语言的奥秘神醉心迷的学者，雅克布逊完全可以把"文学性"（literariness）界定为"把本文制成艺术品的方法或构成原理"。[①]另一位形式主义创始者什克洛夫斯基（Viktor Shk-lovsky，1893—1984）最初的理论阐述，也是从"词语的复活"开始的，而这种"复活"从某种意义上来说，是文学赋予语言的，只有在这个基点上才能理解他所面对的文学的本质，其既不是人类情感的自然流露，也不是对现实生活的客观描绘，更不是某种终极真理的形象显现，而是一种语言的想象与操作艺术。

---

① 参见《俄国形式主义文论选》，什克洛夫斯基等著，方珊等译，生活·读书·新知三联书店，1989年版。

　　无疑，这也是美学从哲学向语言学转向的一个重要环节。这种语言魅力的重新发现在美学及文艺理论研究中获得了共鸣。例如，本雅明（Walter Benjamin，1892—1940）就提出要回归"语言自身"，因为"我们所坚信的一切是所有表达都归结于语言，只要表达是对思想内容的传达的话，就其总体最深层的本质而言，表达当然只能理解为语言"①。由此，文艺理论研究卷入了一场语言和文学的互动和博弈过程，文学性进入了一系列立足于语言的扩张、跨越、转喻和误读的陌生化语境之中。也许连雅克布逊和什克洛夫斯基也未必想到，他们作为"门外汉"的理论探索，会对文艺理论研究发生如此大的影响，甚至扭转了传统的理论方向。

　　如今重新进行回顾和反思的时候，也许会发现，这种在文艺理论领域的"语言学转向"之所以发生，恰恰迎合了当时文艺创作内在变革的需要。

　　因为在当时情况下，文学创作已经开始发生重大变化，文艺理论及其批评首先感受到了"失语"的尴尬和困境。在欧洲，以波德莱尔为代表的象征主义诗歌创作早已蔚为大观，继起的艺术创新更是表现在各个领域，在语言应用、意象组合、结构变换等方面的标新立异层出不穷。而在俄国，陀思妥耶夫斯基、托尔斯泰等人的小说创作为文学提供了新的经验和文本，在心理描写、叙述方式等很多方面突破了传统的文学模式和观念。在这种情况下，很多新的艺术样式在感性形态上五光十色，但是在理论和理念上无所适从，读者翘首以待文艺理论与批评给予新的解释和回应。

　　可惜，新的形式美学并未如期出现，就连阿多诺也承认："人们会惊奇地发现，美学在传统上对这一范畴思考甚微。即便形式是著名的艺术概念，但美学似乎将其或多或少当作想当然的东西。开始，一旦要说形式到

---

　　① ［德］本雅明：《本雅明文选》，陈永国、马海良编译，中国社会科学出版社，1999年版，第262页。

底是什么时，就会遇到重重困难。"①

问题是，此时旧有的文艺理论观念和模式已经捉襟见肘，面对新的文化态势和美学事实，除了从精神道德方面、价值方面继续提供一些高端观念来解释和回应之外，已经无法面对创作中出现的一些新的潜意识、无意识，或者介乎于显隐之间的朦胧、模糊和不确定的艺术形象，在美学理论和艺术观念方面不能不呈现出一筹莫展、无可奈何或无能为力的疲困状态。也就是说，尽管语言以巨大的包容性滋养了形式，并孕育了新批评等新的艺术观念，使艺术形式告别了以往纯粹理性的哲学时代，开始降落于具体、生动和实践的日常生活和细节基础之上，诸如文本、话语甚至符号之中；但是，却最终无法使艺术形式摆脱意义和意味的桎梏，甚至不得不重回文化和意识形态的圈套之中。

形式最终还是回到了历史的巢穴之中，是一种历史重复的生成物。这种内容反复呈现而形成的"积淀说"，曾为李泽厚书写美学的历程提供了路向。李泽厚在《美的历程》一书中这样谈到"有意味的形式"的生成：

> 可见，抽象几何纹饰并非某种形式美，而是：抽象形式中有内容，感官感受中有观念。如前所说，这正是美和审美在对象和主体两方面的共同特点。这个共同特点便是积淀，内容积淀为形式，想象、观念积淀为感受。这个由动物形象而符号化演变为抽象几何纹的积淀过程，是艺术史和审美意识史一个非常关键的问题。②

这里，在论述"积淀"的同时，一个新概念的多次出现特别引人注目，这就是"抽象"，因为就在"积淀说"出现的时候，一种以"抽象化"方式揭示形式生成的说法已经出现。这就是德国学者沃林格在其《抽象与

---

① ［德］阿多诺：《美学理论》，王柯平译，四川人民出版社，1998 年版，第245—246 页。

② 李泽厚：《美的历程》，天津社会科学院出版社，2001 年版，第 32 页。

移情——对艺术风格的心理学研究》中所阐释的观点：

> 我们通过下面的进一步探讨就可以看到，艺术作品中，这种抽象冲动在多大程度上界定了艺术意志。在这样的探讨中我们发现，原始民族的艺术意志，就他们根本上存在着这样一种艺术意志来看，展现了所有原始艺术时代的艺术意志，而且是已经经历了某种特定发展的东方文明民族（kulturnation，die）的艺术意志，最终展现出了这种抽象的趋势。因此，抽象冲动与任何一种艺术同时并生，而且在特定的、具有发达文化的民族那里，也依然是占据主导地位的。[①]

尽管李泽厚和沃林格都是从人类原始艺术时代起步并从中获取审美资源的，但是通过比较就可发现，他们的思路截然不同，甚至有南辕北辙之别。李泽厚关注的是"积淀"，这是一种向下的、通过具体艺术创作过程的积累而形成的结晶，所强调的是形式的历史性；而沃林格恰恰相反，他所说的"抽象"，是一种人类艺术意志的展现，艺术形式是一种向上的、寻求和展现更高美学境界的产物。换一种说法，李泽厚所信奉的"积淀说"，表达了一种建立在形而下的艺术具体性基础上的历史凝聚过程；而沃林格的"抽象冲动"，则是一种形而上的、人类主体和主观意志的表现，超越了移情说所器重的审美感受，追求人类艺术意志和理念的呈现。

形式的来源——这一人们似乎早就一目了然的问题，再次成了一个扑朔迷离的难题。因为在这里，关键的问题还是没有得到解答，这就是形式到底是内容沉淀的产物，还是艺术抽象化的结晶，因为语言的发生是一种综合的文化现象，它既是人类文化长期积淀生成的结果，也凝结着人类思维抽象化的过程——这在不同的语言中，又有不同的侧重和呈现。俄国形式主义美学的语言基础是表音字母，可能更倾向于文化积淀的生成，而中

---

① ［德］沃林格：《抽象与移情——对艺术风格的心理学研究》，王才勇译，金城出版社，2010 年版，第 12—13 页。

国象形表意的文字系统，更突出体现了人类思维的抽象化结晶，似乎每一个文字和词语，都是一种象征和隐喻的编码，经历了长期抽象化的文化建构。

这或许是两条永不相交的路径，但是我们不能由此就厚此薄彼，用否定一种的方式来倡扬另一种。事实上，在这种比较分析中，我们所获得的最大启迪和收获就是，艺术形式的生成及其存在，并不是一种单一、绝对的方式，而是一个具有从形而下的层面到形而上层面、从具体的简单模仿的艺术创作到大象无形的美学意志的多层次的结构，而在每一个层面上，都会产生体现不同艺术时代和审美传统的艺术形式，由此为艺术创作留下历史的标志和人类创造力的丰碑。正因为如此，艺术形式的生成和创新，在人类美学史上才显得如此激动人心，才不断成为美学研究和艺术探索的难点和热点。因为艺术形式不仅仅是形式，也不仅仅有意味，其本身就是人的生命状态与艺术存在合而为一的表现和表达，用中国传统话语来说，是一种"道"的展演，人们借助它与宇宙自然、天地自然沟通，到达现实中无法达到的境地与境界，实现终极的梦想和理想。

第六讲　动物美学

一、动物美学的缘起

很多年前，我就想写一本关于动物美学的书，到现在还没有完成。但是我至今记得读过惠特曼的一首诗《动物》（An animals），其第一句就写道："我真的愿意变成动物，和动物在一起。"（I think I could turn and live with animals）这首诗在我心灵中引起了长久的回响，我产生了一种冲动，去了解一下动物在人类艺术创作中的表现，继而深入探究人与动物的关系。在这种冲动驱使下，这些年来，我一直非常关注这方面的资料，尤其是这方面的艺术作品。我发现这是一个极其生动、丰富和激动人心的世界，蕴藏着无穷无尽的文化资源，堪称是一个独特的文化宝库。对我来说，惠德曼这首诗的最好注脚是王小波的《一只特立独行的猪》，我读后最深刻的感受就是："挺好，做一只猪挺好。"

这就是我探讨动物美学的源起。

其实，打开任何一本探讨人类艺术起源的书籍，都会在其中发现动物的身影，动物一直在民间文学或大众流行文化中存身，但却难以进入艺术哲学和美学研究的视野，更不要说提出动物美学命题，将其作为一个专门范畴加以研究了。这种情形或许在某种程度上映照了人类自身的进化和成长过程及其自我意识的变迁，人类先是从动物世界走出，经过很长时间之后，又将回到动物世界中去——尽管后者更突出表现在精神文化层面。

不用说，这是一个充满矛盾冲突的过程，人和动物的关系在不断发生戏剧性变化，变换着人类对于动物的认识和评价。从众多研究艺术美学著作中就能发现，人类曾经经历了一个动物崇拜时期。那时候人与动物处于一种相濡以沫的生存状态，一方面与动物相互竞争和博弈，另一方面又会形成某种互相依赖关系。例如，从北美原始文化遗存中就发现，几乎在所有印第安神话传说中，都保存着某种动物时代（An Ages of Animals）的记忆，动物似乎和人一样具有意识，而且和人类形影不离，生活在一起，它们和人类一样，有的是人类的敌人或叛逆者，有的是合作者，有的则被奉为生活中的文化英雄，有些人类氏族或部落甚至把某种动物视为自己的祖先或始祖，即便已经离开了人类，也继续佑护着自己氏族或部落的存在——在这种情境中，显然，动物不仅是人类生活中的重要角色，也在原始艺术和美学意识中占据着重要地位，甚至可以说，动物是人类艺术和美学起源的基石，是人类最早的艺术创作和审美想象的来源。

再者，世界上几乎任何一个原始部落都有动物与植物的神话传说，由此构成了人类不同文化传统的最初的基因。而这些动物又因为更加接近人类的生命状态，所以与人类文化、文明构成了密切的亲缘关系，由此形成了人类最早的文化系统与艺术精神，动物就是其中最贴近人类心灵的艺术符号。当信奉具体神灵的宗教兴起以后，这些神灵就是万物的创造者。在古希腊，宙斯（主神）、雅典娜（智慧女神）、波塞冬（海神）就是这样的一些神灵。《圣经》中创世纪的故事被视为人类精神文化起源的原型。从人类艺术角度来说，动物在各个民族的艺术乃至美学史上的地位和作用都是十分显著的。先民在世界各地留下的各种古老壁画，就是人类文化记忆的窗口，上面各种飞禽走兽游鱼，不仅反映了人类原始生活状况，而且表现了人类最早对于美的理解，灌注着人类早年的艺术情怀。当然，日月星辰、山川江河也同样是人类文明和艺术观念起源的重要意象，但是，动物不同于上述自然现象的特质在于，它们更接近人的生命存在，反映人的生存状态，与人类生活和精神状态有更加亲近和密切的关系，其情态、其命运、其欲求、其状况，更能引起人类对于自我生存状态的思考。

中国文化中的动物资源异常丰富。从语言文字维度来分析，动物在人们精神意识中占据重要位置。"据统计，殷商甲骨文和周朝金文中已有人们能识别的动物名称四五十种，如马、牛、羊、鸡、犬、豕等家畜，以及狩猎的猎物，如鹿、兔、雉、麑等，其中还有牝牡的区分。中国最古老的典籍《易经》记载了35种动物的名称和生活习性。《诗经》记载中原大地常见动物108种，并歌咏它们的鸣叫、迁飞、婚飞、损害农作物等状况。《山海经》记录中国先民崇拜动物30余种，中国大陆和附近海域常见动物291种。汉代许慎《说文解字》收录9353个单字，其中动物名称的超过320字，当时分布于中华大地的爬虫类中，有鼍、鳄等，即分别为今之中华鳄、马来鳄、弯鳄的名称。"① 王祖望先生还特别遗憾地指出："在中华民族3000余年的灿烂文化中，各种动物，大至飞禽走兽，小至蝼蚁蜉蝣，均为文人墨客关注描绘之对象，因此在浩如烟海的古籍中，蕴藏着大量涉及动物名称、习性、益害、人文等记载。但这些宝贵的文献，被今人利用者甚少……"② ——我想，动物美学的提出，也是为了弥补这种文化的遗憾，重温人与动物在艺术创作中的亲密关系。

也许正因为如此，李泽厚在论述美的历程的时候，是以"龙飞凤舞"为源头的。他在解析中国女娲伏羲传说时还发现："值得注意的是，中国远古传说中的'神'、'神人'或'英雄'，大抵都是'人首蛇身'。女娲伏羲是这样，《山海经》和其他典籍中的好些神人（如'共工'、'共工之臣'等等）也这样，包括出现很晚的所谓'开天辟地'的'盘古'，也依然沿袭这种'人首蛇身'说。《山海经》中虽然还有好些'人首马身'、'豕身

---

① 王祖望：《序》，《中国古代动物名称考》，黄复生主编，科学出版社，2017年版，第1页。

② 王祖望：《序》，《中国古代动物名称考》，黄复生主编，科学出版社，2017年版，第2页。

人面'、'鸟身人面',但更突出的,仍是这个'人首蛇身'."① 可惜,李泽厚并没有由此进入动物美学,或者从人首蛇身延伸到对人类艺术起源的探讨,而是迅速转向了对人类巫术礼仪现象的关注,力求从感性意象的历史积淀中,发现和总括出某种美的规律的理念,包括"有意味的形式"——因为李泽厚的美学研究毕竟是从哲学和理念开始的,他在开拓中国美学研究的新境界中,却与已经敞开门扉的动物美学擦身而过。

尽管如此,关于动物美学的历史资料和资源,还是令人感到耳目一新。在人类文化史上,动物与文学艺术的关系密切且多样,在艺术创作中占据重要地位。例如,就动物寓言在中西文学史上的展演,就非常引人注目。正如秦文汶在研究中所说:"正因为其寓深于浅、以小见大之长,寓言这一文学体裁自古为东西方哲人所钟爱。在西方动物寓言方面,远有伊索,近有拉封丹,莱辛本人也是个中高手;而中国的先秦诸子中更是不乏兼善动物与人两种主体寓言的大家,尤以庄子为胜。"②

显然,在人类历史上,人与动物的关系是极其独特的,不仅涉及人类及其文化的起源问题,而且伴随着人类的成长和发展,经历了种种反复和变化,时而敬畏,时而紧张,时而和谐,时而充满敌意,谱写了种种不同的文化篇章,在人类的情感历史上留下了丰富多样的记忆。由于进化的尺度与状态不同,人类在很长一段时间内,甚至是自原始社会至今的全部文化史、思想史与美学史,都是以摆脱动物性、完成人类自身独立的文明体系为目的的。动物有时候不得不充当人类文化的牺牲品,或者人类恶行的替罪羊,由此我们甚至可以说,至今为止的几乎全部文明史和学术史,都是以狭义的"人学"为标志的,由此在现存的人及其人性的观念中,尚缺乏设身处地的反省和反思。

---

① 李泽厚:《美的历程》,《美学三书》,安徽文艺出版社,1991年版,第13页。
② 秦文汶:《小子们哪,你们当彼此相爱!——莱辛名剧〈智者纳坦〉及其中的戒指寓言》,《德语文学与文学批评》(第3卷),张玉书等主编,人民文学出版社,2009年版,第33页。

在很长一段时间内，人类用自己骄傲的理性文明与动物世界隔绝，把动物性及其痕迹压抑到潜意识的深处，并且在各个文化领域和意识范畴尽量抹去它们。如果说人类曾经与动物在大自然中共同生活过的话，那么人之为人第一步就是脱离自然，战胜动物的掌控，因此人类进化过程从某种程度上就是一种"弑父（母）"的结果。这样，由于过度排斥和忽视动物与人类文明息息相通的关系（其包括肉体和心灵两个方面），造成了如今人类状态的很多悲剧性现象的产生，并为未来可能出现的更大悲剧埋下了祸根。人类把罪恶转嫁给了动物，而自己成为了这个世界最残酷的物种。因此，我们应该永远记住一位印第安酋长的话语："你们毁灭了自然，最后毁灭就会轮到你们自己。"

所以，动物美学的提出，也是为了表达人类的某种忏悔意识，获得一种自我救赎的可能性。从历史脉络说起，人类关注自己与动物的关系，主要受到两方面的推动。一方面是科学的推动，尤其是达尔文进化论的发现，确定了人与动物在生物本质上的密切关系；另一方面，则是自 19 世纪工业化革命以来，地球自然状态的恶化，已经严重影响到了人类自身的生存状态，促使人类开始反省。自然科学的发展和人类理性的延伸，19 世纪人类学开始兴盛，人们开始关注人类早期生活状态以及与动物的关系，其中原始岩画壁画的不断发现与研究，为这种密切关系不断提供了生动的证据。

这首先是一个不断从现实走向远古历史的过程。例如，1879 年在西班牙发现的阿尔塔米拉（Altamira）洞窟，是旧石器时代的洞窟岩画中最为著名的一个。当洞窟刚被发现的时候，坠下来的石头不仅给进入洞窟造成困难，而且也相当危险。当时那巨幅窟顶大壁画，某些部位距地面只有一米左右。据有关资料，阿尔塔米拉洞窟，位于坎塔布连山麓，洞窟延伸长度超过 270 米，形状也极为曲折。阿尔塔米拉窟顶大壁画，是由 30 多种动物的彩绘图形组成。其中某些动物的图像不完整，或相互重叠，或互相覆盖，不过主要形象还是非常完整，包括驯鹿、长毛象、野牛等，有的在奔跑，有的已被追逐得陷入了绝境，还有的不幸负了伤。各种动物的神态生动自然，岩画的风格极其粗犷有力，能够使人们回想起先人的生活情景。

这不仅为美学研究提供了新的维度，而且促使人们重新思考美的来源及其本质，至少增添一种新的生命气息。固然，"美是什么"依然是一个扑朔迷离的命题，但是动物的引入，至少能够使我们从艰涩难懂的概念化论说中解脱出来，回到活生生的生命形态中，在具体的艺术展演中感悟和体验美的存在，在感性色彩和生命意识中把握美的真谛。而正是由于这一点，我们有理由把人类美的观念的发生、发展与动物更紧密地联系起来。可以设想，太阳月亮，山川大河，都与人类意识的发展有密切关系，是人类精神发展中的重要因素。就艺术与美来说，就一种活生生的生命现象来说，动物与人类生活的关联度那么显著，所呈现的生命意识那么强烈，所呈现出的美那么耀眼夺目，无不昭示了美及其美学的存在价值与意义。

在自然界，和人类最亲近的一个族群就是动物，人类在生命情态上离动物最近，也最多互相模仿、沟通和交流。特别在原始和古代社会，动物就是人类的一面镜子，人类通过它们来了解、反省和理解自己，并把自己的理想和期待寄托于自己喜爱、可以依托的动物身上。所以，如果我们把美与某种具体生动的动物联系起来，可以看到它、感觉它，甚至触摸它的时候，就不会感到陌生、遥远和可望而不可即；相反，我们会感到美是那么可亲可近，它与我们的人生、人性、日常生活如此接近，甚至就活在我们的气息中、话语中和性格中。

由此，我们不能不感激很多作家、艺术家，他们用自己生命灌注的作品，表现了人类与动物之间的亲缘关系。屠格涅夫的《木木》就是这方面的杰作。而我在这里更想展露他在散文诗《狗》中的一段叙述：

> 我们两个在屋子里：我的狗同我。可怕的风暴在外面怒吼。
>
> 狗坐在我面前——它直望着我的眼睛。
>
> 它好像要跟我讲什么话。它是哑巴，说不出话来，它不了解自己

——可是我了解它。

我知道在这时候，它同我有同样的一种感情，我们之间没有任何的差别。我们是一样的；在我们两个的心中都燃烧着、并且闪烁着同样的颤动的火花。

……不，这不是兽与人在对望……这是两对同样的眼睛在互相凝视。在这两对眼睛中的任何一对，不论是在兽的或者是在人的，——两个同样的生命带着畏惧在互相接近。①

在这里，动物为我们理解、感悟与把握人性及人性状态，提供了一面息息相通的艺术镜像，而动物美学为我们提供了一种观照人类精神文化状态的新的尺度。这种镜像和尺度是能动的，既是人类与动物关系的一种写照，更是一种地球生命与生态的一种监测和关切，意味着人类情怀的敞开与扩展。

莫言也是一位时常与动物交流的作家。在他笔下，动物不仅有神奇的感觉和智慧，而且堪称人类灵魂的一面镜子，能够看穿人的所思所想。在《食草家族》中，莫言写了一系列动物，它们的境遇和遭遇融入了人类社会，记录了人类的爱恨情仇和悲欢离合，有时候让人生命飞扬，有时候使人不寒而栗。下面这段写猫头鹰的，给我留下深刻印象：

九老爷用空着的左手愤怒地拍了一下鸟笼，猫头鹰睁开眼睛，死死地盯着我，突然把弯钩嘴从面颊中拔出来，凄厉地鸣叫了一声。我慌忙把那摊尚未十分嚼烂的茅草咽下去，茅草刺刺痒痒地擦着我的喉咙往下滑动，我止不住地咳嗽起来。

我极力想回避猫头鹰洞察人类灵魂的目光，又极想和它通过对视

① ［俄］屠格涅夫：《狗》，《屠格涅夫文集》第 6 卷，人民文学出版社，2001 年版，第 11 页。

交流思想。我终于克制住精神上的空虚，重新注视着猫头鹰的眼睛。它的眼睛圆得无法再圆，那两点黄金还在，威严而神秘。

我注意到猫头鹰握住横杆的双爪在微微地哆嗦，我相信只要九老爷把它放出笼子，它准会用闪电一般的动作抠出我的眼睛。[1]

显然，面对动物，我们无法逃避自我反省和自我判决。当我们距离动物越来越远，甚至把动物排除在人类生活之外的时候，也意味着人类内在的生命活力日益衰竭，人类艺术创作活动日益表面化、公式化与苍白无力。一些动物种类的减少与濒临灭绝，不仅意味着地球生态的恶化，也影响着人类的审美能力与艺术创造的发挥。

例如，生态美学的提出和发展，就在很多方面涉及动物，而且在一个更为宏观的层面——人与自然的关系——探讨了人与动物之间源远流长的文化关系。所以，动物美学的提出和产生不是偶然的，它凝结着一种人类的理想和期望。或许，我们现在正处于一个与动物"和解"的时代，因为在这之前，人类经历了一个很长的把动物仅仅视为竞争者甚至敌人，不断远离、歧视甚至摧残动物的历史时期。如果不是地球的危机已经历历在目，文化的荒芜已经触目惊心，孤独已经成为人类生活的一种普遍状态，人类或许不会像今天这样亲近动物、保护动物，意识到动物与人类自身状态的密切关系，并从动物世界找回自己的良心和美感。

人类从反省和反思中再次发现，在人类历史发展中，尤其是在人类早期，动物一直是人类的密友和导师，人类文明的每一步成长和发展都离不开动物界的恩惠。至今人类的一切文明成果，一切文化行为和心理，包括我们的欲望、情感、举止、意志与言行，都始终无法抹去动物的痕迹与印记。摧残和消灭动物，就是摧残和消灭人类本身，尽管这种效应并不是那么直接地表现出来。

---

① 莫言：《食草家族》，《莫言文集》卷4，作家出版社，1996年版，第35页。

对于艺术史和美学观念来说，动物能够引导我们进入历史文化的深处，把握和理解一个民族最显著与根深蒂固的特征。动物美学的意义正是由此生发出来，它不仅与人类最原始的生存状态紧密相关，直接体现了人的自然本性，而且凝结着人类对现实的反思和对未来的向往。不能否认，人类本性中至今留存和活跃着动物的基因。种种证据表明，早期人类不仅和其他动物相互竞争和搏斗，而且也有自相残杀、吃食自己同类的习性；而同时亦存在着与动物为伍和合作的情形。这种事实和情形在人类还没有学会畜牧和耕种之前，已经存在了好几百万年。早期人类为了取悦神灵和自己的祖先，有过用活人进行祭祀的习俗，可以说，人类的成长与发展，不仅要与外在的动物搏斗，还要与自己内心的动物性交战，不断创建人类的和谐文明。

二、动物美学的追寻

流行于一些印第安部落中的"狼舞"，就是人性和人类生活的一面艺术镜像。在当地，这是一种普遍的宗教仪式和娱乐方式，对于生活在太平洋沿岸北部的魁勒特（Quilrute）和马卡合（Makah）的印第安人来说，它是通向记忆深处的一种媒介和通道，由此不仅召唤祖先的神灵，还用来为人治病驱邪。所谓"狼社"（Wolf Society）就是专门负责这种祭奠活动的组织。

这里还流传着一个奇怪的传说：在很久很久之前，最早的部落酋长是狼，后来部落中出了一位接替者，杀了狼酋长，自己当上了酋长，但是他又怀疑自己不能服众，害怕众人不信任自己，就披着狼皮跳舞，以此来表明自己确实是狼酋长的后裔，并通过这种方式表明自己与老的狼酋长是相通的（狼酋长上了天），自己可以和他交接，传达他的旨意。后来，人们就沿用这一组织和仪式来祈求神灵的佑护，借助祖先的力量驱邪治病。在舞蹈过程中，人们模仿狼的动作和声音，扭动身体，互相致意，借这种模仿似乎在体验一种超越常人的力量，甚至沉浸于某种迷狂的境界之中，唤回某种神奇的历史记忆。如今，这种狼舞的形式在当地还保存着，但是已经成为一种招揽游客的表演方式了。

显然，在这个过程中，无论是表演者还是观看者，狼舞已经脱离了原来的语境，不再是一种真实生活，而是一种虚拟和复制，是在一种想象和幻觉中营造的审美形式。动物在这里所扮演的重要角色，是人与自然界的一种中间物，一方面体现大自然的神秘存在，另一方面也是对于人的本质意志的一种呈现。在这里，动物已经不再是一种生命的自然存在，而是作为一种美学或艺术的对象物而存在，其所具有的象征性和隐喻效果，要比自然的真实性和现实性显著得多。这也决定了在美学视域中，人与动物的关系更多表现在拟人化语境中，而不是在现实生活中。也就是说，动物作为人的一种本质存在，不是一种功能和概念，而是一种具体的、活生生的艺术真实，其灵异现象的存在和展演，实际上是基于一种人类的想象和幻觉，可能的话，完全能够以一种幻化形式存在。例如中国原始文化中的龙凤麒麟，不能把它们简单定位为某种不存在的动物，如果是那样，就忽略了它们人性化的特征。这正如蓝旭在解读英国教授胡司德《古代中国的动物与灵异》时所说："至于古代中国为什么把动物和灵异作为一个整体来考虑，则取决于它们作为对象，与人具有相近的关系。所以'古代中国的动物与灵异'这个题目更深一层的含义还在于，今天所谓'寻常'动物，在古人看来往往也是道德、宗教或巫术的对象，具有'灵异'意义。"①

作为中国文化的一种象征，龙图腾及其崇拜现象就具有特殊的审美意味。大多数中国人一向把龙看作是中华文化独有的意象，而且具有很多神奇的变体和变形。中央电视台曾制作一部反映苗族生活中龙崇拜现象的系列片，把1957年在贵州顶效地区发现的贵州龙化石和民间流传的龙崇拜传统交叉评说，似乎传达这样一个信息：贵州苗家的龙崇拜起源于贵州龙的

---

① 蓝旭：《译者的话》，《古代中国的动物与灵异》，［英］胡司德著，江苏人民出版社，2016年版，第6—7页。

存在，至少与这一古生物现象有关。确实，贵州苗家的龙崇拜现象源远流长，而且与汉族传统相比也有所不同。其中最明显的是龙意象的泛化现象，它可以以各种动物的化身出现，例如力气大的象龙，辟邪的蜈蚣龙，吐丝的蚕龙，还有牛龙、猪龙、鸡头龙等等。而"胡氏贵州龙"（为纪念其发现者胡承志先生而命名）的古生物则是生活在远古三叠纪，绝灭于7000多万年前，比侏罗纪的恐龙还早。所以，尽管贵州龙化石的发现极大丰富了我们对生物进化的认识，激发了我们对龙意象产生的想象，但是却无法断定贵州苗家的龙崇拜现象与此有什么实际联系。

这本身就是由一个神奇动物播撒文化的历史过程，人类通过对于一个未见过的神奇动物的想象，构建了互相认同和连接的纽带。至少从龙的形态的想象层面上说，其跨文化的综合性特点是显著的。据卡莫贝尔的看法，龙应该是天上的鹰和地上的蛇的综合，象征着人的身体与心灵两个方面。而中国的想象似乎复杂得多，据说画家画龙有一个口诀——"一画鹿角二虾目，三画狗鼻四牛嘴，五画狮鬃六画鳞，七画蛇身八火眼，九画鸡脚更周全"，可见龙是一个多种动物的集合体。由此我们或许会联想到印第安文化中的图腾柱，其往往集合着多种动物形象，包括鹰、狼、虎、蛇等等，只不过都处于自己原本的自然形态，它们依次串联在一起，共同成为人们崇拜的对象，还没有像龙一样成为一个综合形象。而这是否意味着人类曾有一个特殊的文化阶段，从集合的自然动物崇拜到综合一体的神圣象征文化时代，还有待于深入研究和考察。

在这里，动物，不论是一般动物还是具有灵异性的动物，通过人类的不同想象和塑造，搭起了一座无处不在的跨文化桥梁，使我们能够通过艺术和美学方式进行文化交流和沟通，在一种文学共同体中寻求共情和共识。

我们得承认，想象就是文化，起码是文化的种子，它一旦落到文化传统的沃土里就会发芽，说不定就会长成参天大树。其实，中国的龙文化传统就是在中国人的想象和创造中成长和丰富的。从古代中国人祈雨求福的自然神祇到皇天帝王的化身，龙在中国文化中经历了复杂、长期的演变，逐渐成为一种绝大多数人接受和认同的文化象征和传统特征。世界上或许没有一个民族像汉族那样对龙持有如此强烈的崇拜之情，把龙看作是自己民族的象征，自己以"龙的传人"自豪。文人墨客动不动就以龙为题画龙吟龙，节日庆典每每都少不了龙的表演和祭奠。虽然还称不上对龙崇拜现象有足够的研究，但是有关的书籍画册在任何一个图书馆都能看到。

这当然不是偶然的，从历史渊源上讲，龙与发源于黄土高原的汉族文化关系紧密，很早在典籍中就有所记载。从一些出土文物来看，龙作为一种神物崇拜的观念由来已久。尽管我们还不能完全断定它作为一种神物崇拜的来源，但是它被黄河流域的汉族所认定是有其原由的。最直接的说法是，龙总是和水连在一起，无论是《尚书》中的"龙马衔甲……自河而出"，还是荀子所说的"积水成渊，蛟龙生焉"，都离不开一个水字。而水很早就和进入种植时代的汉民族的生活息息相关。就是在今天，你如果置身于汉民族文化的发祥地黄土高原，面对那裸露着的干枯的土地，恐怕你的第一声的呼喊仍然是："水啊，生命之源！"——就此来说，追求一种呼风唤雨的超自然的神灵的帮助，对古人来说是理所当然的。①

当然，中国古代神话传说中的灵物也并不仅仅是龙，例如中国早就有"麟龙凤龟"四大灵物之说，龙只是其中之一。它们都是人们想象中的神物，具有超凡的自然神力，能够呼风唤雨，变幻莫测，可以驱鬼辟邪，保佑人类福祉。而龙作为帝王身份和权力的象征，似乎经过了更复杂的过程，它与中国传统的"天人合一"观念的世俗化过程密切相关。汉代王朝是形成这种意识的关键时期。后来司马迁在《史记·本纪》中就体现了这

----

① 这里也许会遇到挑战，因为史前黄土高原的自然环境可能是另一种样子，但是据历史记载的年代推断，相信变化并不大。而另一个问题似乎更值得探讨，这就是：何种原因促使汉族先民定居在黄土高原，并很早就进入了农耕社会。一种假设是，他们受到了北方更强大的民族的挤压，失去了森林和草原，不得不放弃原来的生产方式，用一种新的方式来生存。

种意识，说"高祖父曰太公，母曰刘媪，其先刘媪尝息大泽之陂，梦与神遇，是时雷电晦冥，太公往视，则见蛟龙于其上，已而有身，遂产高祖"。后来有关帝王身世的记述中，多有类似的情景出现，帝王往往就是龙种，尤其是一些出身贫贱的皇帝，为了使自己的权威具有文化意识上的合法性，创造一些天子龙种的传说，借助于某种神圣动物的神威，释放改朝换代的信号，也就司空见惯了。[①]

其实，无论想象或者构建的灵异动物，都会成为人类心灵和精神世界的某种象征，而且这种文化建构还会滋生出某种美学特殊的范式；甚至，即便是一些已经灭绝的动物，也会时常以某种超出常规的形象和意象，来表现人类某种特殊的内心状态。例如，在地球生态急速恶化的情景中，我们或许会想起恐龙的灭绝，想起中国古代典籍《史记》中的一句名言："人众者胜天，天定亦能破人。"

显然，动物赋予人类的不仅是辉煌的往事和神圣的造诣，还有悲惨的历史和灾难的记忆，让人类不断反思自己的处境和所面临的悲剧。

恐龙到底是如何灭绝的？如今学术界已经提供了多种多样的说法，例如，天外星体撞击地球，引发地球气候突变；某种难以知晓的宇宙突变引发地球生存环境的突然恶化；大地震、大海啸、森林大火引起的地球灾变；等等，似乎都有些道理，但是又都不能令人信服。因为随着恐龙化石在地球各个角落的发现，已经很难用某一地区的灾变或者某种单一的理由来揭示其秘密了。现有的学术界提供的所有解释，都有一个共同的局限性，这就是仅仅从外部环境来追究悲剧发生的原因，而忽视了从恐龙自身生存发展态势来考察。

---

① 类似的情景一直延续到本世纪，例如袁世凯称帝也使用了同样的方法制造舆论。传说袁世凯有午睡的习惯，醒来时总要喝一碗参汤提神。据说一天佣人送参汤时不小心打碎了一只极为珍贵的玉杯，一时吓得不知如何是好，就听了一个师爷的主意，说他进来时看见一条龙伏在老爷身上，一时吓得失了手，所以就传出了袁世凯是真命天子的说法。后来袁世凯果然称帝，可惜并不长久。

设想一下吧。恐龙不仅是一种身体庞大的动物，其中有的体重可达70—80吨，其食量肯定是惊人的，几只恐龙几天就可能吃光一个山包！而更为不幸的是，恐龙卵生、繁殖力很强，一窝可以孵出6—10只小恐龙，很短时间内数量就变得越来越多，发生"人口爆炸"，需要更大量的生态资源供给才能生存。可以设想，恐龙发展到了一定的阶段，随着体形越来越大，数量越来越多，需求自然急速增长，大量的动物和植被迅速吃光，其消耗的速度大大超过自然界的再生能力，引起自然资源的急剧短缺和枯竭，突破了自然界承受的极限，最终给生态带来毁灭性的破坏，最后导致依赖其生存的自然物种的灭绝。

难道这不是更为合理的解释吗？

由此我们不能不就人类如今的生态处境提出同样的问题：人类能控制自己的"食量"吗？人类会克制自己无穷无尽的发展的欲望吗？人类会不会重蹈恐龙灭绝的覆辙呢？恐龙的灭绝是否就是自然的一种神意，就是在冥冥之中为了拯救人类而发出的一种警示呢？

这或许就是动物美学和生态美学之所以产生的根由，尽管以上所述不是一种现实，只是一种幻化的危机意识，已经灭绝的恐龙也已无法传达它们所经历的在地球上从称王称霸到灭绝的真实过程，但是人类却无法忘记它们，无法摆脱它们留下的梦魇，以各种各样的艺术手法和想象来展示它们的存在，一次又一次在幻想中宣泄自己的危机意识。在这个过程中，恐龙作为一种完全虚拟的美学现实，与人类真实存在的现实生活，形成了一种潜在的、关乎人类命运生死存亡的对比和对话。

一方面是人类通过各种"胜天"方式所创造的无与伦比的世界，其中包括有史以来人类制造的各种工具和武器、不断开垦的大片土地和不断改进的耕作技术，还有永久的城堡和庞大的帝国……人类通过种种引以为豪的业绩，创造了无数人间奇迹，包括建造了现代化大都市，把卫星和飞船送上天空，用尖端科技把远在天涯变成了近在咫尺，通过基因改造改变动植物的生长节奏和属性，等等；尤其是工业化时代以来，人类社会的发展进入了一个突飞猛进的阶段，人类借助科学技术的日益更新，不仅无止境地从地球上获取更多的资源和更大的利益，而且已经把触角伸向了太空，开始在宇宙空间展开生死搏斗和竞争。

而另一方面，这也使人类自己的生存状态越来越远离了自然，自己的文化心态越来越机器化、工具化和数字化。尽管今天的人类已经变得无所不能，但是并不幸福，反而危机感越来越重，经常有大祸临头的感觉。这种本能的悲观和绝望情绪，几乎是和人类工业化与科技化时代一起来临的。当人们沉醉在自己发明创造的一系列胜利成果之时，才发现自己并不能控制它们所产生的一系列连锁效应，这不仅表现在自然环境与生态方面，也包括对人性、人心及其文化生态带来的侵蚀，使人类的生存家园受到严重威胁，例如生态环境的恶化，蓝天白云的消失，青山绿水的破坏，等等。废水、废气、废渣、废物等有害物质正在从四面八方包围过来，使人类越来越畏缩在人造环境之中，紧闭门窗，把自己囚禁起来；而过量使用的杀虫剂、清洁剂、化肥、油脂、塑料制品等，正在毒化江湖，淤塞河道，毁坏土壤，再加上都市无限制的扩张，森林、湿地、原野、沼泽等原生地的大面积缩小，已经或者正在继续造成大规模的水土流失、农田和草原的干旱化、盐碱化和沙漠化，等等，不仅在某种程度上破坏了人与自然原生的和谐关系，而且正在把地球推向毁灭的边缘。人类不能不面对如此严峻的问题：人类的生存和发展是否有极限？是否到了最危险的时刻？人类社会及其文化发展是在走向繁荣还是在走向自我毁灭？地球是否还能够继续滋养和满足人类无穷无尽的物质追求？人类文明是否到了自己生死存亡的临界点？

三、动物美学的未来

当然，这一切都在改观，因为从与动物的互动中，人们意识到了自身发展中走过的弯路和生命意识中的缺憾，开始尝试回到自然，向动物学习和请教，重建与大自然的互信与和谐关系。这种情景虽然颇为艰难，而且只能通过一种虚拟和想象的方式得以实现，但这毕竟显示了人类的一次觉醒，开始了一次重新寻找美和美的关系的旅程。

也许你看过 20 世纪 90 年代一部引起人们广泛共鸣的电影——《与狼共舞》。这部电影把一种新的"狼文化"观念传播到了几乎全球的每一个角落。在作品中，邓巴中尉是一个白人军官，来自远离自然的另一种文明，他对印第安文化毫无了解，甚至存有敌意。但是，就是这样一个白人军官，最后转变为印第安部落中的杰出一员，完全融入了印第安人文化。这里不仅体现了一种深刻的文化回归过程，而且重新诠释了"狼舞"的文化意味。电影中，"与狼共舞"是印第安人接纳邓巴的新名字。也许邓巴中尉从来没有想到，他与一只野狼的相遇，会改变自己的人生。在与狼的无言的注视中，他重新理解了狼，理解了自己与大自然的关系——正如后来印第安人为他起的名字一样，他从狼那里不但感受到了信任，而且很快联想到智慧。他从狼的眼睛里，感觉到了一种在现代文明社会中已经失落的感情纽带。

这也许是电影为何一再渲染主人公与狼相遇和对视过程的意味。因为它改变了邓巴中尉对于周围环境的感受，改变了他孤独的心态。尤其与那只狼结成伙伴之后，这位白人军官在印第安人文化中真正感受到了自己的自然之根与文化之根的存在，找到了自己的精神文化家园。由此，"与狼共舞"不再是一种简单的自然奇遇，而是成为一种跨文化的社会理想和想象。

这是一种新的文化期许与远景，其不仅表现了浓厚的生态意识，而且触及人类文化现今所面临的深刻危机。在小说中，作者特别描写了邓巴中尉在民族、国家与文化等一系列价值观念上的思考和变化。尽管这是一个相当矛盾、充满冲突的过程，但是他毕竟开始了新的思考，开始用一种自然的、跨民族和文化的理念来接纳和投入生活。是的，他在为美国军方服务，而且也该算是一个模范军人，但如今却被这群印第安人深深吸引住了，把他引向另一个世界。正是在这个新世界的探索中，他意识到了比他以往的国家、军队、种族等观念更具有意义的东西，发现自己内心深处一直渴望的另一种人生境界。于是，随着他和印第安人相交相处愈来愈深，他觉得自己愈来愈像印第安人而不像白人了，他愿意翻越绝壁，穿越种族之间的隔阂，去找自己的印第安朋友，而不愿回到自己原来的营地。而就在这种新的生活中，他拥有了自己的新生活，这种生活比以前任何时候的生活都要更加丰富，使他产生了落地生根的归属感。在一头荒原上的狼的引导下，他进入了印第安人世界，并拥有了自己的美学家园。

这些年来，虽然有关动物美学的理论并不成熟，但是动物大踏步进入艺术殿堂已经形成一种趋势，在艺术创作中大放异彩，深刻影响了人类文化和思维方式的变革。

这在小说创作中表现得非常突出。从夏目漱石的《我是猫》、老舍的《猫城记》，到奥威尔的《动物农庄》、卡夫卡的《变形记》；从杰克·伦敦的《海狼》、海明威的《老人与海》、梅尔勒的《有理性的动物》到贾平凹的《怀念狼》、莫言的《食草家族》《蛙》，等等，在 20 世纪以来的文学创作中，动物小说已经成为一个潮流，而动物的艺术角色和美学内涵也越来越丰富和多样化，具有更宽阔的视野和更深邃的感受力，有时候，我们甚至感受到，它们比人更理解人，比人更像人。例如，法国作家梅尔勒在回顾《有理性的动物》写作过程时就谈到，如今动物书写已经是一个"高手林立"的领域，呈现了一部部"惊人之作"，"……在这些作品中，作者对人兽关系作了乌托邦式的研究。作品在大多数情况下叙及的是一些已进入高度理智阶段的动物——鸟、马或者是猪，它们驯役人类，把人类变成牲口，变成一种退化的生物，淫荡、残忍的生物。"[①] 他还特别提到了两部作品：

---

① ［法］梅尔勒：《有理性的动物》，周国强译，漓江出版社，1992 年版，第 6 页。

韦尔柯尔的主旨则截然不同。在他的《变性的动物》里，他虚构了一种灵长类动物，这种动物和人类十分接近，它能够学习人类的语言并与人类交配，通过某个法庭的审判最后迫使人们承认特洛比——这是韦尔柯尔给它起的名字——是人，而不是动物。作者并不想描绘动物对人类施行霸权，而着眼于阻止人们剥削已被发现的灵长类动物的劳动力。

……

在《蝾螈战》中，卡雷尔·恰贝克笔下的动物同样是虚构的，然而，它与韦尔柯尔的作品的相仿之处仅此而已。恰贝克假想的蝾螈是亚洲海洋中的哺乳动物，它绝顶聪明又极为温和，还长有一双手。它们被带到欧洲后适应了欧洲的气候，学习了英语，于是，人类大批大批地把它们使用在水下建筑工程中，它们的境遇令人联想到贩卖黑人活动和由几个阵营构成的当今世界。[1]

由此亦可看到，文艺创作已经走到文艺理论的前面，为理论创新提供了新的视角和丰厚的资源。其中动物美学就是在其启迪和滋养中生发的。也许正因为理论的贫乏，小说家梅尔勒不得不在小说开讲之前，专门设一个"前言"，从对同类动物题材作品的梳理和比较中，来为自己的作品加以说明，以便让读者更清楚地了解自己的创作初衷。

显然，这也是创作推动和激发理论的又一个例证。

尽管"文学是人学"已成为一种普遍意识，但这并不意味着人学排除动物；如果说文学是一种包罗万象的人类文化创造，那么，人学也绝不会拒绝与大自然存在的一切现象交流和对话。实际上，动物不仅一直在文学创作中扮演着重要角色，而且不断以自己的特殊方式推动着人学的发展和更新。这一点，在20世纪初的中国文学变革中就已经露出头角。周作人提

---

[1]　［法］梅尔勒：《有理性的动物》，周国强译，漓江出版社，1992年版，第7页。

出的"人的文学"的主张，就是在与动物的交流和对话语境中生发的，正是基于动物的存在，或者由于动物的参与，周作人也重新发现了人，发现了人之为人的活生生的存在。他写道：

> 我们要说人的文学，须得先将这个人字，略加说明。我们所说的人，不是世间所谓"天地之性最贵"，或"圆颅方趾"的人。乃是说，"从动物进化的人类"。其中有两个要点，（一）"从动物"进化的，（二）从动物"进化"的。
>
> 我们承认人是一种生物。他的生活现象，与别的动物并无不同，所以我们相信人的一切生活本能，都是美的善的，应得完全满足。凡有违反人性不自然的习惯制度，都应该排斥改正。
>
> 但我们又承认人是一种从动物进化的生物。他的内面生活，比别的动物更为复杂高深，而且逐渐向上，有能够改造生活的力量。所以我们相信人类以动物的生活为生存的基础，而其内面生活，却渐与动物相远，终能达到高上和平的境地。凡兽性的余留，与古代礼法可以阻碍人性向上的发展者，也都应该排斥改正。
>
> 这两个要点，换一句话说，便是人的灵肉二重的生活。古人的思想，以为人性有灵肉二元，同时并存，永相冲突。肉的一面，是兽性的遗传；灵的一面，是神性的发端。人生的目的，便偏重在发展这神性；其手段，便在灭了体质以救灵魂。所以古来宗教，大都厉行禁欲主义，有种种苦行，抵制人类的本能。一方面却别有不顾灵魂的快乐派，只愿"死便埋我"。其实两者都是趋于极端，不能说是人的正当生活。到了近世，才有人看出这灵肉本是一物的两面，并非对抗的二元。兽性与神性，合起来便只是人性。[①]

---

① 周作人：《人的文学》，《周作人散文全集》第 2 卷，钟叔河编，广西师范大学出版社，2009 年版，第 86—87 页。

在这里，动物不仅是人性的基础，而且是文化判断的一个不可或缺的标尺，因为动物性是人性的"根"，如果斩断了它，或者把它打入十八层地狱，也就意味着人性的压抑和灭绝。而对文学来说，如果不注重人性的基本需要，完全泯灭人性赖以存活的本能欲望，把动物性剔除得干干净净，那么也就没有了生命活力，也就成了"死文学"——这种认知也是中国五四新文学革命的起因和动力。

于是，我们也不难理解在文化史上人类为何一次又一次把美德赋予动物。例如，中国汉文化中就有"羊有三德"的观念，充分体现了汉民族的善良品性和道德理念。所谓"羊有三德"，在《春秋繁露》中就有阐释。一是"羊有角而不任，设备而不用，类好仁者"，也就是说，羊的性格就是善良和顺从，温良恭俭让，不是头上长角，到处生事。这也是儒家"仁"的主要特征。二是"执之不鸣，杀之不啼，类死义者"，也就是说，要甘于奉献，无怨无悔，为了人间正道，可以万死不辞。这也是"义"和"勇"的含义。三是"羔食于母，跪而受之，类知礼者"，这是从羊羔吃奶的姿势中引发出来的，羊羔吃奶时前面两条腿是跪着的，非常感人。古人由此认为羊象征着"孝"，这也是古代"礼"的核心。可见，"羊有三德"表现了中国传统的做人的准则和理想，特别讲究人的美意、善良、谦让、孝顺和温和，而其最令人感动的是羊的奉献精神。如果说，人类德行之原义就是一种祭品和奉献，体现了人类对于神性的祈求和向往，指向了天空、神灵和永恒；那么，作为一种柔弱、牺牲和痛苦的体验，就表现了人类一种悲鸣、感伤、内疚与忏悔的复杂情绪，令人不能不为之所动：人为了体验美，体验与神灵交通与共在的感觉，不能不面对甚至实施另一种牺牲，体验另一种生灵的死亡。这也是羊赋予人类的一种柔弱、温良和悲悯之品质。

这或许就是一种美学价值的铸造。羊虽是一种普通动物，但是经过人类文化的演绎，讲述了一个有关人性与美的悲悯、奉献与善良的历史故事，它悠长而又凄美，充满哀伤和期盼，充分表现了人之为人的感动与感伤。从历史上看，中国人"羊大为美"的观念就与古人祭祀仪式直接相关。羊作为一种奉献于神灵的祭品，自然越大越肥越好，因为如此才能表达人类对于至高无上的神灵的崇敬和向往。而至于羊会不会由此感到幸福和美，那就另当别论了。

正因如此，在动物美学中，动物的意味远远超出了它的自然属性，不仅是某种文化图腾和人类精神文化的象征，而且是沟通人与自然、沟通不同文化之间关系的通灵之物。它既是外在的，也是内在的；既具有久远的历史积淀，同时又具有活生生的生命活力；既是人类生存和心灵状态的镜像，同时又是人类艺术创造的参与者。因此，动物书写引起了越来越多艺术家、文学家的兴趣，他们在不同时代、从不同角度关注动物，描写动物，为我们留下了丰富的人类艺术遗产。不论是伊索寓言中的动物故事，还是现代小说中的动物意象，我们都能领略到人性在不同历史文化语境中的塑造和变迁，惊讶于人和动物之间的某种神秘联系，越来越深切地感受到人类和动物之间的某种命运共同体的意识，我们或许一起渡过难关，或许一起走向灭亡。

人类和动物一起从大自然走来，也一起承受着大自然的灾难，其存活也都依赖大自然的状况。人们之所以对动物保存着持久的艺术热忱和兴趣，实际上是一种自我反省和认知的需要。在动物美学的生成和发展中，似乎有一条长长的历史链条和机缘，让我们看到人类文化的历史演进：在古老的神话传说中，动物为我们传达着自然之神的神秘信息，使我们能够感受和触及人类起源的一些秘密；在近现代文学中，我们可以感受到动物及其存在对人类精神文化的密切关联和潜在影响；而到了当代，动物在文化艺术生活中更是频频出现，不断向人类发出警示，似乎在传达某种难以回避的危机意识，督促人们重建人与大自然的和谐平衡关系。

这就是我们研究动物美学的企图，即通过对不同历史文化传统和神话传说中动物意象的比较分析，进一步深入探讨人及人性与动物世界的关系，在重建人与动物命运共同体意识过程中，重建对于人性及人类文化的信心，同时也促使文学艺术摆脱以往束缚人性的、自以为是的种种观念形态，重新回到活生生的大自然之中，重获原初的生命活力。我们相信，动物——即便有的如今已经处于濒临灭绝的边缘——是不会让人类失望的，它们会一次又一次充当心灵的使者，以生动的艺术风采引导我们回到历史，回到神话，回到最早孕育人类产生的自然世界中去，体验和感受人类与动物源远流长的美学因缘。

第七讲　跨文化：文艺理论研究的必要和可能

一、跨文化：一种必要的选择

20 世纪的文艺研究，方法和方法论不断更新，推动了文艺及思维方式的变革。一个研究者如果对不断涌现的新方法和新话语缺乏敏感性，那么就等于放弃了进入研究平台的话语权。要拥有这种支撑和话语权，就必须注重不同文化和理论话语之间的交流和融通。

随着科学进步和生产力的发达，人类不同文化之间的接触和交流越来越多，时空转换成了日常生活，这一方面带来了诸多的文化冲突问题，一方面也扩大了人文研究的视野和视域，带来了文艺研究的变革和生发机遇。交流作为一种文化时空的扩展，为理论研究预设了新的使命，这就是用一种新思想和精神创造，为不同文化之间的和解、认同和融通提供思路和氛围，化解和消融它们之间的隔阂、冲突和对抗，避免由此造成的灾难性后果。这也要求文学创作和文艺理论研究进入一种"大方无隅"的境界，即文学思考无新旧之分，无中西之分，无古今之分，在尊重和吸取不同文化资源基础上建构新的理论学说。在文化新时空中，不仅不同文化之间的分离和非此即彼的界限变得模糊了，而且对于文化属性和地域特征的研究也要谨而慎之，不能以贬低和漠视其他文化存在的方式进行。在这种世界文化语境中，任何一种能够引起共鸣、能够在较大范围内被认同的理论创造，都具有尊重和吸纳不同文化的包容性，其熔铸了多种文化资源，表现为一种人类性的思想发现。

这也就是跨文化意识和理论方法的提出。

在这里，文艺创作中涌现的种种跨越民族、国家和文化的作品，无疑起到了"水暖鸭先知"的作用。很多作家、艺术家都涌向了文化边缘和文化交合地带，表现人在不同文化交流和冲突中的境遇和选择，而人们审美趋势的变化，也使得跨文化、跨语际的创作成为普遍现象，以满足在跨文化境遇中生存和发展的人的需要。

这也是鲁迅、林语堂、赛珍珠、白先勇等作家的珍贵价值所在，他们创作的取材、志趣、倾向和特点各有不同，但是都有一个共通的地方，就是不拘于某一种文化模式和情态的限制，具有一种世界性的、跨文化的视野和思考。鲁迅的创作是从批判中国传统文化开始的，而这种批判又促使他广泛吸取西方文化的营养，用"拿来主义"的气度进行文化选择，在融通中外文化基础上进行创作，这就为鲁迅的文学创作提供了多种创新的可能性。

林语堂的文学个性是建立在多种文化相互沟通和互补基础上的，他的创作可以看作是中西文化的一种互动过程，也是他所说的"两脚踏中西文化，一心评宇宙文章"的践行过程。林语堂不仅从西方文化中吸取了很多养分，而且通过与中国文化和文学的比照，看到了西方文化的短处，开始注意和发掘中国传统文化中的艺术底蕴，以及它对整个人类精神发展的价值和意义。20世纪30年代以后的林语堂，开始用一种东西方互补的眼光来看待文学：一方面用西方的理论来评价和研究中国文艺现象，另一方面用中国传统文化中的某些思路来批判和补充西方文学观念的某些不足，形成了中西文学对流的独特思路。当然，这也是他和赛珍珠一度产生共鸣的原因，因为赛珍珠正是站在中西文化交接处进行文学创作的，不同文化的遭际深刻影响了她的人生观和艺术观，她的创作中始终流淌着中西文化对流的思想和情感。

至于白先勇，他的创作根植于对两种文化的生命体验之中，呈现了在多种文化碰撞中铭心刻骨的深刻记忆。一群跨出本土文化的中国人，心理上承受着各种各样的考验：或者茫然绝望，最终无法适应高度发达的美国生活的人情世态；或者强迫自己去接受新的价值观念。但是他们无论采取一种什么样的生活态度，都无法从根本上摆脱这种心灵处境：做一个中国人是痛苦的，但不做一个中国人同样是痛苦的；背负着中国传统文化赋予的种种道义和责任是痛苦的，但是要真正解除这些心灵上的重负，同样是痛苦的。他们每一个人都有一种被双重隔绝的感觉，犹如被异化的"边缘人"，在生活中孤立无援，飘忽无依。

这一切，不仅为文学创作提供了新的景观，同时也对文艺理论和批评提出了新的挑战。在一种新的开放的文化语境中，理论家、批评家再也不能仅仅依据一种文化眼光、仅仅出于一种传统的理念，来评价和阐释艺术创作和价值。这不仅在于各种艺术创作越来越不受某种文化的局限，其资源和情致的来源也越来越多样化、多元化，越来越体现为一种多种文化和艺术融会贯通的结果；而且，这是目前人类生存发展的必要选择，因为我们正处于一个冲突和对抗的世界，个别强势文化依仗经济、军事、科技、贸易等各方面的实力和优势，在全世界建立自己的精神思想霸权，而一些弱势文化面临着被漠视、被肢解和濒临被消灭的境地。这种文化上的不平衡、不平等和不相容的态势和氛围，正在酝酿和造就人与人之间灾难性的冲突，巨大的、不可控制的毁灭性的危机已经近在咫尺，但是文学艺术似乎还在歌舞升平，对于即将到来的人类悲剧缺乏必要的醒觉和应对。

纵观 20 世纪以来的人文思想研究，跨文化意识的增长，就是面对这种危机的一种醒觉。作为一种学术理念，"跨文化"（Cross-culture）在当今世界正在获得越来越多的认同和响应，越来越多的国家设立了"跨文化"学院和相关的专门学科，通过各种方式进行跨文化交流和对话。而就"跨文化"理念的内涵来说，可以理解为一种新兴的人文学科，也可以认为是一种新的学术视野和思维方式，其核心是打破原有的习惯性的思想方式，超越单一的文化价值标准，取而代之的是一种多元化、多向度的、综合的文化视野和思考方式，目的是在各种不同的文化之间建立联系、促进交流和寻求沟通，努力创造一种人类共通、共享和共同理解的人文语境和文化平台。

正如法国学者阿兰·李比雄所说，"跨文化"理念是在"封闭的时代一去不复返"背景下产生的，"这就要求我们时刻准备接纳新的模式，那些能够描绘未来世界的新的社会模式、知识模式。我们所要准备的是对世界的再次发现"①。尽管"跨文化"观念近几年在学界才开始流行，但是它的酝酿、产生和发展却经历了很长的历史时期，体现了人类在世界一体化进程中对于未来新的畅想和思考。

早在现代资本主义崛起的岁月，马克思和恩格斯就已经预见到人类文化将进入一个新的时代，不仅文化的疆界会不断被打破，而且会出现新型的"世界文学"景观。在此后的 150 多年间，随着科技进步和生产力的发展，各种文化之间的相互交流和对话越来越多，越来越深入，不断在思想文化领域引起新的争论和探索，创造了一种前所未有的人文学科的思想空间和氛围。正是在这种语境中，"跨文化"拥有了自己的参与者、研究者和实践者，逐渐成为人类共同的自觉的人文意识。

也许"跨文化"的特殊意味就表现在其鲜明的动词形态上。"跨"意味着一种交流、对话和融通，意味着对某种既定的隔阂、差异和误解的洗涤和消除；它并没有设置特定的对象和内容，却面对着人类以往创造的所有文化遗产和观念形态。没有人会怀疑和否认以往人类文化遗产的巨大价值，因为它们已经在某种程度上构筑了人类存在的精神家园和依据；失去了它们，人类将不成其人类；但是，谁也无法否定，人类在自身存在和认定方面正面临着巨大的危机，人类在享受物质文明的新的满足感之时，在精神和文化方面却经受着缺乏依托的考验：原有的传统的文化家园正在世界化的经济发展冲击下分崩离析，而新的坚实的文化台基并没有建立

---

① 乐黛云、〔法〕李比雄（Alain Le Pichon）主编：《跨文化对话》（1），上海文化出版社，1998 年版，第 4 页。

起来。

这就使得文化之间的冲突显得更加扣人心弦。不管人类是否接受文化差异的现实，是否意识到跨文化已经成为一种不可回避和无法阻挡的趋势，它们所造成的事实和效应已经存在于人们的日常生活之中，不断影响着我们的生活。在这种情况下，"跨"可能是互相冲撞、矛盾、颠覆、侵占，在人们心灵上造成创伤，留下刀痕，也可能形成一种互相欣赏、交流、融合和丰富自我的良性状态，关键取决于人们用什么态度来理解和对待，取决于人类自己发展和创造文化的理念和能力。文化是人的精神家园，是人作为人的自信心和人性尊严的根脉，所以文化的核心是人，人创造了过去的文化，人也是处理不同文化之间交流和对话的主体。在这种人与文化唇齿相依的关系中，对具体文化的蔑视和贬低，就是对具体的、活生生的人的不尊重和冒犯，由此引起人与人之间的冲突和对抗是必然的。在我的理解中，这个主动的"跨"字，还包含一种期望，这就是人类能够闯过面前的难关，在经济全球化的进程中，度过一段充满文化冲突和灾难岁月的历史时期。

"跨文化"至今还存在着许多障碍和鸿沟，其中有历史的，也有现实的。历史形成的巨大的社会经济文化发展的不平衡现象，仍然表现在世界的各个角落和方方面面，很多文化上的偏见和错觉，恰恰就形影不离，依存于这种社会现实中。它们阻断了人与人之间作为本真、自然和平等的人的交流，取而代之的是不同国家、社会阶层和等级的人的观念划分，所谓"文化"也逐渐失去了其人的内核，成为不同利益或阶层"割据"的领地。正如一些学者所指出的，精致完备的现代国家制度的建立，并没有减少这种"文化割据"现象，反而加剧了在文化领域中的工具化倾向，在不同文化之间制造了新的不信任感。

但是，跨文化并非是一种虚妄，而是一种可能性，其境界是可以实现的。1816 年黑格尔在《哲学史讲演录》中还可以说"东方及东方的哲学之不属于哲学史"，相信今天已经很少人认同这个观念了。人们意识到，人类哲学史应该是不同的哲学体系和价值观的综合和总合，不能用一种"普遍性"来判断一切。这说明一百多年来世界文化的交流和沟通，已经极大地促进了各种历史传统和文化之间的互相尊重和理解，正在不断破除传统成见和文化壁垒，把人类联结成一种多样化的精神整体。在当今世界，人类要共同存在，共同繁荣，首先就要进行不同文化之间的沟通、对话和协调，不断探索人类发展中的新命题，完善人类共同发展的文化观念和机制，在"跨文化"中创造人类新的文化。

因此，在全球化的文化声浪中，理论家、批评家实现自己的美学价值，就要穿越一切不同的文化体系、圈层以及其间的差异和间隔，跨越各种各样来自民族、阶级和国家的文化界限，以及意识形态中的种种根本限定和障碍，破除各种由此产生的接受和沟通的障碍，在文化和社会的边缘与夹缝中发现和挖掘文艺的相通之处和共同的美的规律。

二、跨文化：一种可能性的构建

这也就意味着文艺理论研究与创新不能仅仅从本民族和本地域文化传统出发，而要在不同文化传统的共同理想中寻求沟通和理解，在多种文化碰撞、交叉与糅合中确立自己的价值与意义，以一种命运共同体的思维，创造一种文化共同体的存在。

这首先就面临一种文化观的改变。确实，在过去的 20 世纪，很多人都在致力于文化间的相互交流、理解和融通工作。美国的亨廷顿在 20 世纪末提出的"文明冲突"话题，之所以能够引起人们的普遍关注，就在于这种冲突已经渗透到人类生活的各个环节，而且不断发出危险的信号。所以亨廷顿说："这一模式强调文化在塑造全球政治中的主要作用，它唤起了人们对于文化因素的注意，而它长期以来曾一直为西方的国际关系学者所忽视；同时在全世界，人们正在根据文化来重新界定自己的认同。文明的分析框架因此提供了一个对正在呈现的现实的洞见。它也提出了一个全世界许多人认为似乎可能和合意的论点，即，在未来的岁月里，世界上将不会出现一个单一的普世文化，而是将有许多不同的文化和文明相互并存。"①"我所期望的是，我唤起人们对文明冲突的危险性的注意，将有助促进整个世界上'文明的对话'。"②

如上所述，文学早就加入了这种世界性的文化交流和冲突，文学理论和美学研究也是如此。在这种情况下，不同文化意识和价值观念之间的冲突必然会对原来既定的文学框架和理论模式形成冲击。过去，由于各种各样观念文化的限制，人们往往只能从某种框架、模式和类型中去认识美，把美看作是某一种民族的、文化的或者宗教的东西，由此制造各种各样限定的学说，把这一种美和那一种美分离开来甚至对立起来，使它们互不流通互相隔阂，处于一种不自由的状态；而不同的文化及其文化观往往成为不同文学观念的对立面，处于不断的矛盾、搏斗、分裂、摧毁、否定和重建过程中。

特定的文化传统和理论模式，往往造就了这样一些理论的"城堡"和"庙堂"，有自己的特定的文化围墙、特定的话语和特定的氛围，由此也使理论家、批评家滋长了某种特定的文化依赖性，一旦脱离了过去文化圈层的庇护，或者遭遇到其他文化理论的冲击，就失去了往日的自信心和原创力。为了使自己从传统的限定中解脱出来，一些理论家、批评家只顾不断否定旧的方法，又不断尝试新的方法，结果一次又一次卷入到社会学、心理学、语言学、文化学的涡流之中，反而失落了对自己本原的追寻，远离了对美的发现。于是，如何建立一种有利于理论个性发生的文化语境，把文学理论和批评推向一个更广阔的境界，成了文学和文艺美学建设必须面对和思考的问题。

---

① ［美］赛缪尔·亨廷顿：《文明的传统与世界秩序的重建》，周琪等译，新华出版社，1998 年版，第 2 页。

② ［美］赛缪尔·亨廷顿：《文明的传统与世界秩序的重建》，周琪等译，新华出版社，1998 年版，第 3 页。

在这种新的人文环境中，如何建构一种跨文化的文学理念，越来越成为人们普遍关切的问题，因为文学艺术需要穿越和跨越文化，去寻找共同的感觉、话题和规律；因为在不同的文化情景中，文学及其文学状态往往有不同的特点，它们构成了美的多样性，同时也容易借言辞的力量把人们引向歧途。

随着人类生活和文化大交流时代的到来，文学和美学进入到一个开放的世界化语境之中。好的文学和美学需要一种人类文化的认同感和凝聚力，这就需要一种巨大的文化穿越能力，能够翻山越岭，远涉重洋，在相距遥远的人们心灵中寻找相通共鸣的感情，使读者感受到一种共通和能够一起分享的温情或希望。这并不是一件轻而易举的事情。因为由于各种历史生活原因，人类形成了多种多样的文化群落；每一个文化群落都构成一种生活氛围，形成一种特定的价值观念系统，以及一套起码在这个群落中被认同的形式化的概念、思路以及判断生活的标准。它们对于外来文化和思想的渗透与进入，有一种天然的屏障作用，即便是一些优秀的、好的、能够被共同认同和接受的艺术作品，也会在其还没有进入之前，就被无情地拒在门外。

接受和传播过程是这样，艺术创作就更为复杂了。艺术表现的特征是具体性，需要用具体的活生生的事实和感情来表达自己，而且注定要和一些日常的具体生活细节和心理活动纠缠在一起。但是对于理论和观念来说，这些具体生活事实本身包含着观念和思想，甚至是某种文化意识形态的标志，它们往往成为跨文化的心理障碍。台湾作家陈若曦在一部小说中谈到过电影《牧马人》在美国放映的情况，其中人物对于华侨生活有这样一种书写，"人在旧金山住了一年，才发现从前肯定的部分应该加以修正。旧金山不是工业城市，小商云集，却鲜有华裔的大企业家。这里的华侨是白手起家，很重视子女教育，很少出现败家子。电影中说许文再婚的子女不成器，并不典型。如今再看这部片子，……仍然佩服饰老华侨的刘琼演技老练，但只惋惜编剧者不曾亲到美国走一趟。稍微了解一下美国，便不会出现像刘琼的台词'我要一杯咖啡，热的'，结果引起观众哄堂大笑。"①
这种"无法穿越"的文化间隔的情况，不仅使作品的传播遭遇到阻截，而
且也表现了理论批评的某种尴尬处境。

　　这也是文学艺术在跨文化过程中经常遭遇的困境。所以，无论是作家
还是理论家，在跨文化语境中，首先要带领读者突破文化的界限和极限。
事实上，一个文化思想比较封闭的时代或者国度，并不是没有或缺乏理论
家与批评家，而是大多数批评家都拥挤在作家作品的世界之中——这个世
界是依靠作品本身在充分实现自己价值的过程中建立的，批评家的见识往
往拘泥于某种既定的文化意识框架之内，很难穿透不同文化的间隔。例
如，不同的"主义"、潮流和流派，在不同的文化情景中往往有很大的区
别，而理论家、批评家也往往习惯于用某种特定观念加以评说。对于这种
情景，钱钟书先生就有深切感触，他曾说道："这种现象并不稀罕。习惯
于一种文艺传统或风气里的人看另一种传统或风气里的作品，常常笼统概
括。比如在法国文评家眼里，德国文学作品都是浪漫主义的，它的古典主
义也是浪漫的，非古典的（unclassical）；而在德国文评家眼里，法国的文
学作品都只能算古典主义的，它的'浪漫主义'至多是打了对折的浪漫
（only half romantic）。德、法比邻，又同属于西欧文化大家庭，尚且如此，
中国和西洋更不用说了。"②

　　可见，所谓"跨文化"并不是突兀出现在我们面前的。中国现代文艺
理论与批评原本就是以一种文化的开放性、现代性和创新性为特征的，其
继承、发展和丰富了中国古典文学的历史成果、经验、经典和境界。从时
间上来讲，它是在新的历史语境中的延续和创造性发挥，是一种没有终结
的美学创造过程；从空间上讲，它是在一种开放的、与外国文化及文学交
流和碰撞的语境中生发和变迁的。从这个意义上说，中国传统文化及文
学、外国文化及文学影响、中国的当代生活和意识，构成了中国现代文艺

---

① 陈若曦：《突围》，友谊出版公司，1983年版，第76页。
② 《钱钟书作品集》，甘肃人民出版社，1998年版，第500—501页。

理论研究创新生成与发展的历史源流和美学动因；它们三者之间的交流、碰撞和融合造就了中国现当代文学创作和理论创新的丰富多样的景观。

建构一种跨文化的文学和美学框架，需要更新原来的一些思想和认知观念，创建一系列新的范畴。这也是过去一个世纪所出现的一个显著变化。在这个过程中，人们逐渐从原来历史时间的思维隧道中走出来，走向一个广阔的横向文化连接和交流的纪元。而作为一种催生新的文学意识的空间，19世纪末20世纪以来的中国社会，呈现出了前所未有的纷繁、复杂的情景。中国封闭的社会状态被打破之后，文化的横向联合和交流具有了可能性，西方各种思想文化大量涌入中国，造就了一个多种文化碰撞、磨合和创造的历史机遇。从横向来说，它们来自四面八方，带着不同国度和民族的情调和特点；从纵向来说，它们从古到今，不分先后，包括从古希腊文化到20世纪兴起的各种现代思想潮流。这一切同中国传统民族文化产生一种奇妙的结合，构成了中国现代文化意识发展中独特的形态特征。

文学创作和理论都需要一种穿越，其根本前提是艺术家、批评家能够先于他人感受到生活、文化圈层与模式的间隔和区别，意识到这种间隔和区别对文学所产生的新的期待和要求。为此，他们的艺术神经会向多种文化交流和交接的方向延伸，这或许是单一文化最边缘的地方，同时也是多种文化交汇的中心，文学创新就意味着一种融通，一种从小的文化圈层向更大文化圈层伸展的过程。跨文化的魅力就是在这种伸展过程中显示出来的。

跨文化所面对的世界，是充满差异间隔、层峦叠嶂的。"跨"意味着一种连续不断的拼搏，一场没有休止的包括许多琐碎工作的博弈。因为很多文化之间的间隔是隐形的、细微的，要穿越它们需要耐心的认知和理解。因为文化圈层是多种多样的。一个阶层，一个地域，一个职业范围会形成一个小圈层；一个民族，一个国度的文化会形成一个大圈层。文学和美学的进步不在于立于哪个圈子，而在于不断从小圈层向大圈层的渗透和伸展，在一个比一个更大的文化圈层中实现和证实。

　　这或许也是在建构一个多层次的、动荡的文化整体，在它任何一个质点上的文化意识都不是单一的，而表现为多种文化因素相互作用的折叠现象。所以，20世纪中国文艺理论的发展一开始就体现了文化观念和心态的转换和更新，体现了中国文艺美学从传统向现代，从中外隔绝向中外融合的、开放性的形态的转变。这一点从王国维、梁启超、章太炎等一些大师的学术经历和追求中就可以看出。他们不仅生活在世纪之交，而且整个心灵和精神都处在一种历史文化的转变之中，体现了新的文化选择和思想精神。

　　中国新文学的产生，首先就面临是否跨出传统文化框架的问题。作为一个接受和借鉴西方文艺理论方面的标志性人物，王国维的贡献不仅表现在世纪初就自觉地借鉴西方文艺理论方法来进行文学研究和批评，更表现在他对于文化和文学存在及其演变态势的一系列新的理解，深刻意识到了中外文化相互借鉴、交流和融合的重要性和必要性，意识到了文艺美学的世界性人类性性质和意义。而鲁迅的倾向更为激进，他对于中国传统文化的批判，要义在于中国文学能否走出原来的困境，融入世界文学的大潮之中，在更广阔的空间中得到认同和发展。

　　作为一种文化理念，"跨文化"可以追溯到19世纪中叶，因为从那个时候起，中国传统的学统开始面对一次深刻危机。从"中学为体，西学为用"，到梁启超"译书为强国第一义"，绝对"单纯"的"国学"已经很难做下去了。正是在这种情况下，王国维提出了"学无新旧也，无中西也，无有用无用也"的观念，可以说是王国维自己学术实践的一大特色。在其《红楼梦评论》中，王国维就采取了"中学西注"的方法，用西方叔本华的思想来探索《红楼梦》的人生涵义和艺术价值。王国维之所以这样做，除了个人的学术感悟之外，还在于他已经清楚意识到，在新的历史条件下，"中西二学，盛则俱盛，衰则俱衰，风气既开，互相推助"[①]，已经成

---

① 王国维：《王国维文学美学论著集》，北岳文艺出版社，1987年版，第180页。

为一种气候，做学问再也不能拘于一孔之见、一隅之得了。

因此，跨文化首先是一个理论视野和胸怀问题。如果没有广阔的视野和胸怀，就谈不到文学方法上的革新和探索。在20世纪的中国尤其如此。对此，梁启超在步入20世纪之际，就有深刻感受，并在由日本开往美国旧金山的船上写下了《二十世纪太平洋歌》。为了改造中国，他认为第一要务就是译书，为此他做出了艰辛的努力。正因为广泛接触了西方文化，他认为社会发展的根本动因之一，是不同文明体系之间的相互碰撞和交流，而中国文化的复兴和学术的发展更离不开吸取外国文化，学习他国的文明新思想。因此他提出了迎接中西文明"结婚之时代"的思想："生理学之公例，凡两异性结合者，其所得结果必加良。此例殆推诸各种事物而皆同也，……今则全球若比邻矣，埃及安息印度墨西哥四国，其文明皆已灭，故虽与欧人交，而不能产新现象。盖大地今日只有两文明：一泰西文明，欧美是也；二泰东文明，中华是也。二十世纪，则两文明结婚之时代也。吾欲我同胞张灯置酒，迓轮俟门，三揖三让，以行亲迎之大典，彼西方美人，必能为我家育宁馨儿以亢我宗也。"① 梁启超的说法对中国20世纪文艺理论发展产生了深远的影响。后来闻一多确定新诗文学品质的时候，就沿用了"中西艺术结婚后产生的宁馨儿"的说法。

钱钟书先生在这方面显示了一种新的理论胸怀。他在广泛吸取外国文化资源的基础上，格外注重追求一种中外文化契合的理论境界，其做学问的过程就是在各种不同的文化文本之间追求互相沟通和互相借鉴的过程——这同时也是消除一切文化之隔阂的过程。对钱钟书来说，何以能达到一种沟通和契合，是他一直探讨和追求的境界。在文学理论和批评实践中，他非常注重发现中外古今文论中的契合之处，很看重"观其会通"的效果，而不是仅仅强调中国文论的固有特点。他不但很欣赏庄子"齐物论"中的思想，也很欣赏朱光潜《文艺心理学》中的观念——认为艺术欣

---

① 梁启超：《饮冰室文集（之七）》，中华书局，1989年版，第4页。

赏皆来自人的感性认识。可以说，钱钟书在这里所关注的"姻缘"或者"暗合"，就是中外文学的契合之处，但是要想得到它就须有一种比较和沟通的眼光，能够穿越文化、语言和习性之间的种种障碍和间隔。

三、跨文化：交流·互鉴·融通·创新

在这个过程中，文化和文明互鉴，成为一种新的思维方式，不断为文学和美学研究开拓新的视域，创建新的阐释路径。

20 世纪以来，在中国学术界，中西学研究互相推助、中西方文献互相参照的做法得到了广泛认同和使用，并造就了许多领域的开拓和创新。从广义上讲，胡适的学术成就也渗透着一种"中西互注"的精神。从提倡"尝试"，到"白话文学史"的写作，始终贯穿着西方学术观念的参照甚至导引。至于在语言研究方面，基本奠定了用西方研究方法来分析、归纳中国材料的格局。显然，这并非意味着一种世界性、人类性学术胸怀已经建立。五四之后的很长一段时期内，中国文艺理论建设是以打破传统为主的，所以，中国传统的资源往往处于被"注"或者被甄别的地位，往往不能体现出其世界性、人类性的价值。也许正因为如此，王国维提倡的"中西互注"的方法受到了挑战。不但王国维由此感到了传统中学的绝境，就连胡适也觉得有了创新"整理国故"的必要，学界出现了提倡"国粹"的呼声。一个多世纪以来，中国文化态势发生了巨大变化，由重在向外国文化吸取、重在中西文化交融互补，逐渐趋向了在融通多种文化基础上的理论创新。所谓理论创新，也正是在一种跨文化交流中提出的；换句话说，创新与开放原本就是互相联系与增生的，它们通过不同文化和文学的互鉴和融通获得发展。

这是一种新的理论胸怀，也是一种新的文化要求。在中国现代文学的发展中，这种"新"往往就来自某种跨文化的汲取和启迪。就此来说，"新"可能有各种不同的思想动力，但是都无法离开与西方文化的联系。

所以，五四时期北京大学傅斯年等人所办杂志就取名为"新潮"；而"新潮"者原本是根据英文"Renaissance"（文艺复兴）而来的。这一特殊译法实际上反映了那个时代人们对现代性的普遍理解。胡适当年所鼓吹的"文学改良"主张，也直接吸取了西方"意象派"的文艺观念。五四新文学的开拓者鲁迅、陈独秀、李大钊、周作人、茅盾等人，都是西方文艺理论的"盗火者"，他们在不同程度上对现代文艺理论的发生和扩展做出了重要贡献。

鲁迅在这方面具有独特的意义。1908 年，鲁迅在其《摩罗诗力说》篇首就引用了尼采的话语："求古源尽者将求方来之泉，将求新源。嗟我昆弟，新生之作，新泉之涌于渊深，其非远矣。"在短短几句话中，就用到了 3 个"新"字，而"方来"无疑也是指向新的时间维度的，与他在文章中再三强调的"新声"相互回应。这种"新"的源泉、声音和作品，与学习和借鉴西方文化思想紧密相连，这也就是后来鲁迅所主张的"拿来主义"——这不仅表达了一种新的文化意识，而且构成了 20 世纪中国文学发展的基石。没有空间，就不可能有不同文化的互鉴和互动，也就不可能艺术和理论创新。

因此，跨文化本身就体现为一种美学价值，它是和一种开放的思想品格连在一起的，并且是在一种不断走向更为宽阔的文化氛围过程中实现的。这种理论和批评应该、也必然建立在文学的横向联系和纵向发展的交叉点上，它不断向横向的文学空间扩展，并在这种扩展中经受磨练，开阔自己的胸襟，感受和理解更多的不同风格的文学现象，逐渐使自己的个性与文化多样化达成一种默契和谅解，然后用自己的方式去沟通不同文化状态中产生的文学现象和作家作品。它更是中国现代理论批评自身获得发展和扩展的新的向度，它所包容的是一个同文学创作同样无边无垠的世界，不断从已经开发的领域，向正在开发和尚未开发的领域发展。

可见，跨文化是一种新的理论视野。它建立在一种历史与未来、传统与现代统一的精神基础之上，是一种动态的历史过程。在这个过程中，独特的文化和传统不会、也不可能消失，而是在多种文化的对比与互补中得到扩展，成为人类共同、共通和共享的文化资源，其意味不仅仅在本身，更在于与人类整体文化的某种联系；理论创新也正是在这种多文化再造中实现的，有价值的东西会变得更加纯粹，更加有个性。当然，跨文化也为文学创作和理论设立了新的门槛和标杆，也给文艺批评提出了新的要求。

跨文化是艰难的。随着文学走向开放，人们愈来愈自觉地甚至习惯性地用多种文化状态来考察和思考文学问题的时候，中西、新旧、传统与现代之间的界限会越来越模糊，而文学和美学作为消除误解、填平鸿沟、弥补断裂的功能也会越来越被人们所接受。误解是沟通的障碍，在误解没有消除情况下的沟通，只是虚假的、暂时的和表面的。由于不同的文化历史背景，文学交流中的误解时常发生，有时甚至会形成截然不同的结论。无法消除误解的批评，也无法伸展自己。例如西方的现代主义文学，就曾长期成为我们文学批评误解的对象。根据我们习惯的法则，一切表现自我的作品都成了颓废主义文学甚至反动文学，甚至最美丽的爱情描写，我们也误以为是黄色瘟疫等。对文学作品是如此，对文艺理论同样如此。无知导致了误解，而误解妨碍了沟通和理解。

回顾五四之后一段时间学术研究的变化过程，就很有意味。虽然"中西贯通"早已为学界接受，但是人们对于"中学西注"和"西学中注"有着种种不同的着眼点。特别是由于进化论等新思想的影响，激发了"现实需要"，过于强烈的社会功利性，压倒了对于中外文化的细嚼慢咽，因此文化和文明之取舍也逐渐趋向单一化，结果用一个"主义"来解释一切的教条盛行，最后导致了新与旧的"断裂"，中西学术的空前隔绝。就这一点来说，就连胡适早期的学术研究，也多以"现实"为旨归，凸显了西学的"理论指导"意义。

应该说，跨文化就是破除"唯一""唯物"的文学偏执和偏见。近代以来，中国就从"六经注我、我注六经"的境界中越出，进入了"中学西注""西学中注"的跨文化的学术视野之中。由此"中学"与"西学"之争就持续不断，构成了中国学术发展的一条线索，存在很多需要深入探讨的问题。原因是，中学西学之争不仅关系到不同文化背景、知识体系与价值标准问题，而且还牵扯到民族感情。不过，这种情景毕竟改变了中国人做学问的传统格局，引进了一个新的维度，从传统的"六经注我""我注六经"的思维框架中又出一途，即"中学西注"和"西学中注"的思路，使中国学术步上了无分中西、中西互鉴和融通的阶段。王国维认为，中国文论之所以辉煌灿烂，是由于能够不断吸纳、借鉴和消化各种域外文化，求通于各家学说。所谓"不通诸经，不能解一经"，正是古人留下来的至理名言。所不同的是，过去的诸经，可言之于诸子九流，可言之于佛学东渐，可言之于各种少数民族文化，可言之于南北文化的交流，而到了20世纪，就不能不言之于中西文化的比较和交流。所以他指出："若夫西洋哲学之于中国哲学，其关系亦与诸子哲学之于儒教哲学等。今即不论西洋哲学自己之价值，而欲完全知此土之哲学，势不可不研究彼土之哲学。异日发明光大我国之学术者，必在兼通世界学术之人，而不在一孔之陋儒，固可决也。"①

这种洞见不仅打通了中西学术之关系，表达了一种从传统走向现代的世界意识，是中国学术睁眼看世界、面对世界并融入世界的开始；而且为中国学术提供了一种新的方法论意识，这就是以一种开放的、中外沟通的思维方式理解文学，以中喻西，以西比中，中西合璧，互相探讨人类之共同问题，创造世界性之学问。因为"通"是中国传统文化的金石所在。在《老子》中，"同"与"通"就是相通的，而庄子据此提出了"道通为一"的观念，补充了儒家提出的"和而不同"的思想。"不同"不等于"不通"，而"通"是"和"的基础。所以，后来的《易经》糅合了儒、道两家学说，一方面提出了"殊途同归"的理念，同时又强调"穷则变，变则通，通则久"的思路。就文艺理论来说，这意味着对于各种文化中产生的

① 王国维：《奏定经学科大学文学科大学章程书后》，《王国维文学美学论著集》，北岳文艺出版社，1987年版，第176页。

理论观念都有所认识，然后才谈得上变化创新，发现具有普遍意义和意味的、在多种文化中"共通"的思想学说。由此来说，《易经》中所言"一阖一辟谓之变，往来不穷谓之通"本身就体现了一种跨文化的交互精神，只不过如今可以简言之"一中一西谓之变，往来不穷谓之通"，只有不断交流，不断开放，才能创造出"推而行之谓之通"的新路径和新理论。

因此，"跨"不是目的，"通"才能真正发现不同文化的价值和魅力。和而不同，不同有"通"，"通"就是要克服万事万物之间的差别和隔阂，能够通过互相交流和对话，达到物物相通、人人相通的境界。也许正因为如此，钱钟书特别推崇艺术中的"通感"，其通感理论的发现和延展也是从古今中外具体的文学作品中生发出来的。通过"通感"，我们可以发现在不同的文化语境和文本中艺术魅力的契合和相通之处。它不仅是一种感性的创作心理状态，而且是一种文艺美学的理论境界。如果说通感表现了钱钟书研究和理解各种不同类型文学的一条思路和方式，即用细读和文本比较的途径捕捉和理解不同情景中人类共通的艺术感觉，那么，从理论创作角度来说，这也是融通了古今中外许多文学理念，特别是文艺心理批评学派和新批评学派之观念的一种方法，特点是把感受与文本分析研究紧密结合，化为一体，寻求一种理解和贯通艺术创作的"理论之眼"。

"不隔"就是"通"，跨文化就是去文化之蔽，开文化之通。换言之，一切文艺创作和理论不就是为了消除人与人之间的"隔"，以达到"通"的境界吗？这和钱钟书在《谈艺录》中所言"造化之秘，与心匠之运，沆瀣融会，无分彼此"是相通的。要言之，如同钱钟书先生自述："故必深造熟思，化书卷见闻作吾性灵，与古今中外为无町畦，及乎因情生文，应物而付，不设范以自规，不划界以自封，意得手随，洋洋乎只知写吾胸之所有，沛然觉肺肝中流出，曰新曰古，盖脱然两忘之矣。"[1]

文学和美学要穿越不同文化圈层的隔阂，消除心灵上的误解，不仅需

---

[1] 李洪岩，范旭仑编：《钱钟书评论》（卷一），社会科学文献出版社，1996 年版，第 65 页。

要宽广的艺术胸怀，还需要各种各样的文化知识，包括多种多样的文化体验和生活经验。面对不同的文化场景、语境、现象和观念，批评必然会冲出以往教条、观念和话语营造的文化樊笼，重新走向生命和生活，是为活生生的生命和生活而开拓，并在这个过程中，建立起真正属于自己的理论思想。批评本身是现代社会中一种独特的文化，而这种批评文化是在综合各种文化因素基础上建立的，它需要各种文化的滋养。批评沟通各种不同文化间隔的过程，同时也是自我不断丰富发展的过程。

因此，在现代艺术中，文学和美学的魅力是在动态的美学运动中显示出来的，它不需去固守任何一个创作或理论方法的据点，不会回避任何一种文化现象；它破除着一切，同时又包容、吸收着一切。这正如勃兰兑斯所说："批评是人类心灵路程上的指路牌。批评沿路种植了树篱，点燃了火把，批评披荆斩棘，开辟新路，因为，正是批评撼动了山岳——撼动了信仰权威的山岳、偏见的山岳、毫无思想的山岳、死气沉沉的传统的山岳。"①

文学和美学也是如此。

---

① ［丹麦］勃兰兑斯：《十九世纪文学主流》（第5分册），张道真等译，人民文学出版社，1988年版，第383页。

第八讲　美学是一门科学吗?

一、问题的提出

美学是一门科学吗?

这似乎是一个无厘头的问题,因为按照如今的学科分类体系和原则,这已经是确定无疑的常识,不仅美学,就连文学、艺术学、诗学等等,都被认定为社会科学的学科范畴。在美学作为一门学问和学科的最初诞生地欧洲,科学及其意识早就浸透到了包括哲学和诗学等学术领域中,先入为主地成为美学的文化渊源。所以,在梳理和探讨科学与人文学术关系的著述中,不难找到很多呈现科学与美学关系密不可分的论说,无论就美学的文化渊源、历史变迁还是发展过程,科学及科学意识无不伴随在美学身边,不断为其提供资源和活力。

不过,在西方语境中,西文"科学"(science)一词,也有古今新旧之分。亚里士多德用来对知识进行分类的"科学",与文艺复兴时期所使用的"科学"大有不同,而且"科学"内涵也不断在转换和震荡,经历了从宽泛、模糊到逐步形成共识的过程。"科学"拉丁文中最初并没有确切的含义,既有知识、学问之意,也与智慧和哲学有某种关联,且并没有以后那样影响广泛;但是到了文艺复兴时期,科学及其实践和意识,已经成为撬动历史变革甚至社会革命的最重要的杠杆。正如艾伦·G.狄博斯在《文艺复兴时期的人与自然》的序中所说:"文艺复兴与科学革命的关系,在任何一种时间界定中都是决定性的因素。"①

这或许是 17 世纪的维柯为什么要写《新科学》的原因。因为时代发展了，科学开始施展拳脚，其影响力也越来越大，成了学术界争芳斗艳的领域。"十七世纪有一个异常突出的特点，就是在科学的和假科学的著作标题上频繁出现'新'和'前所未有'之类字眼。单枪匹马地创建一种新科学比起扩充甚至改革一种旧科学在当时是一种更大的荣誉。"② 正是这种氛围，激发起维柯创建一门学科的雄心，而这个"新"无疑就是社会科学名称和范式的诞生。

这或许就是美学被认定为一种社会科学的先河。当然，这个先河的开掘者不仅仅是维柯，众多学者加入了这项工程。弗兰西斯·培根（Francis Bacon，1561—1626）就是其中一位佼佼者，他于 1620 年出版的《新工具》堪称维柯《新科学》的先导。从史料中可以得知，维柯认真研读过培根的作品，并希望自己的《新科学》能够和培根的作品一样有所创见。培根和维柯都非常关注人文主义的发展，他们之所以倡导新科学和新工具，在某种程度上也体现了"文艺复兴确实包含了某种知识的'再生'——正如艺术和文学的再生一样"③。

实际上，创作和出版于 18 世纪的《新科学》，还没有明确提出"美学"这个概念，因为鲍姆加登（A. G. Baumgarten，1714—1762）的《美学》1750 年才问世，刚开始还只是在一个很小的学术圈流播，很少人读到这本书，影响并不大。但是，纵观《新科学》就可发现，维柯不仅要拓展科学意识，发明和创造一种"新科学"，而且希望用这种新科学意识来重新理解人文主义，并将后者也纳入科学思想体系之中，也就是说："维柯的雄

---

① ［美］狄博斯：《文艺复兴时期的人与自然》，复旦大学出版社，2000 年版，第 1 页。

② ［英］费希：《英译者的引论》，《新科学》（上册），［意］维柯著，朱光潜译，商务印书馆，1989 年版，第 34 页。

③ ［美］狄博斯：《文艺复兴时期的人与自然》，复旦大学出版社，2000 年版，第 3 页。

心却是要创建一种人类社会的科学"①——如果不是过于牵强附会的话，这就是"社会科学"。

这突出表现在他对"诗性智慧"（Poetic Wisdom）多方面的阐释中。《新科学》的英译者费希首先发现了这个问题。他指出："维柯毫不怀疑人道的创建者都是某种诗人和哲人。问题在于'某种'究竟是哪种，因为他们用创建制度的方式创建了人类，他们都是些诗人。'诗人'用希腊文的意义，就是制作者或创造者。擅长于制作某种东西当然在某种意义就是知道怎样制作它，而且要'知道怎样办'（the know-how）当然就是一种知识或智慧，但是这是什么意义上的智慧呢？'某种'究竟指哪种？它就是发现这种实行智慧或创造性的智慧，或是诗人或人类制度的创造者的智慧。这种诗性智慧的性质才是新科学的万能钥匙。这一发现就花费了维柯足足二十年的钻研。"②——在这里，如果不是维柯的论述确切无疑的话，我们可能很容易相信，此时的维柯已经陷入科学与诗学关系的迷乱之中，他已经搞不清楚他所创建的到底是"新科学"还是"新诗学"。

还好，睿智的费希用下面的分析解除了我们这种疑惑：

> 维柯甚至竟从这种诗性智慧中看出：各门技艺和各门科学的粗糙的起源，也就是一种诗性的或创造性的玄学；从这种粗浅的玄学中一方面发展出也全是诗性的逻辑功能、伦理功能、经济功能和政治功能；另一方面，发展出物理知识，宇宙的知识，天文知识，时历和地理的知识，这些也都是诗性的，这些就替第二卷提供了大纲或轮廓。③

---

① ［英］费希：《英译者的引论》，《新科学》（上册），［意］维柯著，朱光潜译，商务印书馆，1989 年版，第 32 页。

② ［英］费希：《英译者的引论》，《新科学》（上册），［意］维柯著，朱光潜译，商务印书馆，1989 年版，第 41 页。

③ ［英］费希：《英译者的引论》，《新科学》（上册），［意］维柯著，朱光潜译，商务印书馆，1989 年版，第 42 页。

这是否是一种夸大其词的论述呢？按照这种说法，诗性智慧成了一切科学——从社会科学到自然科学——的源泉，而且早在人类原始阶段就已经产生，并没有多少"新"的余地。但是，由此我们或许能够理解维柯为何用全书的一半篇幅来论述"诗性智慧"，因为他要从人类古老的智慧中挖掘出新的智慧，用费希的话来说，就是"在试图认识自己所用的办法则是在凡俗的、诗性的，或创造性的智慧里去重新找到自己的根源。这样做，他本身就成了创造性的或再造性的"①。

那么，在展开对于新科学与美学关系的探讨时，首先的问题就是：什么是诗性智慧呢？它与后来鲍姆加登创建的"美学"有什么关联呢？无疑，在维柯笔下，诗性智慧不仅来自人们的凡俗生活，来自哲学家的玄奥智慧，而且来自诗人的感官体验。他指出："本卷（即《新科学》的第二卷《诗性的智慧》——笔者注）从头到尾都将显示出：诗人们首先凭凡俗智慧感觉到有多少，后来哲学家凭玄奥智慧来理解的也就有多少，所以诗人们可以说就是人类的感官，而哲学家们就是人类的理智。所以亚里士多德《论灵魂》关于个别的人所说的话也适应于整个人类：'凡是不先进入感官的就不能进入理智'。"② 这也就是说，诗性智慧之所以能够成为新科学，在于它来自人类文化多方面的综合，包括凡俗生活、哲学家的思考和诗人的创造，而其中尤其突出的一项是"人类的感官"——这也就是鲍姆加登所创建的美学原理的基础。

尽管这还不能构成美学作为一种学说与理论的全部要素，但是维柯试图把诗性智慧改造成、更确切地说是提升或创建为一种科学的意图已经十分明了，而其"新"就突出表现为一种新的综合，即把诗学与哲学、人文学术与科学知识、理智与感性等过去分离的学问打通，重新融通创建一种

---

① ［英］费希：《英译者的引论》，《新科学》（上册），［意］维柯著，朱光潜译，商务印书馆，1989 年版，第 43 页。

② ［意］维柯：《新科学》（上册），朱光潜译，商务印书馆，1989 年版，第 171 页。

新的学问。为了达到这个目的，维柯不能不对诗性智慧进行多方面的探求，并且重新探究其与人类整体精神文化的关系。

维柯的学说体现了文艺复兴以来形成的新的文化语境。人性的解禁、思想的解放和科学的解蔽，为人类精神文化的发展和繁荣打开了广阔时空，各种思想流派都获得了一次拓展自身的机遇。在这个过程中，尤其突出的是人文主义和科学意识的复兴和异军突起，成为推动历史变革和社会进步的巨大引擎，发挥着再造乾坤的作用，而两者的相互影响和感应、彼此之间交互和互动，亦成为很多新学科、新学术和新理论产生的重要驱动。这种情景在维柯的《新科学》中得到了深刻体现，其中不仅有科学意识与人文主义思潮的交融，有哲学家与诗人的对话，还有感性与理性的交合，体现了那个时代生机勃勃的文化创造力。

二、问题的扩展

显然，这一切都为美学破土而出创造了条件。不过，这一切并没有就美学的归属问题给予确切的回答，相反，文艺复兴时期的文化勃兴显示出这样一个特点，即所有投身于文化创新的哲学家、艺术家和各种各样的学问家，都在极力吸取那个时代给予的资源和养料，都在努力践行创造和创新，但是并不急于发明一种终极的理论和范式，用一种选择去排除其他选择，一劳永逸地解决和回答一切问题——其论述总是尝试和探索的、充满想象和多种可能性的，因而也是充满悖论的，并不十分严密和成熟的。

维柯的《新科学》也是如此。维柯所提供的不足以成为一种完美的理性认识，其中拥挤着不同的动机和意向。读完全书，读者至少可以感受到四种不同的企图和选项：之一，维柯试图用新科学的范式，囊括和统纳所有的人类文化研究内容，不仅自然科学理应归入其中，一切人文学术研究也应该归入其中，形成一个新的"科学大系统"；之二，维柯认为"科学"是那个时代的主导，因此所有历史的、社会的、哲学的、诗学的学问，也都该投入科学门下，成为科学王国中的新成员；之三，科学不能局限于自然科学研究领域，也不能仅仅用科学思维模式来理解世界，科学应该引入包括诗性智慧在内的人文学术内容，甚至把后者推及所有科学研究和社会学研究，使后者拥有"神的预见性"和"形而上学"的能力——这实际上已经把对于真理的探究交给了艺术和哲学；之四，所谓"新科学"，是一种人类感性与理性相互交接的学问，是用理智和意志构成的，而且它"既是人类思想史，人类习俗史，又是人类事迹史"，所寻求的是"对人类心灵的认识"①。在这里，"新科学"实际上应该是"新人文"，已经超出自然科学领域。

显然，在这里，每一种选项所提供的都不是问题的答案，而是新的问题，这或许也是维柯的学说在学界能够持续发生影响的原因。而就美学的生发来说，鲍姆加登明显体现了对于人类感官认知的敏感，并把这种过去并未得到重视的认知，拿到了形而上的哲学领域，并赋予其新的名称和内涵，"诗性智慧"变成了"艺术哲学"②，鲍姆加登接过了维柯人文科学创新的接力棒，开始了新一轮的学术竞赛。

如果说，文艺复兴时期是一个人们敢于发问、提出问题的时代，那么，启蒙时代就是一个勇于回答问题、为问题寻求答案的时代。而哲学作为一种世界观和宇宙观的学问，能够给人们提供某种根本和终极答案的思想体系，在启蒙时代自然受到青睐，登上人文学术的顶峰，成为人类理性思维皇冠上的明珠。可以说，鲍姆加登的"美学"就是对诗学和艺术学中

———————

① ［意］维柯：《新科学》（上册），朱光潜译，商务印书馆，1989 年版，第174 页。

② 在欧洲文化中，哲学一词源自希腊文 philosophia，其中，sophia 是名词，指智慧；philein 是动词，指爱和追求，所以哲学（philosophy）的意思就是爱智慧、追求智慧。而关于艺术哲学的概念也很盛行，包括黑格尔、泰纳等人都喜欢这个概念，但是后来美学一说渐渐占上风，使用的人多了，就成了约定俗成的称谓。有意思的是，最初来自拉丁语的"科学"（scientia）有学问之意，相当于希腊文的"sophia"，也包含"智慧"之意，其叠词"philosophia"就是哲学。

诸多问题的一种综合分析和思考，试图对艺术存在的本质提供一种终极和绝对的言说。

鲍姆加登的美学是从哲学中脱颖而出的，但是，鲍姆加登并没有突破维柯的界定，美学依然是"哲学体系的一个组成部分"，而且其美学思考和探究还局限于认识论范围内。[①] 一个显著的事实在于，鲍姆加登在其《美学》一开头就把美学定义为"感性认识的科学"，说美是一种"感性认识自身的完善"[②]，也就是说，美学仍然在认识论范畴内存在，还没有凸显出自己的特点。不过，在这里，"科学"一词的范围已经扩大，开始渗透，甚至扩展到了包括社会学、政治学、艺术学等人文学术研究之中，大有囊括一切人类知识学说之势——事实上，关于"社会科学""社会科学院"等说法和建制，不久之后就在人文学科中站稳了脚跟，其科学意识和标准不仅被人们所普遍接受和认同，而且开始统帅人文学术研究的所有领域。由此，不仅美学不得不在科学面前低眉，而且哲学也被归属于社会科学的范畴，成为科学的一个组成部分。

然而，这一说法并没有回答美学是否是一门科学的问题，而且在西方哲学界引起了争论。究其原因，就是科学是否可以超越哲学、感性是否可以超越理性，成为人类认知和学术体系的基础和统领；也就是说，美学的出现，不仅在人类艺术研究中增加了一种范式，而且在一定程度上动摇了哲学和理性的神圣地位。美学，在一定程度上变换了科学和哲学、感性和理性，甚至心灵美和物质美之间的关系。

最先意识到这一问题，并力图加以纠正的是黑格尔。

黑格尔在其美学讲演录的开首就指出：

① 曹俊峰、朱立元、张玉能：《西方美学通史》第四卷，上海文艺出版社，1999年版，第29页。

② 范明生：《西方美学通史·古希腊罗马美学》，第一卷，上海文艺出版社，1999年版，第26页。

这些演讲是讨论美学的；它的对象就是广大的美的领域，说得更精确一点，它的范围就是艺术，或则毋宁说，就是美的艺术。

对于这种对象，"伊斯特惕克"（Asthetike）这个名称实在是不完全恰当的，因为"伊斯特惕克"的比较精确的意义是研究感觉和情感的科学。就是取这个意义，美学在沃尔夫学派之中，才开始成为一种新的科学，或则毋宁是，哲学的一个部门；在当时德国，人们通常从艺术作品中所应引起的愉快、惊赞、恐惧、哀怜之类情感去看艺术作品。由于"伊斯特惕克"这个名称不恰当，例如"卡力斯惕克"（Kallistik），但是这个名称也还不妥，因为所指的科学所讨论的并非一般的美，而只是艺术的美。因此，我们姑且仍用"伊斯特惕克"这个名称，因为名称本身对我们并无关宏旨，而且这个名称既已为一般语言所采纳，就无妨保留。我们的这门科学的正当名称确是"艺术哲学"，或则更确切一点，"美的艺术的哲学"。①

很多人都注意到黑格尔的这段质疑，但是有一些人显然忽略其所包含的一些重要信息，即当时整个人类知识学术之中所凸显出来的科学与人文意识之间的矛盾，以及它们对美学发展的深刻影响。

首先，黑格尔尽管说"名称本身对我们并无关宏旨"，但是实际上非常重视这个名称的设置和认定，只是因为迫于"这个名称既已为一般语言所采纳"，已经形成潮流和学派，才不得不"姑且保留"这个称谓的。这表明，对于黑格尔来说，鲍姆加登所发明的"美学"，与他所认为的正当名称"艺术哲学"之间存在很大差异，其中很重要的一点就是美学到底是属于"哲学的一个部门"，还是一种"新的科学"，哲学是否还可以主导美的艺术研究——从某种程度上来说，这里已经显现了"科学"与哲学争夺文化意识形态话语权的冲突。

---

① ［德］黑格尔：《美学》第一卷，朱光潜译，商务印书馆，1996 年版，第 3—4 页。

进一步来说，黑格尔之所以不认同"伊斯特惕克"（Asthetike）这个名称，根本在于其意义是"感觉"和"情感"，也就是说它不属于绝对理性的范畴，不符合他所建造的"绝对理念"的标准。而在当时，黑格尔正在致力于自己绝对理性的哲学体系的建造，作为美学的"伊斯特惕克"（Asthetike）的出现，隐含着一种"叛逆"的意味，显示了处于人类心理低层次意识的"犯上作乱"。在这里，黑格尔敏锐感觉到了德国古典哲学的黄金时代已经受到了挑战——事关重大，这或许也是黑格尔开始建构自己的美学体系的重要动因。

黑格尔之所以更认同"艺术哲学"这一名称，关键在于对美及其美学精神归属的研判。在黑格尔看来，日常生活的世俗的所谓美，或者说人们感官层次上的所谓美，包括美的颜色，美的太空，美的花卉，美的动物，尤其是常说的美的人，都是低层次的美，是不能进入艺术美殿堂的，而"……我们可以肯定地说，艺术美高于自然"，因为艺术美是由心灵产生和再生的美，心灵和它的产品比自然和它的现象高多少，艺术美也就比自然美高多少"[1]。显然，这里的"心灵"（spirit）是哲学中绝对理念的化身和显现，而黑格尔所心仪的美学当然也是这种纯粹哲学殿堂中的花朵了。为了让人们理解这种绝对理念照耀下的美和美学，黑格尔不但发明了"心灵和它的艺术美高于自然美"的说法，而且还特别加以了强调性说明：

> 如果我们只是普泛地说：心灵和它的艺术美高于自然美，这就等于还没有说出什么，因为所谓"高于"还是完全不确定的说法，还是把自然美和艺术美左右并列地摆在同一观念氛围里，所指的还是一种量的分别，因此，还只是一种表面的分别。心灵和它的艺术美"高于"自然，这里的"高于"却不仅是一种相对的或量的分别。只有心灵才是真实的，只有心灵才涵盖一切，所以一切美只有在涉及这较高

---

[1] ［德］黑格尔：《美学》第一卷，朱光潜译，商务印书馆，1996 年版，第 4 页。

境界而且由这较高境界产生出来时，才真正是美的。[①]

三、问题的解答

显然，黑格尔在这里强调的是一种"绝对""纯粹"和"终极"，是"绝对精神"和"绝对理性"的一种美和美学。

可惜，黑格尔已经无法改变作为美学的"伊斯特惕克"（Asthetike）被人们普遍接受，更不可能阻止感性和感官美进入哲学领域，成为包括美学在内的各种人的学问研究的对象。事实上，黑格尔在无可奈何的语境中接受了这个名称，不仅表明当时艺术及艺术研究正在积极寻求自己的独立性，正在摆脱以往哲学理念的束缚，而且在更大范围内出现了一种人文学术与科学意识分庭抗礼的局面。科学在向自然世界回归，形成以客观世界及以真理为对象的自然科学；而人文学术正在形成以"人"为中心的社会科学。所以，黑格尔全然没有想到的是，不仅"伊斯特惕克"（Asthetike）这个名称很快被人们所接受，而且连哲学本身不久也被划入"社会科学"范围，维柯的"科学新世界"至少在形式上实现了自己的目的。这标志着人类开始进入一个科学技术主导的社会，科学技术不仅是生产力发展的核心，而且直接影响了所有人文学术的思维方式和价值判断。

但是，时代在变化，对于科学的认知也在变化。20 世纪 80 年代，有人用了十余年时间，就未来性问题采访了几十位当时美苏两国的顶级科学家，寻求关于"科学在我们文化中的作用"这类总体性问题的答案，解答"科学成就对我们的意识、世界观、价值观有什么样的影响"，发现对科学的认知不仅在不同国度，例如美国和苏联，有所不同，而且不同于传统的认知。这人在前言中写道：

---

① ［德］黑格尔：《美学》第一卷，朱光潜译，商务印书馆，1996 年版，第 5 页。

我从研究中发现：传统科学无法解决这些问题，因为从定义上来说，这些问题与价值观有关。在解决实际问题，寻找达到既定目的的最佳途径方面，科学是已知工具中最佳的一种。但传统科学简直没有去探讨目的本身。①

他继续写道：

我越是与现代的科学家们交谈，我就越意识到，较之他们的前辈，他们的世界观已出现了微妙而深刻的变化。他们既谈及传统科学方面的长处，也讨论其短处。这种认识使他们扩大了科学基本假设的范畴，把价值观念也包括在内。正如一位被采访的学者所说的，新科学不单单要回答"怎么样"，而且还要解答"为什么"。②

接着，这位作者做出了这样的判断："这种新科学在美苏两国中分别成长起来。正是由于科学本身所具有的革命潜力，现存的科研体制阻碍这种潮流的发展，有时这种阻碍还是相当粗暴的。但是新科学提出的问题和怀疑，其本身就是对我们文化和未来文明的重要贡献。"③

注意到了吧！这里又出现了"新科学"这个概念，但是，毋庸置疑，这里的"新科学"与维柯的"新科学"完全不同，前者不仅面对新的问题，而且对于科学存在的意义和价值有新的解答。其实，不仅在科学意识方面，而且在美学领域，也同样出现了"传统美学"和"现代美学"，甚至"后现代美学"的差异和冲突，美学是否还是一门科学的问题，恐怕要

---

① 〔波〕维克多·奥辛廷斯基：《未来启示录——苏美思想家谈未来》，徐元译，上海译文出版社，1988年版，第7页。

② 〔波〕维克多·奥辛廷斯基：《未来启示录——苏美思想家谈未来》，徐元译，上海译文出版社，1988年版，第7页。

③ 〔波〕维克多·奥辛廷斯基：《未来启示录——苏美思想家谈未来》，徐元译，上海译文出版社，1988年版，第7页。

在一个新的、更加宽阔的视野中加以重新审视和认识。

这里，我还想引述一段本书译者徐元的介绍，进一步把问题引向深入："本书的另一个重点就是探讨正在孕育之中的'新'科学，这种新科学的特点就在于克服了传统科学之不足，它力图使科学从单纯地解决'怎么样'的问题，转向解决'为什么'的问题，把价值观问题纳入科学探讨的范畴。在这一转折中，对思维能力、意识以及超心理学现象的研究将是一个突破口。最终取代笛卡尔机械科学范式的，将是一种注重生态环境、社会平等以及精神价值观念的世界观。"[1]

那么美学呢？新的美学的突破口又在哪里呢？它是否需要摆脱旧的传统科学观念的束缚，尤其是摆脱那种层层叠叠观念和概念的缠绕，回到活生生的人，回到具体的、生动的艺术状态呢？

显然，一切都没有就此结束。也许我们过去的问题已经不成为问题，但是新的问题却层出不穷，等待我们去研究和探讨。因为美学作为社会科学是明确的、已经被人们所普遍接受（至少从当下人文研究学科分类中就能看出），我们至多只能像黑格尔当年一样做出一种无奈的解释。然而，这并不意味着所有的解释都毫无意义，更不意味着已经有了明确答案的问题就已经一劳永逸，人们不再面对新的问题，去进行更深刻的质疑。事实上，尽管美学作为一种科学的存在已经确定无疑，但是问题并没有被消除，而是转移到了一个更大的范围，这就是为何要把美学归为一种科学？这样到底给美学带来了什么？

其实，从一种宽泛的角度——这或许是黑格尔最不喜欢的——来说，把美学认定为一种科学本身就是一种认识论的建构，人们出于不同尺度和维度，可以得出不同的结果，美学不仅可以称为一种科学，也可以被理解为一种哲学、一种伦理学、一种道德学、一种政治学和心理学，还可以从数学、化学、物理学和宇宙学角度进行研究和阐释。其话语权和社会认可

---

[1] ［波］维克多·奥辛廷斯基：《未来启示录——苏美思想家谈未来》，徐元译，上海译文出版社，1988年版，第2—3页。

度，也并不完全取决于其论述的严密性和完善程度，而会受到人类的认知能力和社会发展水平的影响和限制，但是这并不意味着美学就是从属于哲学、道德、政治和意识形态的一门学问，更不能由后者来为美学定性。美学是自主的，自由的，它不仅有自己的主心骨，而且有自己所追求、所期待的价值追求；它不会拒绝来自自然科学和社会科学等领域的营养和资源，甚至愿意披上各种各样的华丽外衣，包括政治的、哲学的，乃至智能的、后现代的，等等，但是美学还是美学，它是一种显示人类对于美和艺术倾心向往的独特的学问。

再者，美学从哲学那里继承下来的传统之一，就是思辨，这种无懈可击的建构和论述方式，使美学获得了充分的、形而上的理论抽象能力，但是这种过于观念化的哲学思辨的方法和模式，不仅给美学带来了某种难以呈现艺术之美的困顿，甚至对哲学本身也形成了某种过于抽象化的局限。费尔巴哈曾这样说："以前所有感性的、物质的事物的抽象，曾是神学的必要条件，如今这个抽象也是思辨哲学的必要条件；只有一点不同，就是神学抽象的对象虽然是通过抽象作用而来，但是同时仍然被设想成为一种感性实体，所以这种抽象本身仍然是一种感性的抽象；至于思辨哲学的抽象，则是一种精神的、思想的抽象，只有一种科学的或理论的意义，而无任何实践的意义。"① 由此我们或许能够理解，为什么一些研究艺术的美学著作，会使很多钟情于艺术的感到晦涩难懂，很难跨进它的大门；为什么美学变成了一门比神学更加难以理解的学问。

正因为如此，对于这种美的学问，我还是愿意认同一种以人为本位的艺术学，而这个"人"不是观念的人，也不是神性的人，或者"超人""工具人""智能人"，而是具体的、有血有肉的、活生生的人。对此，我欣赏费尔巴哈的一段话：

---

① ［德］费尔巴哈：《未来哲学原理》，洪谦译，生活·读书·新知三联书店，1955年版，第12页。

……因为只有感性的实体需要在它以外的其他事物才能存在。我需要有空气才能呼吸，需要有水才能喝，需要有动植物的食料才能吃，但是思想就不需要——最低限度不直接需要——任何东西。我不能想象一个没有空气而能呼吸的实体，一个没有光线而能看的实体，但是我却能想象一个与外物隔离而能思想的实体。能呼吸的实体必须牵扯到在它以外的另一个实体，必须有其主要的对象，只有依赖这个对象才能存在，然而这个对象则是存在于它之外的。但是能思想的实体，则只牵扯到本身，它是自己的对象，它的本质就在它自身之内，它是依赖自己存在的。[①]

就此来说，美学至今也不能说是一种完美无缺的理论和学说，尽管有康德、黑格尔、尼采、叔本华、海德格尔、克罗齐等数不清的美学家，他们构建出了很多精彩绝伦的学说和体系，但还是有很多漏洞，有很多偏颇，不断被人质疑，被人突破，可以说，美学是一种漏洞百出，但是又无与伦比的学问，它的成功和风采在很大程度上来自于其偏执和漏洞，而不是某种无可辩驳的逻辑推论和理论体系。

从这个角度来说，把美学归之为一种科学，既有其正面的效应，也有其明显的误区。无疑，科学发展不仅促进了人类人文学科的进步，而且赋予了后者追求真理和真知的新方向，使人文研究摆脱了绝对神性的束缚，具有了人类的主体性。不仅如此，科学还促使人文学术成为一种新的思维方式和推演逻辑，使人文学术在很短时间内摆脱了散乱、虚妄和玄学的模式，拥有了自己的格式和话语体系。这些来自科学的启迪和恩惠，不仅使包括哲学在内的各种人文学术具有了体系化的规范，而且把一些历来处于某种自由散漫、不确定状态的社会和人性现象，纳入了学术研究的范畴和领域。

---

① ［德］费尔巴哈：《未来哲学原理》，洪谦译，生活·读书·新知三联书店，1955 年版，第 2 页。

科学的影响和支配作用是巨大的,如今已经成为统治现代社会生活的"正确""合理"和"不容置疑"的代名词。

在这个过程中,美学是最大的受益者。如果没有科学及科学意识的推波助澜,美学或许不可能产生;而美学之所以能够得到发展,也是借助科学的发展,为自己分析和阐释艺术现象提供了方式方法。有意思的是,尽管在传统的人文学说和意识中,哲学一向占据着绝对理性的精神高地,但是也从科学意识中吸取了资源,完善了建构自我的思维方式。作为一种从哲学襁褓中脱颖而出的学说,美学也一直从哲学意识中获取方法和滋养,形成了从现象中抽取本质的形而上的建构逻辑,通过不断的观念性的逻辑推演来对美进行综合研究。如今,美学已经成为一门彻头彻尾的理论学说,层层叠叠的观念推演和概念堆积,致使误入其间(原以为这是一门与生动活泼的艺术作品和审美现实密切相关的学问)的人,完全无法得到他们所期待的艺术享受和滋养,而有的美学家,例如海德格尔之类的论著,其所显示出来的晦涩难懂,甚至比古典哲学还要难以应付,概念化话语构筑的迷宫,犹如卡夫卡小说中的"城堡",只能迷迷糊糊地显现在意识形态的象征和隐喻之中。

在这些美学论述中,观念是关注和建构的中心,目的是用这些观念来进行艺术判断,并建构符合这种观念的意识形态,于是,美学造就了一种"没有具体性和艺术性"的文艺研究和批评,不仅越来越远离生动活泼的艺术创作,而且为艺术创作制造了很多观念性的教条,压制和破坏了人们的艺术创造性。

这当然不是科学的错,而是因为科学和艺术原本就是不同的文化形态,它们具有不同的存在方式和精神特点,如果照搬某种特定的思维方法,完全套用科学思维方式和方法,用层层密密的概念推理来达到对艺术的理解,或者用某一种既定的模式,即便在实验室中已经获得了证明,来解释和概括某种艺术现象,也难免会削足适履,不可能复制于审美现实中,甚至可能造成某种畸形的意识形态的陈规旧律。况且,科学只是人类认识自然和社会的一种方式，不可能用来包打天下，即便它可能在很长一段时间内，是人类生活中最重要、最具有权威性的思维方式，但是也不能永远占据文化意识形态的最顶层。如果是这样，我们不得不说，美学的生发原本就是一种错误，因为它把艺术引导到一种抽象的观念形态之中，非但没有给艺术带来更多的活力，没有使人们通过美学增强审美意识和能力，反而造就了更多的概念障碍，甚至造就了更多的"观念人"和"符号人"。

还好，事情并没有发展到这个地步，美学在发展过程中也在不断矫正着自己，不断从人类文化中吸取新的灵感和资源。事实上，从古典美学发展到现代美学，其形态和关注点也在不断发生变化，其内在矛盾的张力和外在关系的冲突，都在不断转换着自己的方向和建构方式。如果说，在古典美学时期，美学重在建构自己，追寻自己的终极价值和精神家园的话，那么，到了现代美学阶段，其最主要的转向就是对于以往建构内容的质疑，并试图突破既有的观念束缚，寻找新的突破和发展。

这在黑格尔和叔本华的哲学美学思想中就能看到。作为古典哲学和美学的集大成者，黑格尔坚定不移地坚守绝对理性的终极价值，把体现纯粹心灵的观念美视为自己美学的精神家园，几乎完美地构建了自己的美学理论体系，但是叔本华却以一种独孤求败的精神向黑格尔提出了质疑。据说，当时黑格尔和叔本华在同一学院、同一学期上课，黑格尔课堂里学生济济，听者甚众，一些达官贵人的太太也慕名而来，而叔本华课堂听者寥寥，只有一个学生。面对黑格尔对于绝对理念、绝对心灵洋洋洒洒的论说，叔本华只能拿出痛苦的生命和生活加以应对，与完满的绝对理性的花环相对峙的是无法满足的人的意志和欲望——这就是叔本华在《作为意志和表象的世界》中所呈现的主旨。而这本书出版后一段时间受到的冷遇更加令叔本华悲观丧气。1843 年，《作为意志和表象的世界》第二版出版，因为第一版滞销，叔本华不要稿费，价格压到最低，但是购买者依然寥寥无几；1851 年他再次准备出版此书，但是出版商因为害怕赔钱拒绝出版，叔本华只能找到一家名不见经传的小出版社，报酬是 10 本样书，没想到却引起了轰动。

显然，叔本华所提出的"生命意志"，要比鲍姆加登所关注的"感性"和"感官之呈现"深刻和深邃得多，而且更具有生命气息，给美学浇灌了当时急需的、更具有活力的养分。尽管叔本华的美学一时受到了冷落，但是很快引起了人们的关注，因为现代主义文学的崛起，旋即就把欲望的旗帜插在了时代的潮头，而痛苦的情绪成了艺术之美的酵母，不断生发出与叔本华悲观、悲情相通的共鸣。影响更为深远的是，叔本华结束了以绝对理性为终极的美学时代，把美学的基点移到了自我，正如他所说的："'世界是我的表象'，是一个真理，是对于任何一个生活着和认识着的生物都是有效的真理。"① 从这一命题出发，他认为主体是世界的基础，是一切客观存在的前提。

美学也许是一种直觉，而不是科学。

继叔本华之后，包括尼采、海德格尔、克罗齐等一系列哲学家、美学家出现，从不同维度和方向改写了美学建构的方向，他们或者继续强化个人生命意识在艺术创作中的体现，或者把感性或感官欲望提升到一个更高层次加以论说，或者从方法论上加以反省和更新，使美学在人类文化的变迁中不断向前发展和延伸。

不能不说，科学至今依然强势，依然对美学建构起到某种限定和导向作用，不过，一种既定的、唯一的思维模式已经不复存在，更多的思想方法和更宽广的文化视野，已经涌入美学领域，包括生命美学、实践美学、生活美学、气息美学、政治美学等等，它们正在尝试创造自己独特的美学景观，作为科学的美学也正在走向美学的科学。中国古人所推崇的"水中之月，镜中之花""羚羊挂角，无迹可寻"，或许也正在取代过去由观念和概念层层建构的美学时代。

---

① 《前言：否极泰来的悲喜人生》，《悲喜人生——叔本华论说文集》，范进等译，天津人民出版社，2007 年版，第 7 页。

第九讲　文学何为？关于批评时代的崛起

一、进入批评时代的契机

文学与批评历来被视为一个相互联系的整体，但是进入现代社会之后，批评却显示出了捷足先登的姿态，迅速占据了时代文学的制高点，发挥着越来越醒目的作用。在这种情况下，有人把 20 世纪以来的文学称为"批评的时代"也就不难理解了。

如果说 20 世纪是一个批评的文学时代，那么，文学何为，自然也就成为了一个时代持续的追问，特别就中国文学来说，这个"批评的时代"是如何产生的，其对于中国文学乃至中国 20 世纪社会文化的变革到底意味着什么，文学此时又何去何从，等等，都需要我们有一种比较清晰的认识，以求得到一种较为整体性的把握。可以说，也正是在这个问题上，中国文学不仅表现了自己与世界、首先是西方文化交接、认同甚至趋同的趋势和特点，同时也显示了自己独特的文化语境与思想追求。

一般来说，谈及批评的时代，人们首先会提及美国雷内·韦勒克（Rene Wellek，1903—1995）等人的研究成果。确实，韦勒克在自己著作中多次提到"批评的时代"，并且从知识谱系和理论话语方面阐述这个时代到来的理由和意义。在这个过程中，韦勒克等人不再拘泥于批评在欣赏、揭示和发现文学作品方面的价值和意义，而是伸展到文学传播和阐释领域，发现和赋予文学批评以价值和意义"再生产"的功能——而这种

"再生产"很可能是决定以往所有文学作品价值与意义实现的终极要素。

　　这无疑不断在提醒人们注意，以往那种以作品及其涵义为中心和基础的文学时代已经过去，文学批评不再是作品的衍生品和附庸；相反，随着文化语境的变迁，作品的价值与意义，甚至其存在和传播的可能性，都史无前例地依赖文学批评和研究，由后者来决定和衡定。对此，韦勒克和沃伦用了一个通俗的例子加以说明：

> 　　倘若我们今天可以会见莎士比亚，他谈创作《哈姆雷特》的意图很可能使我们大失所望。我们仍然可以有理由坚持在《哈姆雷特》中不断发现新意（而不是创造新意），这些新意就很可能大大超过莎士比亚原先的创作意图。[①]

　　很明显，这里的文学批评已经完全独立于作家和作品意图之外了，作家和作品在这里其实只是一个观照的对象，批评家从中所发现的新意，实际上就是一种创造。对于这种超越作家和作品的现象，我们可以理解为文学批评和研究的过度阐释，也可以归属于一种独立的文学发现。此时，文学创作已经退居到边缘，而文学批评开始占据中心，这将是一个人们不能不面对的问题。

　　然而，当我们进入中国文学的时候，尽管韦勒克的观点依然会提供某种启迪，但是不能不把这个话题放在中国语境中再探讨，回到更基本的问题上来。无疑，文学批评在中国传统文化中，是一个并不显眼的存在，它基本掩藏在文学鉴赏之中，缺乏相关的理论建构和评说。但是，进入20世纪之后，文学批评迅速崛起，成为影响和推动中国社会和文化变革的一股重要力量，同时也造就了诸如康有为、梁启超、陈独秀、鲁迅、瞿秋白等卓越的文学批评家，在世界文学史上也堪称奇迹。

---

① ［美］雷·韦勒克、沃伦：《文学理论》，刘象愚、邢培明、陈圣生、李哲明译，生活·读书·新知三联书店，1984年版，第155页。

奇迹离不开契机。中国 20 世纪的批评时代，孕育、生发和发展于一个史无前例的大裂变、大变革和大变局的社会语境中，其所有特点和特色都与这个语境相关。在急速发生和变化的各种文化世界性的交流和冲突中，中国社会对于文学更新的呼唤和需求，达到了前所未有的程度，由此也造就了 20 世纪中国文化变革和文学更新的转捩点，不仅在艺术创作中涌现出了大量不同凡响的作家和作品，在文学理论与批评方面，也同样造就了一个纠结、质疑、叛逆和渴望创新的时代，其发展足迹和印迹与中国传统文化形成了清晰可辨的差异。

首先，在一个历史悠久、文化深厚的国度，放下文化优越或优胜感，是一件并不轻松的事。

例如，1876 年，作为清政府驻使欧洲的第一人郭嵩焘，就因为在自己日记中如实记录了西方的一些实际情况，说明西方已先进于中国，竟在国内激起轩然大波。梁启超曾这样叙述这件事：

> 光绪二年，有位出使英国大臣郭嵩焘，做了一部游记。里面有一段，大概说：现在的夷狄和从前不同，他们也有两千年的文明。嗳哟！可了不得。这部书传到北京，把满朝士大夫的公愤都激动起来，人人唾骂，日日参奏，闹到奉旨毁版，才算全事。[①]

郭嵩焘的见解之所以引起如此多士大夫的愤怒，不仅在于当时这些人对于外部世界的无知，还在于由此引发的对于外部世界的恐惧感。究其原因，无疑是和当时这些人对西方的认识与心态有关。第一，不愿承认有一个比中国更先进的世界存在，因为这就意味所谓"天朝上国"的神话的破产。第二，不愿放弃旧的体制旧的观念，对不同于自己的世界有敌对情绪。第三，长期隔绝无法接受和理解有这样一个新世界存在的可能性；这

---

① 参阅钟叔河：《从东方到西方》，岳麓书社，2002 年版，第 182—183 页。

个世界对他们来说，确实是太陌生，太难以把握，而且太具有威胁性了。

恐惧不仅会产生排斥，而且会启动心理上的防卫机制，以收缩和固守姿态来维持原来的文化自尊和优越感。在这种心态作用下，对于外部世界和文化的了解和认知也十分浅显和粗糙。据费正清、赖肖尔在《中国：传统与变革》中的描绘，即便当时一些中国人已经意识到了自强，甚至"师夷之长技"，但是其中很多人甚至不知道美国人也使用英文。这似乎就是19 世纪"中国人眼里的西方"：

> 郑和下西洋和明代欧洲人首次来到中国所留传下来的民间知识被草率地连同错误、误解以及其他一切抄写出来，并被当成1800 年有关欧洲的信息。这是一种经过无数次转抄已经过时的知识，除了这种知识之外，唯一的其他知识来源是那些到广州来的西方人本身，但他们为数很少并且与商人的交往比与学者的多。在缺乏比较准确的资料的情况下，19 世纪早期中国的研究者们把千百年来在与亚洲邻近民族打交道中产生的旧框框套在欧洲人和美国人身上，就像亚洲内陆草原上时隐时现、不断变换名称和居住地的游牧民族一样，那些派商人来广州的西方民族，在中国著述的记载中，幽灵般地变换着和改变着身份。它们的名称已完全搞混了，1819—1822 年阮远主持编选的广东省志中，在菲律宾群岛的西班牙人被说成居住在奎隆（在南印度）和摩鹿加群岛之间，而且只谈到明代的事。葡萄牙的位置被说成在马六甲附近，而英格兰则被作为荷兰的别名，或是荷兰的属国。法国最初是佛教国家，后来变成了天主教国家（在中国，人们普遍认为基督教是佛教的旁支），最后，法国被说成与葡萄牙是同一个国家。[①]

这种认知不仅牵涉到中国人当时对于世界的态度及变化，而且体现了

① ［美］费正清、赖肖尔：《中国：传统与变革》，陈仲丹等译，江苏人民出版社，1992 年版，第 274 页。

当时中国文化极其有限的包容度。因此，完全可以这么说，自 19 世纪以来，中国与西方的关系，实际上构成了中国文化意识中最为复杂的一个"情结"，对此我们常常表现出一种极为敏感也极为矛盾的态度。因为"西方"本身在中国人的意识中具有双重意味；一方面，它不仅毁灭了中国昔日的光荣感，而且也对今日的中国构成潜在的威胁，弄得不好，这个西方会把中国征服，或者把中国"开除球籍"；而另一方面，西方又成了中国的希望所在，中国唯有向西方学习才能得救，西方在某种程度上就是世界的代名词，而中国人迫切希望在世界舞台上露脸。

由此可见，语境问题不是单纯的文化或语言现象，而首当其冲的是心理问题。跨越单一文化藩篱，首先要转换和改变长期形成的心理定势。从某种程度上来说，中西文化的隔绝与对抗，有其客观存在的基础，更有其"人造"的一面，是心理遮蔽和恐惧的主观幻影。而从隔绝走向交流，从对抗转向融通，则是一种文化不断走向包容性的过程。

这是一种从文化之间的相互对立、分庭抗礼，转向互为镜像、难解难分的过程，更是一种文化格局和心胸敞开的心理嬗变过程。正是在这个过程中，中国现代的批评精神诞生了，它的基石就是对于"从来如此"思想定势的怀疑和批判。当然，所谓"天朝至上论"的心理态势，并非无根之木，而是包含中国数千年的文化积淀。在世界文化之林中，中国文化以历史悠久著名，形成了修身、齐家、治国、平天下一以贯之的传统，实现了家国一体、官学合一的高度融合，在意识形态和精神领域达到了炉火纯青的地步，与中国以小农经济与家族制度为主体的社会状态水乳交融，高度和谐。再加上中国特殊的地理位置，内陆边缘地广人稀，无稳定的、强有力的文明实体交接和竞夺，所以形成自足完美、无所外求的文化心理状态，绝非偶然。而正因为如此，唐宋之后，经清数百年的文治天下，中国文化的包容性日益受限和缩小，突破某种文化接受心理阀限的障碍却无处不在。

或许这就是日后五四新文化运动中，激进的文化批判姿态之所以能够先声夺人的原因。

所以，中国文化的转换与变革，是从突破旧的封闭的文化心理状态开始的。例如，就"中国"和"世界"的关系来说，就是如此。当封闭锁国状态被打破之后，它们就不再是原本文化和语言母体中的符号，而是有了新的指认，甚至带上了新的情感色彩，从不同叙述主体和方式的字里行间，可以感受到不同的心理体验和价值取向。即便在一些传统文人的笔下，"世界"已经不再是那个来自佛国的、无边无际的时空符号，而日益成为一个有限的、有疆界的、活生生的地球社会，它可能是神秘和神奇的，能够激发人们新的探求欲望和想象的空间，也可能是粉碎传统的自我完满心理世界的介质，是一个与自己不同甚至对立的世界，是充满恐惧的洪水猛兽。俗语云："心有多大，眼界有多宽，世界就有多大。"文化心理的嬗变和突围，为语境的多元化预设了前提。正如语言学家索绪尔所关注的，在特定的文化心理驱使下，语言和言语在涵义和功能上都出现了变异，在具体的语言实践和链条中出现了断裂和脱节，被赋予了不同的价值观和感情色彩。在这个过程中，不仅"世界"在变化，"中国"也在蜕变，从过去"统驭万国"之"天朝"逐渐回到自己，变化为"世界"的一部分，与"世界"紧密相连又互相矛盾。

这是一个充满痛苦反省和反思的过程，因为也许接受一种痛苦的、否定性的历史判决，比拒绝一种新思想的冲击更为艰难。

就文化过程来分析，西方的入侵，外患的紧逼，尽管一度终结了以往天朝帝国的梦幻，冲击了中国传统的文化观念，但是在很长一段时间内，并未真正动摇中国文化人原有的文化信念，触动中国文化的深层结构，激发他们对中国历史文化的反思和批判意识。相反，这种外患，特别是西方列强所采取的暴力入侵和掠夺的方式，伤害了中国全社会的文化自尊心，也激发了自信心，加深了人们对中国传统道德文明的情感——当然，这也明显影响了中国文化人从整体上了解、学习和接受西方优秀文化的心态，激发了民粹和民族主义精神，以至于在相当一段时间内，中国上下尤其是官僚士大夫阶层，视西方社会为虎狼虫豸，自觉与西方文化保持距离。这或许正是当年清朝官员郭嵩焘回国后遭到朝廷上下冷嘲热讽的原因，也是他的遭遇之所以在新世纪再度引起人们关注和热议的意味所在：

> 郭嵩焘在唾骂声中出使，又在唾骂声中回国。出使之日，他还满怀壮志，期望引进西方治国之道，使中华振兴并臻于富强；铩羽而归之后，他已失去继续奋斗的信心，因而又称病乞休，归隐乡里。郭嵩焘于 1879 年 5 月 5 日乘船到达长沙。当时湘阴正好发生守旧排外风潮，形势颇为紧张；连用小火轮拖带木船到省城都受到长沙、善化两县的阻止，大骂郭嵩焘"勾通洋人"的标语贴在大街之上。尽管郭嵩焘钦差使臣的官衔暂时尚未解除，而自巡抚以下的地方官员都"傲不为礼"。他内心的愤懑和孤寂是不言而喻的。①

可见，由于"外患"的压力，满汉上层统治阶层一度在同仇敌忾、一致对外基础上建立和达成的命运共同体，其实质依然是"排外"的，此时所激发的民族自强意识，也必然会受到这种心理的支配和限制，很难超越"中学为体、西学为用"的层面。

语境与心境相连，提醒我们不能忽视跨文化语境生成的内源性因素。正如费正清、赖肖尔所指出的："影响中国现代变革的主要因素在于中国的重心深埋于中国内部。"② 换句话说，文化语境的转换并非全然由西方文化进入所引起。早在鸦片战争之前，中国社会已经酝酿着文化心理的嬗变，尽管它们理所当然地受到传统体制和文化习俗的抑制和扼杀，但是在

---

① 郭广东：《"汉奸"郭嵩焘》，载《南方周末》，2003 年 3 月 20 日第 997 期。作者文后留言："本文写作得到华中师范大学章开沅教授的大力支持，文中部分材料引自其著作《离异与回归》，谨致谢意。"

② ［美］费正清、赖肖尔：《中国：传统与变革》，陈仲丹等译，江苏人民出版社，1992 年版，第 262 页。

日常生活和意识形态领域，聚集了新的欲望能量，悄然改变着人们的心理状态和话语方式。例如，继《红楼梦》之后，如火如荼的通俗文学创作的兴起，不断瓦解儒家一统天下的文化语境，扩展了个人生活的精神需求，为之后跨文化语境的形成提供了心理空间。由此不能不说，跨文化语境的生成与挑战，是中国文化及其文学不断获取发展空间和资源的前提和基础。

在中国历史上，没有比 20 世纪这场深刻巨大的社会历史变革更为激动人心了，其所触及的历史文化深度，所涉及的人类社会的广度，都是无与伦比的。这不仅为文学进入一个"批评的时代"营造了氛围和语境，而且也对文学功能和价值提出了新的期许，对以往的文学观发出了质疑和挑战，为一种跨世纪的伟大的社会巨变拉开了序幕。在这个过程中，20 世纪的中国在呼唤和建构着自己的"批评时代"，而批评的时代呼应着历史变革的要求，不断展示也不断尽力满足着社会变迁的欲望，时而披荆斩棘，时而掀起巨浪，时而先声夺人，时而振聋发聩，一次又一次显示出自己的能力和能量。随着中国社会和文化进入一个疑窦丛生、充满争议和争论的状态，在与世界交流息息相关的语境中，对于以往既定的"从来如此"的传统世界怀疑日甚，至少在思想观念和精神文化领域，很难延续以往"天不变道亦不变"的、带有循环往复性质的世界观和思维模式，不能不改换到新的，有自己鲜明时代印迹的，充满与世、与势、与时俱进的精神脉搏与节奏。

二、危患意识：批评时代的内在驱动

这里，我们或许会想起汤因比的论说。汤因比（Arnold Joseph Toynbee，1889—1975）在其《历史研究》中，考察和分析了世界上数种不同的文明和文化体系，并对它们的模式进行了分类，并由此认为，任何一种文化的特点和特色，都是在应对不同自然和社会环境中形成的，其内部都存在一种求生存和发展的应战与挑战机制，以彰显其生命活力与张力。这种发现，不仅揭示了人类文化发展与变迁的一条线索，也为我们理解和把握文学批评在人类文化发展中，尤其是在特定的文化语境中的功能与境遇有所启迪。

就人类文化的状态来说，启动这种应战和挑战机制的缘由，可能不尽相同，但是有一种现象是普遍的，这就是由于外部或内部原因所造成的生存危机以及由此产生的危患意识，无疑是推动和造就社会变革和革命的最重要也是最显著的动因。近代以来，中国社会就面临着这种日益加重和迫在眉睫的危机，其从民族危亡、国事日衰、社会腐败、经济破败、人民生活一日不如一日等等各方面涌现出来，一浪高过一浪，一波更盛一波，一轮又一轮挑战中国社会和中国人最后的生存底线，一次又一次把中国社会和中国人逼向不能不背水一战、放手一搏的状态。

在这个过程中，"内忧外患"一词，历来是中国近代史叙述中最常用的语词，其毫不例外地成了书写中国近代思想史和文化史的关键词之一，成为历史意识中不可或缺的一部分。然而，就中国危机和忧患意识的生发来说，内忧尽管一直未减，但是外患却是启动中国近代文化应战机制的关键因素。在这之前，中国大多数文化人还沉浸在天朝帝国的幻象之中，以为普天之下唯我独尊，中国文化世界第一，因而对社会生活中盛行腐败奢靡之风视而不见，乃至西方社会可以借鸦片所产生的迷幻效应，打开中国门户，赚取中国大量的白银。只有到鸦片战争爆发，西方列强的坚船利炮打上门来，中国举国上下才真正意识到外患在即，其猛如虎，中国也并非那么强大，而且从此外患内忧是一路直逼，从军事、政治、经济，一直逼到了安身立命的文化家园，深藏于社会和文化内部的挑战与迎战机制才由此启动，终于爆发了中国历史上史无前例的社会和文化大变局。

由此来说，危机意识，忧患意识，始终是中国近代以来社会和文化变革的最重要的推动力，也是批评意识和精神不断增强和扩张的思想心理动因。

这种情景，上海学者袁进用了寥寥数语进行了概括：

> 当中国社会由于西方殖民主义的入侵而进入"近代"时，中国传统的文学观念受到巨大的冲击，首先是西方商业社会文化输入带来的文学运行机制的变化，其次是传统文学观念的承受者士大夫群体的衰落与消亡，最后则是西方文学观念的参照和冲击。[①]

在这种社会和文化发生剧变的时代，文学批评不可能脱离文化冲突的背景，更难以逍遥于社会革命潮流之外。显然，在自 19 世纪以来，中国的封闭状态被打破之后，越来越多的人自觉地把中国和世界联系起来，西方文化与中国文化的关系成了一个引人注目的深刻命题。这里所谓深刻至少有三层意思：一是中国自身的生存与发展问题，即在世界进入全球化竞争的时代，每个民族、每种文化都面临着重新"洗牌"的挑战，不能不面对可能被淘汰，或者进入文化遗产博物馆的危机；二是就西方和中国的关系而言，它触及中国人的一种很深亦很敏感的文化心理，牵涉到中国人几千年来形成的世界观念以及在近一个多世纪以来的新变化；三是就中国文化的命运和价值而言，仍然存在着在走向世界过程中，如何保持和发展本民族文化传统的问题。

显然，就第一个问题而言，鲁迅表达得最为峻急，他说：

> 但是，无论如何，不革新，是生存也为难的，而况保古。现状就是铁证，比保古家的万言书有力得多。
>
> 我们目下的当务之急，是，一要生存，二要温饱，三要发展。苟有阻碍这前途者，无论是古是今，天球河图，金人玉佛，祖传丸散，

---

① 袁进：《中国文学观念的近代变革》，上海社会科学院出版社，1996 年版，第27 页。

秘制膏药，全都踏倒他。①

其实，鲁迅说这话的时候，已经是 1925 年 4 月 18 日，还得面对很多致力于保古的学者文人的质疑和攻击，可见跨文化语境的形成，原本就是一种充满矛盾冲突的过程，问题在于如何在矛盾冲突中获得文化的新生。

文学观念的变革，自然与文学批评的生成相辅相成，它们皆毫不例外地经受了近代以来危机和忧患意识的洗礼。

在这个过程中，还有一个长期未被中国史学家注意的现象油然而生，这就是在短短数十年间，催生了满与汉文化的深度融合——危难和危机意识使清统治者与汉族士大夫阶层尽弃前嫌，他们同仇敌忾，一致对外，在救国保种基础上达成一致；清统治者试图借中国传统文化之力，激发人们保卫家国的热情，以民御外，抗击和击退西方列强的压力和入侵，维护稳固权力；而汉族士大夫阶层则通过朝廷和权力体制之威，调动全社会的资源和力量，来维护和张扬中国文化，以实现自清军入关以来就隐藏在意识深处的文化梦想。正是在这种特殊的历史语境中，中国社会出现了满汉一致、朝野同心、以儒家文化为主轴的文化共同体意识。在这段时间，清朝不仅取消了一系列带有种族限制和歧视色彩的政策，不再仅仅"以汉治汉"，而是完全以儒家学说治国，而且培养和任用了大批汉族人才，出现了像李鸿章（1823—1901）、曾国藩（1811—1872）、左宗棠（1812—1885）、张之洞（1837—1909）那样的股肱之臣，他们的贡献不仅表现在主张学习西方之技、发起洋务运动、实施实业救国等方面，还在于他们一意践行中国传统礼教、坚守文化家园的不懈努力。

这种建立在文化认同基础上的满汉同盟，缔造了清朝社会最后的一段传奇。如果说，清廷借助民间抵御外侮、保家护国的意识，利用"刀枪不入"的"义和团"来达到"灭洋扶清"，是这出大戏悲怆尾声的话，那么，

---

① 鲁迅：《忽然想到（六）》，《华盖集》，人民文学出版社，1972 年版，第 51 页。

当年曾国藩誓死讨伐太平军，则是这段传奇惊悚的开头：

> 自唐虞三代以来，历世圣人，扶持名教，敦叙人伦，君臣、父子、上下、尊卑，秩序如冠履不可倒置。粤匪窃外夷之绪，崇天主之教；自其伪君伪相，下逮兵卒贱役，皆以兄弟称之，谓惟天可称父。此外，凡民之父，皆兄弟也。凡民之母，皆姊妹也。农不能自耕以纳赋，而谓田皆天王之田；商不能自贾以取息，而谓货皆天王之货。士不能诵孔子之经，而别有所谓耶稣之说，《新约》之书，举中国数千年礼义、人伦、诗书、典则，一旦扫地荡尽，此岂独我大清之变？乃开辟以来名教之奇变，我孔子、孟子之所痛哭于九原。凡读书识字者，又乌可袖手安坐？不思一为之所也？①

这篇发表于 1854 年 2 月的檄文，与其说是一篇军事讨伐令，不如说是一篇文化宣言。其之所以标志着一个"惊悚的开始"，就在于其打响了中国文化战争的第一枪，改变了人类自古以来的战争界说和概念——战争不仅仅是政治和经济斗争的延续，或者更惨烈的暴力冲突，而且更可能是文化冲突发展到一定阶段的产物。其所导致的暴力方式和行径，绝不亚于任何一种战争状态。从此，中国的文化史不再仅仅以"温柔敦厚"的方式演进，而不时从"文化"转变成"武化"，常有极端惨烈的场景出现，而文人投笔从戎，武人论学说文，激扬文字，更成为中国 20 世纪文学批评中不可或缺的章节。

　　从更深远的跨文化角度来说，这或许预示着又一次更为深远、激烈和残酷的东西方文明碰撞与冲突的开始，意味着西方文明和文化向东方纵深发展延伸，开始与东方腹地的中华文明交接与对抗，由此拉开了新的文化战争的序幕。在这之前，只有由西方十字军东征开启的、至今硝烟未散的

---

　　① 曾国藩：《讨粤匪檄》，《曾文正公全集》，李翰章编撰，李鸿章校勘，宁波等校注，吉林人民出版社，1995 年版，第 1679 页。

基督教文明与伊斯兰文明体系之间的交战，可以与此匹敌，只不过焦点已经从宗教文明方面，转移到了更加广袤的精神思想文化方面。

文学批评就是在这种文化意识的对抗、对峙和重塑中不断向前行进的。很难确切评估这种景象此后产生的历史影响，但是，有一点毋庸置疑，这就是西方以暴力方式入侵和掠夺中国的方式，并未对中西文化交流产生良性反应，甚至如同西方第四次十字军屠城所产生的效果一样，它激发了中国人对于西方文化乃至西方人不信任甚至憎恨的情绪，阻碍了文化之间的交流和理解，对于中国社会变革也产生了负面影响。而这种负面影响在之后的一百多年一直发生着作用。对此，不妨引用美国学者斯塔夫里阿诺斯（L. S. Stavrianos）在《全球通史：从史前史到 21 世纪》中的一句评述：

> "伊斯兰教比罗马教皇更好"，这就是人民大众对第四次十字军东征的暴行和意大利商人的盘剥做出的针锋相对的回答。①

遗憾的是，西方列强 19 世纪在中国的行径，并没有比十字军东征时的罗马大军更宽容和仁慈一点，他们从鸦片战争到火烧圆明园等一系列侵略行为，续写了人类不应得到宽恕的罪孽历史。对中国来说，这是一种长期难以愈合的文化心理创伤，需要一个长远的时间加以调养。因为文化的碰撞和交汇，已经无法避免，而文化的差异并不见得一下子就冰溶雪消，况且文化有其特殊的存在价值和功能，不仅意味着生活习性和传统的社会规则，而且宣示着某种既定的等级观念和话语权。

中西方文化，各自产生于不同的历史语境，各自拥有自己特殊的内涵、规则、话语及其价值取向。它们既有相互矛盾的方面，又有相互一致的地方；既有相互联系和兼容的一面，又有差异和对抗的一面；既蕴含着

---

① ［美］斯塔夫里阿诺斯：《全球通史：从史前史到 21 世纪》（第 7 版）（下册），董书慧等译，北京大学出版社，2005 年版，第 248 页。

历史意识的沉淀，又熔铸着现实利益的冲突；在相互接触过程中，如何达到某种沟通和认同，首先需要一种相互包容的文化空间，在更宽阔的视域中重新确立文化的意味和价值。

于是，中国与世界，尤其是与西方文化的关系，成为晚清以来语境转型的纠结之一。中国文化是世界文化中的重要组成部分，本身并不是游离于世界文化之外，但是，在 19 世纪的中国，这个"世界"却突然变了，不仅变得陌生，充满不可知的神秘和神奇，而且变得异己了，充满了莫名的敌意。因为直到清朝乾隆年间，中国仍以"统驭万国"的"天朝上国"自居，自认为是世界的中心，固守着"普天之下莫非王土，率土之滨莫非王臣"的观念，并不觉得中国人会有求于他人。而这种状态却被西方人看作是一种"野蛮的闭关自守的，与文明世界隔绝的状态"①。当国门一旦打开，国人看到了一个远非过去想象的世界，仿佛是一个突然降临的"天外来客"，故意来和"天朝"作对的。这意味着过去完整的完满的精神世界失去了平衡，被撕破了一个洞，西方异己的文化得以鱼贯而入。

三、批评何为：文化家园的失落与重建

而更不可思议的语境是，中国文化原本完满和完美的思想状态，是由西方的舰船枪炮打破的，其不仅对中国本土文化具有破坏性，而且给中国人带来了震撼和侮辱，增强了民族文化的危机感和国人的忧患意识。中国人不仅看到了自己在物质上的弱势，更感受到了自己在文化和精神上所面临的挑战。如当代学者朱维铮在《万国公报文选·导言》中就指出："自鸦片战争起，清帝国被迫与域外侵略者打仗，总是不战也罢，战则必败，败必丧权，已成惯例。为此战败，总在朝野人士中激起反省，引发某种自改革的吁求，也必定势。甚至在鸦片战争前，自改革吁求中便涵蕴着对于

---

① 《中国革命与欧洲革命》，《马克思恩格斯选集》第二卷，人民出版社，1972 年版，第 1—8 页。

中世纪式帝国体制合理与否的疑问。但是这只是历史思潮的一面。另一面也不可忽视，就是十八世纪以来清帝国的文化政策所抉摘的天朝至上论，由天朝迭败于西夷所引出的屈辱感，已硬化成一种畸形的文化保守主义，并凝成憎恶西方一切事物的排外情绪。"①

当然，此处也显示出了西方文化所面临的致命危机，其同样来自西方文化本身。如果说，十字军东征源自于一种人类宗教激情、征服其他国家和民族的野心，以及以牙还牙复仇情绪的综合心理；那么，19世纪西方列强的殖民主义热潮，则不仅倚仗工业化文明带来的经济和军事实力，还有建立在达尔文进化论基础上的历史发展观，其为西方的殖民扩张主义及其不可一世的傲慢态度，提供了思想基础和理性支撑；同时，也为此后欧洲接二连三的祸患，埋下了伏笔。显然，达尔文的理论揭示了自然界变迁的部分真实，但是绝不是全部；所谓"弱肉强食"，也只能在一定条件下才有存在的依据和合理性；而在大自然竞争的另一面，"强肉弱食"则在另外一个更加广阔的区域存在，所谓细菌战胜大象、病毒吃掉狮子的现象比比皆是。

即使在19世纪的欧洲，风光一时的列强诸国，实际上已经在品尝单纯追求发展和强势带来的苦果。伦敦、巴黎等大都市，不仅人满为患，而且污水横流，环境脏乱，空气中散布着恶臭，霍乱、天花、疟疾等传染病不时爆发，夺去人们的生命。尤其是伦敦，因为空气恶臭致使国会多次关门，人们怨声载道，而为建设新的排水设施的争论则历久不决——这种情形在狄更斯等作家的小说中都有所描写。熟悉了这种语境，也就不难理解当时很多商人和冒险家愿意到东方国家建功立业的另一个动机，他们不仅受到物质欲望的驱动，也力图享受东方明媚的阳光和海滩，以躲避自己国家恶劣的空气和环境。

但是，在中国，此时的文化危患意识承受着双重压力，一是来自西方

---

① 《万国公报文选》，生活·读书·新知三联书店，1998年版，第22页。

列强的弱肉强食，二是来自本国日益增强的反抗和自强的愿望，排外和拒外情绪不能不由此产生，在客观上延迟了思想和文化开放的时间和尺度。在文化和意识形态领域，由外患所引发的排外文化心理，不仅抑制了中国对外开放的趋势和选择，而且在一定程度上压制了对中国社会和文化状态的反省和反思，以至于在思想文化领域更趋于采取保守姿态。而此时的"内忧"意识，也基本集中于防范举国上下日益增多的城乡暴乱和暴动事件，并未对中国社会体制和礼教传统本身产生怀疑、质疑和批判的文化声浪——即便有，也局限于民间、市井和青楼等文化边缘地带，尚未在文化和意识形态领域引起震动。

由此形成了一股回荡在市井生活中的批评之风。在这期间，思想文化领域也并非毫无危机的征象，也并非无人感受到了这种危机。情形或许恰恰相反。此时的文化危机和思想动荡，已经逐渐形成"山雨欲来风满楼"之势。曾国藩对此就非常敏感，这也使他成为了近代思想史上不能忽视的文化人物。他之所以生前特别是晚年临终之际，格外强调践行修身养性的儒家传统，注重文化传承，是因为深深感受到了当时中国文化所面临的现实危机，特别是在思想学术领域面临后继无人的状况。他在《送唐先生南归序》中，就借赞唐先生"特立独行，诟讥而不悔"的治学精神之机，述说了对于中国文化传承状态的担忧：

> 诗曰："风雨如晦，鸡鸣不已。"诚珍之也！今之世，自乡试、礼部试举主而外，无复所谓师者。间有一二高才之士，钩稽故训，动称汉京，闻老成倡为义理之学者，则骂讥唾侮。后生欲从事于此，进无师友之援，退犯万众之嘲，亦遂却焉。①

不仅如此，曾国藩对于晚清科场腐败、文场靡顿的情形深有感触，经

---

① 曾国藩：《曾文正公全集》，李翰章编撰，李鸿章校勘，宁波等校注，吉林人民出版社，1995年版，第1532页。

常在文中加以针砭。他曾以中国古今何以"设科取士"为问，展开了对当时文场乃至文化状态的反思。他认为，科举之法未尝不良，为人父母希望子孙读书做官"斯亦天理人情之至"，但是，在当时"世衰而俗敝"的社会环境中，结果全然不仅如此，所谓应举者皆"不揆君公求士之本义，苟以猎取浮荣"，"眈眈于王畿势要之场"，且做官后也自顾自享富贵，毫无家庭责任，以至于"而父母以衰晚之年，与子妇幼孙旷隔，音书阔疏，享封诰之虚名，受枯寂寒饥之实祸"。所以，他在文中呼吁：

> 故吾尝曰："朝廷以忠孝求士未为失，而士之应之大相悖也！父母以仕宦望子未为失，而士之于亲大相悖也！噫！此岂细故也哉？"①

这种不满和忧虑，也渗透到了曾国藩的诗文评论中。他在《唐镜海先生七十生日，同人寄怀诗序》中，赞扬了唐太常先生甘于寂寞，"唯自治其身心之急，或不沾沾于文艺之短长"的为诗之道，同时批判了当时文坛的浮躁"谀媚"之风："民之情好声利而恶澹泊，浅者趋死禄仕，深者博文多艺，猎取浮誉，亦足以降其好胜之私。"②

这是一种失去精神家园的忧患，同时也是一种试图通过文学追寻和重建文化依托的努力。

可见，当时士大夫并非没有文化忧思，只是这种忧思还拘泥于传统政治与文化体制之内，纠结于进退得失的人情世故之间，尚未能出乎其外，对中国传统文化本身进行深入反思和思考，因而也不可能形成具有世界视野的文化批判视野与意识。

这种情形直到甲午战争之后，才出现一个大的转机。历史学家徐中约

---

① 曾国藩：《曾文正公全集》，李翰章编撰，李鸿章校勘，宁波等校注，吉林人民出版社，1995年版，第1536页。
② 曾国藩：《曾文正公全集》，李翰章编撰，李鸿章校勘，宁波等校注，吉林人民出版社，1995年版，第1545页。

曾如此总括了这次战败对中国日后政治运动的影响：

> 战败无可置疑地证明了满人无力应付时代的挑战，自强运动那种表面的现代化，无法使江河日下的统治获得新生。而且，新的帝国主义危机产生了瓜分中国的危机。此时，中国的思想界认识到，只有一场激进的改革，甚或革命，才可拯救中国。进步人士倡导效法彼得大帝与明治天皇，进行体制重组；极端分子，则主张革命，以中华民国代替满族王朝。在战后中国，政治运动主要由这两股潮流构成。①

不仅如此，当时号称"亚洲第一海军"的北洋舰队的全军覆没，不仅意味着洋务运动的失败，中断了清廷与中国传统文化人在危患中结成的命运共同体，而且催生了国人对于中国社会和文化状态的反省、反思和批判意识，变革的焦点也逐渐转向对于"内忧"的关注和思考。于是，中国内部的政治体制、科举制度、启蒙教育、思想文化、婚姻习俗等等问题，开始逐一进入公共文化视域，不断引起人们的议论。

除了社会排满灭清的民族主义情绪再次高涨之外，这一转机的显著标志，就是思想和文化领域的变革开始引人注目。在这之前，已有一批主张社会变革的文化人，例如冯桂芬、王韬、郑观应、何启、胡礼垣、陈虬等，不再把希望寄托于旧的思想体制，而是开始另寻出路，他们的思想和主张不尽相同，但是都把变革转向了中国社会体制方面，再加上西方文化此时通过沿海一带开设的报馆、学馆、学会得以传播，文化语境和气氛也有改观，有关时事评论、社会评论和文化批评之类的文章也逐渐增多，不仅为日后发生的戊戌变法营造了氛围，也为中国文学批评进入 20 世纪鼎盛之期打下了基础。

所以，说中国 20 世纪的文学批评生于危机，长于忧患，发展于批判意

---

① ［美］徐中约：《中国近代史》（上），计秋枫、朱庆葆译，茅家琦、钱乘旦校，香港中文大学出版社，2002 年版，第 361 页。

识，似乎毫不过分，而正是由于这种特殊的文化"胎记"，使中国文学批评一直承受着不同的历史重负，经历了不同的文化境遇。

对此，谢冕在《1898：百年忧患》一书中对中国 20 世纪文学进行了总括性推断，认为"忧患是它永久的主题，悲凉是它基本的情调"。他写道：

> 它不仅是文学的来源，更重要的是，他成了文学创作的原动力。由此出发的文学自然地形成了一种坚定的观念和价值观。近代以来接连不断的内忧外患，使中国有良知的诗人、作家都愿以此为自己创作的出发点。①

其实，就人类既定和积存的文学遗产和理论资源来说，批评何为原本是一个无须探讨和争论的问题，因为文学一旦发生，一旦进入人们的公共文化场域，就自然成为传播、欣赏、认知、探究、评论和阐释的对象，批评就会应运而生，其功能、目的和价值就显现在这个过程中，况且在历史上已经有无数理论家、思想家，都对这一过程的各个层面和环节，有过精当和精辟的论述，已经足够可以服膺人心了。

但是，这也并非意味着一切一成不变，不同时代、不同国度的文学批评都能照本宣科，沿着传统路径行进。在社会生活发生变动和转机之时，文化正在跃入一个不同文化与文明相互碰撞和交流的时代，文学批评的历史境遇全然不同。不仅意味着要面对各种不同思想、理论和观念的交叉相搏，以及横向穿插与连接，也自然会对过去的答案产生怀疑，催生新的问题，把文学推向一种新的场域和状态；还在于文学批评本身的地位已经发生了变化，在社会文化和意识形态的整体格局中，它已经不再仅仅是文学活动的一部分，甚至就其对社会的影响力来说，已经不再与文学创作平起平坐，而是开始以自己的力量引导甚至左右文学，继而引导和左右社会。

---

① 谢冕：《1898：百年忧患》，山东教育出版社，1998 年版，第 3 页。

所以，关于批评何为的追问，不仅关乎于文学批评本身的存在与特点，还关系到其在整个文化和意识形态场域的话语权，关系到其价值和意义是否有效，是否在社会生活中得以实现。

从更深的文化心理层面而言，对于批评和批评时代的呼唤，来自于在一个大变局时代人们所面临的这种困惑和危机感，迫切需要某种与现实生活特别是最接近内在心灵的启迪来解惑排忧。正如朱自清所感同身受的："这是一个动乱时代，一切都在摇荡不定之中，一切都在随时变化之中。人们很难计算他们的将来，即使是最短的将来。"① ——连朱自清那样的大学者尚且如此，身陷动乱之秋，连基本的生命权、生存权都没有的大众就不用说了。动荡不定的社会无疑也为批评在21世纪中国的登堂入室创造了历史机遇。

这也显示了中国人特殊的文化心理状态和需求。在长期求生存的历史变迁中，中国人很早就养成了务实、通变和与时俱进的精神禀赋，能够在任何一种文化环境和语境中求生存和发展；与此同时，长期稳定的农耕社会又赋予这个民族一种特定的品质，即把文化当作安身立命的基础，在随波逐流甚至四处漂泊的生活变迁中，坚守和维护精神家园的稳固和稳定——这在20世纪人类文化大交流和大变化的时代，似乎显得格外突出和显眼，对于文化、历史乃至意识形态的过度依托、器重和强调，为这一时代的文学和文学批评打上了明显的中国烙印。

所以，中国的批评时代的孕育和生发，既与西方文化及其文学理论的传播有关，同时又有与西方决然不同的生成语境与问题导向。可惜，至今为止，中国学界就批评时代一说还拘泥于西方的相关理论之中，尚没有对中国情景进行足够的关注和探讨——无疑，中国的文学批评，将会在持续的自我反省、反思和批评中不断浴火重生，构建新的精神家园。

---

① 朱自清：《动乱时代》，原载1946年7月21日南京《中央日报》。

第十讲　关于文学的未来性

一、未来性的提出

文学的未来性，原本是一个历史话题，但是如今却突如其来摆在人们面前，原因在于文学自身所面临的危机状态——并非仅仅表现在文学中心意识的消解和丧失，而更在于对未来的迷茫和困顿，即文学本身未来是否还有存在的可能，是否真的无法摆脱被终结的命运。

未来性的基因就存在于人类生命之中，由此其最原生的表现形式，就是人的性欲和爱欲，就是人类对于下一代的期望。当然，这种植根于生命原始本能中的未来性，并非是一种自觉的未来意识，它会随着个体生命能量的诞生、发展、增强、耗竭和枯萎而趋于消失。但是，正是由于人类文明和文化的塑造和演进，使这种根植于人类生命本能中的未来性，具有了某种自觉性，并能够转换为一种超越个体生命存在的精神文化，在人类命运共同的群体意识中得到延展和弘扬。可以说，未来是人类信心、信念和信仰的基础和基石，更是人类精神、文化和学术意识的终极指向；然而，无论是过去和现在，未来都是一种未知的存在，其中包含着人类未知，未能全然把握、理解甚至清晰表达的密码和玄机。

文学艺术无疑是储存、表现和张扬这种未来性的最主要的载体。

所以，在人类早期生活中，神话传说占据着很重要的位置，因为它们以隐喻、预言和咒语的形式，向人们传达和透露某些未来的神秘信息。而无论从西方的《圣经》，还是从中国的《易经》来看，人类自古以来最大的渴望，就是对未来的预知。正是这一渴望催发了人类文化思想的诞生，由此创造了各种宗教、哲学和文化学说，来表达对于未来的期许，缓解自己的恐惧，充实自己的想象，构建自己的现实生活。因此我们可以说，这种对于未来性的渴望和探索，不仅构成了人类心灵史和思想史的主轴和终极目标，而且从人类文化发祥之日就与文学结下了不解之缘。

正如弗洛伊德所说："……一个人对过去和现在了解的越少，就必定会证明他对未来的判断越不可靠。而且还有一个更大的苦难，恰恰是在这种判断中，一个人的主观愿望往往起一种难以评价的作用，结果这些期待便依赖于他自己经验中的纯粹个人的因素。"① 而要克服这些局限性，向历史和现实请教是最好的途径。

文学与未来的这种不解之缘，在中国历史文化中不难找到踪迹。这是因为中国文化中文学性不仅源远流长，而且无处不在，深深渗透在中国人的思维方式和日常生活中，即便在实践性、现实性和功利性很强的儒家学说中，文学性依然表现在字里行间，使其拥有了某种柔性的品行和力量。例如，孔子的文学思想是比较务实的，但是他对于未来性的渴望和渴求也是强烈的，正如他对子贡所言，"言诗"的目的是"告诸往而知来者"。

在中国，对于未来性的关注，不能不追溯到老子。作为一种"玄而又玄"的学说，《老子》一书充满了原古女性崇拜意识的隐喻和引申，从"众妙之门""谷神不死"到"复归于婴儿"，即是孕育和追寻人类未来的自然之道，因为"谷神"（即女性子宫的象征）不仅是有温度，有感觉和有思维的，而且是人类精神想象的策源地，是孕育未来的文化摇篮。所以，老子学说中"道"，其实就是对于通向未来之路的探寻，所谓"人法地，地法天，天法道，道法自然""道生一，一生二，二生三，三生万物"等，就是向未知和未来探寻和扩展的过程。

---

① ［奥］弗洛伊德：《一个幻觉的未来》，杨韶钢译，华夏出版社，1989 年版，第 78 页。

于是，中国很早就出现了预测未来的学说。在中国古老的《易经》中，不仅把文和文学看作是宇宙和现实的镜像，而且视为一种未来的征兆或者隐喻，人们能够通过文学和图像感受到未来，看到未来，找到通向未来的道路。如果从理论发生学角度来考察，《易经》中所体现的理论思维路径，是一种面向未来、通向未来和预测未来的卜算学和阐释学。《易经》中的这种未来意识，最集中体现在对"通"的关注和探寻中，即认为宇宙、社会和人生的各种事物、现象和存在方式，都是相通的，具有由此及彼、相互感应和映照的神秘关联，而人们能够通过对它们关联性的领悟和了解，达到对未知和未来的认知和把握——这就是"通"的过程，"通"既是从已知通向未知，也是从过去通向未来。

在《易经》中，这种"通"及其所呈现出的未来性，在对于卦象意味的描述中，得到了清晰的呈现：

> 生生之谓易，成象之谓乾，效法之谓坤，极数知来之谓占，通变之谓事，阴阳不测之谓神。①

很多人把《易经》视为一种占卜的卦象，也就是一种想象中的未来图景的昭示。正是基于这种未来性意识的承传，刘勰创立了自己的"通变"之说。在《文心雕龙》中，刘勰把"通变"视为文学通向未来的根本法则，不仅认为"通变则久，此无方之数也"，"通变无方，数必酌于新声"②，而且得出如此结论："文律运周，日新其业。变则可久，通则不乏；趋时必果，乘机无怯；望今制奇，参古定法。"③

---

① 黄寿祺、张善文：《周易译注》（修订本），上海古籍出版社，2001 年版，第 538 页。

② 刘勰：《文心雕龙》，见《文心雕龙译注》，王运熙、周锋撰，上海古籍出版社，1998 年版，第 268 页。

③ 刘勰：《文心雕龙》，见《文心雕龙译注》，王运熙、周锋撰，上海古籍出版社，1998 年版，第 274 页。

已有学者指出，中国文化的源头，可以追溯到巫术文化，这在某种程度上触及人类原始文化的核心，因为巫术文化中，不仅蕴藏着人类最初也是最古老的对于未来的期待，也记录了人类文明中不可或缺的艺术想象甚至幻觉。如此关注未来，就不能不重视文学在社会生活中的地位和作用，而文学性由此也在中国文化中漫延和伸展开来。在儒、道、佛等各家学说的融通中，中国社会生活弥漫着各种文学性的因子，充满着隐喻、比喻、象征、假借、意象、暗示、影射等呈现方式，生动呈现了人类在走向未来过程中的审美活动。即便是在日常普通人家的生活中，都能领略到这种文学性带来的无限魅力，这也使得中国人及其行为和话语方式，成为这个世界上最为含蓄也最难以视透和把握的文化现象。中国人不仅创造了"大象无形""象外之象""无极""太极"等难以穷尽的艺术方式和范畴，而且生发出中国独特的"梦思维"，把"言外之意""化外之境"等艺术表达和诠释方式，推向充满神秘玄幻景象的境界。

从这些相关的历史论说中，我们可以获得三点重要启示：一、文学从其诞生之日起，就包含着人类探索和认识未来的欲望和渴求，人们期望通过文字、卦象、图画等形式，领悟和获取自然、社会和人生未来的信息；二、基于这种对于未来的渴求，文学最初的原生态中，就拥有对于未来象征、隐喻和征兆的意味，具有某种未来性功能；三、为了顺应不断变化的现实，应对新的问题，人们不得不不断通变和创新，不断地更新包括文学在内的各种艺术形态和形式，以求获得对于未来的感悟、认识和把握。

由此可见，文学永远向着未来，文学性与未来性原本就有着亲缘关系，未来性原本就是文学最显著的历史基因，在人类文学创作中一直闪烁着艺术的理想之光。

这种情况在文学理论和批评中表现得格外显眼。数千年来，人类用多种方式想象、预测、探索和预判自己的未来，多年来，对于文学性的讨论，多围绕着其文化意识形态和美学范畴进行，现代性、民族性、世界性、开放性，乃至文化性、意识形态性、审美性等，早已成为人们耳熟能详的特性，确实在一定程度上开拓了文学的疆域和视野，使文学理论不断得到增新；而正是在这个过程中，似乎总是感觉到有一种缺失和空位，导致文学理论和批评总是难以摆脱虚无、渺茫和空洞气息的笼罩和浸染，陷入观念和话语编制的网络中难以自拔。究其原因，一个关乎到文学生命和魅力、但又长期被人们忽略甚至遗忘的文学特性浮出水面，这就是文学的未来性。

换句话说，文学的未来性，是在人类生活发生重大变革，人们面临种种新问题、新状态和新现实语境中呈现出来的，不仅体现了人们对文学新的渴求和期待，而且意味着文学思维和审美意识的一轮新的探讨和创新，促使文学理论和批评在对未来探究中获得自我更新。

未来性具有天然的人类性和世界性特征，它是人类精神与文化一种共通的期许、想象和建构，而且用不同的文化想象和艺术创造予以呈现，其中包括文艺美学的种种理论和学说。例如，在西方的文学理论中，就不乏对未来性的论述，人们最熟悉的莫过于亚里士多德在《诗学》中的话语："诗人的职责不在于描述已发生的事，而在于描写可能发生的事，即按照可然律或必然律可能发生的事。"很多年以后，萨特似乎用不同语言复制了这种观点："……人就是人，这不仅说他是自己认为的那样，而且也是他愿意成为的那样，人除了自己认为的那样以外，什么都不是。……我们的意思是说，人首先是存在——人在谈得上别的一切之前，首先是一个把自己推向未来的东西，并且感觉到自己在这样做。"① 这种论述打开了客观自然的日复一日、年复一年的循环往复，用诗意的思维和想象，引导人类走出了宇宙的闭环，显示了"苟日新，日日新"的未来和前景。

而非常让人庆幸的是，哲学并没有忘记未来性。19 世纪的德国哲学家路德维希·安德列斯·费尔巴哈就著有《未来哲学原理》一书，并且在1955 年由洪谦译成中文得以出版。这是一本当时在被那肆无忌惮的德国出

---

① ［法］让-保罗·萨特：《存在主义是一种人道主义》，周煦良、汤永宽译，上海译文出版社，1988 年版，第 8 页。

版检查所查禁的专著，作者不得已只能把很多内容涂抹掉，只留下了容许保留的一部分。即便如此，这本专著依然凸显了对于人类未来所寄予的憧憬和希望，以及对于既定的绝对正确思想模式的批判。费尔巴哈在该书引言中写道：

> 我所以称这些原理为"未来哲学原理"，是因为一般地说来，现在这种带着狡猾的妄想和卑鄙的成见的时代，对于从那些简单真理中抽象出来的这些原理，是不能——正因为其简单而不能——理解的，更谈不到重视了。
>
> 未来哲学应有的任务，就是将哲学从"僵死的精神"境界重新引导到有血有肉的，活生生的精神世界，使它从美满的神圣的虚幻的精神乐园下降到多灾多难的现实人间。为了达到这个目的，哲学不需要别的东西，只需要一种人的理智和人的语言。但是用一种纯粹而真实的人的态度去思想，去说话，去行动，则是下一代的人才能做到的事。因此目前的问题，还不在于将人之所以为人陈述出来，而是在于将人从他所深陷的泥坑中拯救出来。①

费尔巴哈接着说："这些原理的人物，就是从绝对哲学中，亦即从神学中将人的哲学的必要性，亦即人本学的必要性推究出来，以及通过神的哲学的批判而建立人的哲学的批判。"②

由于有了费尔巴哈，在唯物主义和唯心主义对峙的年代，在神性与理性就话语权展开最后争夺的时候，未来性思维在以人为本的基础上，找到了自己的地位。尽管费尔巴哈所面对的是哲学问题，尽管费尔巴哈的未来

---

① ［德］费尔巴哈：《未来哲学原理》，洪谦译，生活·读书·新知三联书店，1955 年版，第 1 页。

② ［德］费尔巴哈：《未来哲学原理》，洪谦译，生活·读书·新知三联书店，1955 年版，第 2 页。

并不十分明朗，但是其对于"僵死的精神"的反叛和拒绝，对于"有血有肉的，活生生的精神世界"的向往，至今依然激动人心，而文学艺术创作对于未来性问题的回应，也许比哲学更加积极和自觉。

从这个角度来说，文学的未来性不是空洞的，人类的未来也不再是一种完美无缺的"天堂""极乐世界"的建构，而是一种有血有肉的、活生生的人的存在，其同样包含着人类的悲欢离合和人生的喜乐哀伤。文学的未来性能够为生存在这个世界的人提供更多的同情、理解和关爱，与人类一起走向未来。

在这里，是用现在判断未来，还是用未来衡量现在，是人文精神的一种显著变化。其实，就文学创作的发生与动因来说，未来性因子是不可或缺的。如果说艺术创作更多依赖和借助人类的想象和虚构能力的话，那么，这种想象和虚构本身就是一种对于未来和未知的渴望和追求——它可能是一种恐惧，或者一种向往，或者是一种不可遏制的本能和一种死而复生的预知和想象，但都起源于一种生命本身追寻更安全、更美好境界的意志和意识。由此可以说，人类是一种属于未来性的动物，只有通过对未来的感悟，才获得了自我存在的意义；没有未来意识，没有对未来的渴望和想象，甚至缺乏追逐和创造未来的激情和能力，就不可能产生艺术创作的冲动，也就不可能有文学艺术——这或许正是作为中国传统美学思想之源的老子学说的魅力。

这深深影响了人类对于文学的认识和诠释。因为文学原本就是人类可以触摸到的未来，其以独特的形式显示、储存和肇始着未来。也因为如此，文学的未来性不是一种异想天开，更不是一种无本之木无源之水，而是从人类久远的文化渊源中脱颖而出，经过漫长文化积累的结晶，也许其存在并不需要理论范畴和观念话语的提示，但一直映现在艺术创作和审美意识之中，在一定程度上决定着人类艺术创作和审美意识状态。

然而，人类不能不面对死亡、痛苦和终结的现实，并接受它们的挑战和洗礼。人类社会思想危机的时代，往往也是信念、信心和信仰动摇和消解的时期，而文学及其理论则是这种情景的镜像和试金石。这在中国 20 世纪以来的文学理论与批评中有突出表现。尽管新的理论观念层出不穷，但是内在困惑、彷徨和失落却日渐严重，包括现代性、当代性等西方理论的大量引进并没有充实文学未来性的想象和建构，反而被拖入繁琐、空洞和自说自话的理论编排和概念城堡之中，不仅与活生生的文学实践越来越远，甚至失却了与本土文化的联系。由此，重提文学未来性的话题，重新思考中国文学通向未来的途径和意义，理应是当下文艺理论研究的重要向度。

这种意义在当下显得更加触目惊心。由于人类社会的巨变，尤其是科技发展所带来的时空意识的改变，人类群体之间竞争的加剧，对未来性的思考渐渐被现实性所挤压甚至所替代。为了在争斗和竞争中获胜，得到生存发展的优势和权力，各个集团和群体都把焦点放在了现实功利方面，忽视和忽略了人类社会未来的发展和走向，人类越来越醉心现实实力的创获，一方面享受着现实的馈赠，而另一方面则越来越陷入自身发展带来的恐怖、困惑和焦虑之中，对于将来心灰意懒，渐渐失去了对于未来的憧憬和信心。

也许这是文学的未来性在很长一段时间内得不到关注的原因，尽管文学界不断出现新的理论，但是趋名逐利、及时行乐者众，并不愿意去关注和讨论千秋万代之后的事情，因此未来性得不到认真探讨，而是基本被忽视和搁置。

二、路在何方？——未来性的追寻

就此来说，文学不能不关注未来，不能不探索文学的未来路在何方。

应该说，人类精神在迈向未来过程中未必没有出现过犹豫不决、踌躇不前甚至倒退的状况。在西方，启蒙时代的思想学说，曾为人类工业化和现代化进程奠定了思想基础，但是也为自己制造了物化的桎梏，甚至也给文艺美学戴上了理性的枷锁。其一方面对人类原始文化和思维进行了淘洗和整合，开创了用理性、理念和概念统筹和建构文艺美学的世纪，但是也把虚无主义、享乐主义带到了一个高峰。在这个过程中，文学的社会化、理念化和现实性，得到了从未有过的强调和拓展，文学创作和思维也被纳入了既定的法制化、机制化和网络化的规范和规制之中，艺术想象也逐渐成为功利化和目的化的方案设计。与此同时，未来性还遇到了来自人类文化自身的历史性、传统性、经典性、现实性、现代性、当下性的挑战和遮蔽，逐渐被掩盖在由现实权力、利益和暴力支配和操纵的理论丛林中，不再能够成为支撑人类信心、信念和信仰的精神支柱。这或许由于生产力、经济基础，乃至阶级、民族、国度生存状态产生的必然结果，由此获取和维持现实利益最大化，成了人们关注的焦点，未来及其未来性也渐渐被关进民族化、阶级化和乌托邦化的意识形态樊笼之中。

不能不说，未来性的失落，是人类文化对于现实性和当下性过度追求和渲染的结果。至少从 20 世纪开始，文学理论和批评就开始围绕当下性、当代性和现代性等命题和概念做文章，彻底冲破和摆脱了中世纪传统思想规范和思维方式，逐渐形成统制整个社会意识形态和人文科学的权威话语，开创了一个新的、充满欲望和生机活力的文学艺术时代。应该说，这是人类精神思想史的一次巨大转折和变革，对文化和意识形态各个领域都产生了影响。从人类精神意识变迁来说，这种巨变借助了人类在经济和科学技术方面的新发展、新发现和发明，把文艺复兴以来所张扬的人性解放欲望和欲求，从物质和肉体层面，通过知识和启蒙运动，真正升华到了哲学和观念性层面，通过构建和更新一系列人文学术思想，完全改变了人类文化和意识形态，开创了一个新的属于当下和现代的历史维度。而从思想规范和思维方式来说，由于对人类现实和现代生存状态的强调，摒弃了以往建立在宗教基础上对于来世的虚幻想象，当下人性欲望的实现有了新的价值取向，由此淡化甚至取代了以往属于过去式的历史性、传统性和经典性的思想定位，使人类长期被压抑和否定的生命欲望，获得了一次极大解放和喷发的机会，焕发出从未有过的创造力，几乎彻底改变了人类生活的面貌。

但是，这种充满开拓、征服和现实享乐欲望的现代性，在20世纪初就显露出其难以遏制的危患。没有什么比在现代性发源地欧洲发生的两次世界大战，更为触目惊心的了。尽管这种惨剧在全世界引起了警觉，在知识界也有诸多深刻的反省和反思，甚至也在一定程度上遏制了战争的再次爆发和扩散，但是，人类追求现实生活富足和当下生命享受的欲望和想象，并未由此减退和收敛，反而借助启蒙和现代性思潮，得到了进一步张扬和扩展，在世界范围内获得了思想的合理和合法性。由此导致了几乎无处不在进行的过度开发、过度发展，进而追求过度享受和消费的社会状态，造成地球生态和人类精神文化状态的极度恶化。

这种情景使人类不能不思考自己的未来，不能不重新调整以往所向披靡的现代性思维模式和价值取向，开始把未来推向人类文化精神思域的前沿。如果说，在已经过去的20世纪，人类基本上是在过去和现在、传统和现代之间作出抉择；那么，在21世纪，现实状态已经逼迫人们不能不在现在与未来、现代性和未来性之间权衡利弊，重新选择自己的文化方向。

所以，文学的未来性不是空穴来风，更不是毫无缘由的异想天开，而是反映了历史发展的长远要求，在人类长期深思熟虑中诞生的。就思想文化来说，我们可以把近一个世纪以来对于现代性的反思和批评，作为未来性产生的基础和语境，因为在这种反思和批判中，已经在某种程度上预见和揭示了不加克制的欲望、毫无节制追求发展的思路、近似疯狂地对于地球资源的开发，以及驱动这一切的、追求奢华生活的毫无节制的竞争和攀比，对于人类物质和精神生存状态带来的危患，从而也在一定程度上遏制了其急速恶化。但是，这些反思和批判，多半被人类在科技和经济发展方面所取得的巨大成就甚至是奇迹所淡化和遮蔽了，人们沉浸于这些成就和奇迹所带来的兴奋中，享受着以往从未有过的生活便利和福利，兴致勃勃地向更为奢华和富足的人生梦想进发，并没有真正意识到我们不仅在享受现在、在消耗历史的库存，而且也在吞噬未来，用提前或过度消费的方式来弥补日益靡顿、空虚和孤独的心灵世界。

未来主义（Futurism）或许是 20 世纪第一个人类心灵被经济发展、物质主义和欲望狂欢扭曲后产生的文化现象。20 世纪初，当这一艺术潮流和流派流行于欧洲大街小巷的时候，人们都沉浸于现代都市的风驰电掣之中。意大利诗人菲力普·托马索·马里内蒂（1867—1944）在 1909 年发表的《未来主义的创立和宣言》中，不仅毫无悬念地把"未来"定义在现代科技和物质文明发展的框架内，而且毫不掩饰地表达了对于一切传统的旧文化的厌弃；而意大利年轻的建筑师圣·伊里亚（Antonio Sant-Elia，1888—1916）在 1914 年发表的《未来主义建筑宣言》（Manifesto of Futurist Architecture）中，对于这种"未来"更是表现出了异乎寻常的狂热，主张扫除所有历史建筑风格，建立属于现代的建筑格局："因此，未来的城市应该有大的旅馆、火车站、巨大的公路、海港和商场、明亮的画廊、笔直的道路以及对我们还有用的古迹和废墟……在混凝土、钢和玻璃组成的建筑物上，没有图画和雕塑，只有它们天生的轮廓和体形给人以美。这样的建筑物将是粗犷的，像机器一样简单，需要多高就多高，需要多大就多大……城市的交通用许多交叉枢纽与金属的步行道和快速输送带有机地联系起来。……建筑艺术必须使人类自由地、无拘无束地与他周围的环境和谐一致，也就是说，使物质世界成为精神世界的直接反映……"①

在这里，可以看到"未来"及"未来主义"如何被现代及现代性所改写和消解。毫无疑问，这里所说的"精神世界"，是一个欲望的世界，反映了人类一种无限扩展和追求享乐的价值取向。20 世纪初"未来主义"所提倡和追寻的"未来"，实际上是以工业化和现代科技为中心的现代化图景，其后来演变为本雅明等人笔下的都市化场景，作家艺术家坐在高楼大厦下面的酒吧、咖啡店里或者高谈阔论，或者抑郁孤独，或者娱乐至死，

---

① 1914 年 8 月 1 日发表于 Lacerba 杂志，转引自 https://www.douban.com/group/topic/26099057/。

造就了一个独特的文学时代。尽管这种极端的未来主义思潮并未在艺术创作乃至思想文化领域疯狂多久，尽管这一精神导向在一定程度上促使了世界大战的接连爆发，但是其对于"未来"意识的改变和定位，影响甚至统治了整个 20 世纪。这个"未来"在很大程度上就是当下，而且是摸得着、看得见的现在，所以要摆脱一切过去传统文化的束缚，甚至它们的印迹和阴影，毫无顾忌地享受现世的一切——这实际上是 20 世纪现代化和现代性思潮的核心价值观和内驱力。就此而言，后来继起的西方未来学潮流，包括对中国 1980 年代以来思想界发生过重要影响的阿尔文·托夫勒（Alvin Toffler，1928—2016）的《第三次浪潮》、约翰·奈斯比特（John Naisbitt，1929—2021）的《大趋势》等重要著作，都延续和拓展了这种未来主义的思路，都把未来锁定在发展的框架内，在充满自信和想象中编制世界未来的场景和梦想。

我是在 20 世纪 80 年代中期接触到托夫勒和奈斯比特的著作的，它们给了我精神上巨大鼓舞和信心，相信人类的未来就掌握在无穷尽的努力和创新之中，但是后来发现，这种完全寄希望于"浪潮"和"大趋势"的未来，实际上是在促使人类紧跟和追赶潮流，埋头于追求成功的梦幻中，根本无暇思考和关注人类的未来，其实际上是一种现代成功学的另类版本，其风靡全球的魅力在于迎合了无数渴望在现实中获取成功的现代人的心理。

然而，在"未来"之光照耀不到的时空中，当下学术理论界笼罩在一片"终结"的氛围中。教育在终结，哲学在终结，历史在终结，人也在终结，继尼采喊出"上帝死了"之后，文学更是在一片喊"死"的危患意识中求生存，作者死了，接着意义死了，读者死了，人也死了……尽管我们在尽力摆脱这种氛围，用一种宽宏大量的态度接受和理解这些理论，或者把世界上所有存在都理解为一种抽象和建构，因此所有被终结的对象都是一种被虚拟的存在，都不是一种实体或实有的事物，但是在心灵上仍然留下了挥之不去的阴霾；这种阴霾导致了文学未来性的迷失和消解。

至于耸人听闻的"炸弹杀手"希尔多·卡辛斯基（Theodore Kaczynski）在《论工业社会及其未来》(Industrial Society and Its Future) 一文中对以科技文明为主导的现代社会的批判，更是用一种极端方式向人类敲响了警钟，在 20 世纪末震惊了整个世界。作为一个拥有科技精英、自觉远离现代生活方式的隐士、连续 17 年实施连环爆炸案的罪犯、反科技"斗士"、现代性思维模式的终结者等多重身份的思想者和行动者，卡辛斯基认为，为追求和实现现代化的工业革命和科学技术，正在给人类带来巨大灾难，用毁灭未来的方式摧毁人和人性的尊严，导致人类心理疾病扩散，令生活空虚无味，严重破坏了自然生态；他还对社会过度制度化和机制化的现状，表现出极大反感，认为这不仅造成人们普遍的自卑感、无力感、失败主义和内疚心理的滋长，而且导致了现代文学艺术的堕落，使文化人"倾向于关注污秽、失败与绝望，或者采取狂欢基调，放弃理性控制，似乎已经无望通过理性计算实现任何目的，只得将自己彻底沉浸于当下的感官刺激当中"。[①]

可以说，卡辛斯基的言论，犹如当年巴尔扎克所做的一样，揭开了现代化社会表面繁荣富足的面纱，揭示了人在这种体制压抑和扭曲中形成的病态生活方式和心理状态，引发了人们对"现代性神话"永久性和合理性的怀疑，以一种"拯救未来"的姿态，引爆了一场对于世界性的现代、现代化和现代性思潮的深度反省和批判。也就是说，现代和现代性已经终结，或者已经到了终结和转型的时候，人类社会已经到了不能不关注未来性的时代。而未来性在人类历史发展进程中，亦不再是被过去和现在所决定和支配的因素，而成为具有决定性、支配性的选择，未来不再是想象和虚构，而是切实的行动，就掌握在正在行动的人们的手中。由此，整个历史观、世界观和人生观，发生了从未有过的逆转，不是没有古代和现代就没有未来，而是没有未来，人类就没有立住脚的过去与现在，人类的一切

---

① ［美］希尔多·卡辛斯基：《论工业社会及其未来》，引自《百度文库》。

都将化为乌有。

这或许就是"未来"能够成"史"的逻辑来源。当然，无论如何评价未来主义和未来学的功过是非，都不能否认它们在 20 世纪人类精神思想史上的贡献和影响，它们不仅延续了人类对于未来的梦想、想象和建构，把未来从过去传统的宗教幻想中拉回到了现实，用现代和现代性思维取代了先验的、玄学的框架，使人类真正意识到当下和现实的意义，从而推动了整个世界范围内的人性解放和现代化社会变革；而且，他们的学说一直延续着一种前瞻性的眼光，不断把"未来"推向文化和意识形态场域的高端和前沿，以各种方式打造未来性的话语和思想基础。

这一切都表明，历经一百多年的发展，曾经为人类带来希望，亦促使人类社会发生翻天覆地变化的现代性及其理论，在创造了诸多奇迹之后，逐渐显露出自己的疲态和局限性，已经不能满足人类社会持续前行的需要，也难以弥补、治愈和疗救其在迅猛发展过程中给人们心灵带来的创伤。这在文学艺术领域也有很多值得反思的表现。

这或许是《未来简史》一书之所以引起全球性瞩目的原因之一，其魅力不仅来自对于人类未来的关注，更在于改变了人类的思维方式。作者不仅重新发现了历史和现实中的未来，而且把未来推到了引领历史和现实的地位，破除了以往过去决定未来的成见，确立了未来决定现实的新的价值维度。在这个过程中，作者最醒目的议题就是"要保护人类和地球不被人类自己的力量所害"，也就是说，未来其实就是当下，而且是更具有决定意义的当下选择，所以他写道："我们之所以能成功地控制住饥荒、瘟疫和战争，很大的原因在于惊人的经济增长带来了丰富的食物、药品、能源和原材料。然而，同样也是因为经济增长，地球生态在许多方面失去平衡，而我们现在才刚刚意识到。人类对于这个危机承认得很晚，而且至今努力不足。虽然总有人谈论环境污染、全球变暖、气候变化，但多数国家至今仍未严肃地做出经济或政治上的牺牲来改善这些状况。每当要在经济增长和生态稳定中做出选择时，政客、企业领导者和选民几乎总是选择增长。如果我们真想远离灾祸，就得在 21 世纪做出更好的选择。"①

当然，就《未来简史》整部书主旨来说，其更侧重于历史重构，凸显了现代科技改变世界的力量。但是其中也不乏对于文学未来性的关注，例如对于人类心灵深层结构可能发生的变化，作者的提示不仅是敏感的，而且透露出一定预见性。他首先肯定，如今人类依然能够在诸如《圣经》《论语》，或是索福克勒斯（Sophocles）和欧里庇得斯（Euripides）的悲剧等文学经典作品中，感受和找到自我，感受到"我们都是一样的人类，于是我们觉得这说的就是我们"，但是这种情景是否能够与世长存，至少是否能够继续作为文学创作的圭臬和典范，则是一种未知：

> 然而，一旦科技让我们能够创新打造人类的心灵，智人就会消失，人类的历史就会告一段落，另一个全新的过程将要开始，而这将会是你我这种人无法理解的过程。②

作者认为这是一个人类的新议题，实际上其已经不再属于人类对于未来的想象和预测，而是未来在现实生活中的一种具体显现，各种难以释解、不可理喻的文学创作的出现，正在昭示"一个全新的过程"将拉开序幕。

三、未来性：一种"死里逃生"的选择

实际上，就"打造人类心灵"这一命题来说，文化甚至比科技表现得更加动人心弦，一方面表现在对于包括机器人在内的科技发展方向的影响

---

① ［以色列］尤瓦尔·赫拉利：《未来简史：从智人到智神》，林俊宏译，中信出版社，2017 年版，第 4 页。

② ［以色列］尤瓦尔·赫拉利：《未来简史：从智人到智神》，林俊宏译，中信出版社，2017 年版，第 40 页。

和引导，另一方面则直接表现在人的孕育、生产和培育的全过程。作为一种人类文化和文明的结晶，人类对于现实和未来的欲望、想象和建构，已经全方位地展现和渗透于意识形态和日常生活之中，前者可能以人们不能不接受的法律、规则和程序的方式实施，后者则已经占据了人类思维和心理的深层结构，自觉履行着"打造人类心灵"的义务和责任。例如，把教师和作家称为"人类灵魂的工程师"，就是人类 20 世纪为"打造人类心灵"的一种诠释和构建，把对于未来的期许通过具体的人及其义务规则，落实到了现实社会生活之中。

可以设想一下，一个人在子宫就开始接受"胎教"，其成长过程何止只是一种"打造"，而是一种文化预制和定制。在这里，那位试图以暴力方式终结现代工业和科技文明的卡辛斯基似乎也颇有同感："今天的社会与以往任何社会相比，都试图在更大程度上将我们社会化，甚至还有专家告诉我们怎么吃，如何运动，如何做爱，如何教育子女等等。"①

这也是尤瓦尔·赫拉利这位年轻的以色列学者之所以提到文学的原因，因为文学及富有文学性的作品，不仅是最早孕育和包涵未来性的摇篮和策源地，而且也是人类以此来达到"打造心灵"的秘籍和宝典。可以说，当今文学正面临一种死里逃生的危机状态。面对这种危机的挑战，文学不可能置身度外，也不会仅仅是一个旁观者；而文学的未来性也由此获得了广阔的天地。

正如如上所述，未来性在人类思想史上并非稀见，为什么如今还要去特别强调呢？当然，其中一个原因就是人类本身的堕落，在现实利益的攫取中贪得无厌；还有一点就是相互之间为争夺利益和发展无休止的自相残杀。但是，这一切并不是人类接受现状的理由，人类需要从更深更广的层面来检讨自己，其中包括我们的心灵历程，何以造就了自己对未来如此迷惘和悲观的心理状态。

---

① ［美］希尔多·卡辛斯基：《论工业社会及其未来》，引自《百度文库》。

就中国 20 世纪以来的文学来说，未来性一直是其发展和变革的内生动力，经历了从创获中国未来到人类性、世界性未来的演进和跨越。在一个相当长的时期，在中国社会天下巨变的文化语境中，文学承担了文化更新、继往开来的历史重任，都聚焦于中国未来的变革与发展，无论是康有为"大同世界"的展望，还是梁启超对新中国未来蓝图的绘制；不论是李大钊、陈独秀对"少年中国""新青年"的呼唤，还是鲁迅发出的"救救孩子"呼声，等等，众多优秀的、感人至深的文学创作和批评，都无一例外地呈现出了未来性的理想光芒，诚如鲁迅所说，它们"……是国民精神所发的火光，同时也是引导国民精神的前途的灯火"。①

也正是这种面向未来的向往和欲求，促使中国文学理论和批评冲破了传统的"过去式"的思维模式，以一种"拿来主义"的胸怀与心态接受西方文化，推动了思想、理论和美学范式的转变，走向现代化、现代性。例如，20 世纪 20 年代意大利哲学家和美学家克罗齐就对中国文学理论和批评的转型发生了很大的影响。因为对历史的思考，打破了人们对传统经学的束缚和依赖，把文学、文学理论和文学史建构，带入了当下、当代和现代性视野中，由此，无论是胡适五四时期所说"历史是个任人打扮的小姑娘"②，朱谦之三四十年代在《文化哲学》中总括的"现代性"③，还是弥漫于 80 年代文学界"所有文学史都是当代史"的观念话语，都在中国文学批评史上留下深深痕迹，也使得中国文学思考，迅速摆脱了传统的循环往复

---

① 鲁迅：《论睁了眼看》，《鲁迅全集》，第一卷，2005 年版，第 257 页。

② 对于这一说法近来有很多质疑，认为胡适未曾说过这样的话，而我认为即便没有确切来源证明胡适说过，但是也绝对不是空穴来风，胡适当时有相似观念是不容否定的。

③ 《文化哲学》是朱谦之自己最看重的著作，也可以视为中国 20 世纪 30 年代文化研究热的标志性成果。在这部著作中，他一再强调"一切文化都是现代的文化"，并且在引用了意大利克罗齐在《历史叙述的理论及历史》中一段话后指出："同一样的道理，我们也可以否认失却现在即过去的历史，主张过去文化须经过今我的创造活动，即将过去文化涌现于现代文化之中，而后才有存在的意义。也就是说，文化是有现代性的，一切文化都是现代的文化"。参见《朱谦之文集》，福建教育出版社，2002 年版。

的困境，进入一种多元纷繁的状态。

　　然而，作为一种精神和信念的建构，面对如今新的社会现实和精神状态，文学的未来性显然需要更为深邃细致的思考。换句话说，尽管在过去的文化经典中未来性的论述并不鲜见，但是大都表现在对于人类未来宏观愿景的畅想和设计上，缺乏某种感同身受的细腻揣摩，还存在很多思想感情上的盲点和遮蔽，甚至在很多文学作品中还流淌着复仇、征服等暴力话语，用他人的毁灭来换取自己的未来。应该说，在今天科学技术无所不能、人类交集更加密集的时代，未来已经成为一种精研细磨的对象，需要从人类存在的细枝末节方面去思考和呈现，而不仅仅停留在观念和话语层面。

　　显然，未来不是僵化的，也不会在固定和僵化模式中伸展开自己的身躯，未来不仅存在于历史的连续性中，而且时常突显在历史的转换、转折和变换之中，而这种历史的转换、转折和变换，往往正是未来性显示自己的触动人心的时刻。也许正因为如此，有《未来的冲击》（1970）、《第三次浪潮》（1980年）、《再造新文明》等著作问世的阿尔文·托夫勒曾提醒人们，不能过于依赖历史的连续性，用过去甚至现在的眼光来打量世界，而应该对历史的间断性和变革予以更多的关注。他指出：

　　　　在我个人的思想发展过程中，我逐渐认识到，我需要一种更为公正的、发展的观点，我不仅应该抨击那种怀旧感和对过去的依恋，而且要在某种更广泛的意义上抨击任何狭隘的时间观念。我认为，我们作为个人和文化而言，需要有时间上的观察角度，以及回顾过去展望未来的能力，并把我的发现与现在联系起来。不能做到回顾过去、面向未来，以及一味纠缠于现在，这是今日文化的一种危险趋势。①

---

　　① ［波］维克多·奥辛廷斯基：《未来启示录——苏美思想家谈未来》，徐元译，上海译文出版社，1988年版，第159页。

　　我想，这也是目前我们文学理论和批评界存在的一种"危险趋势"，过于急功近利，把眼光盯在现实中的利害得失，丝毫不顾及未来的价值考量，完全失去了理想和信念的思考，堕入了毫无识见和欲望的低俗之境。

　　与此同时，这种趋势带来的另一种危险就是，在理论观念上过度招摇过市，造成了夜郎自大、自我夸饰的学风，重归所谓历史连续性的自我封闭之中。

　　应该说，未来性只有在交流和开放中才能获得生机活力。毫无疑问，随着现代化、现代性兴起的现代文艺思潮，在冲破传统旧时代的精神、文化和思想桎梏方面起到了先声夺人的作用，开辟了一个文学艺术万舸争流、百花齐放时代，拓展了人类自由想象和创造的空间，在艺术格调、形式、语言、话语、符号等方面都呈现了历史上从未有过的丰富性和多样性。但是，也要看到另一方面，由于功利性、工具性和权力话语的过度张扬，亦造就了各种彼此隔绝，甚至互相排斥和对立的思想城堡、观念城堡和话语城堡，有时候甚至互相大打出手，引发文化和意识形态场域的殊死搏斗，由此不仅造就了社会的分裂和乱象，也使得人类的精神和心灵状态呈现出严重的分离和分裂状态。文学艺术创作中的标新立异，非但没有给人类心灵提供彼此靠近、亲和与相通的桥梁和家园，反而成了造成孤独、孤僻和抑郁心态的文化酵母和牢狱，进而导致了世界范围内文化隔阂和冲突的加剧。随着经济全球化时代到来，地球越来越小，人和人之间相知、相通和共同命运感反而越来越稀缺。

　　正是由于面对当今世界出现的社会分裂、文化分裂、人性分裂和人心分裂的现实和现象，才有了对人类未来的普遍关注和认同。就文艺理论来说，未来性并非只是一种畅想和虚构，更不是虚无缥缈的乌托邦，而是基于过去和当下现实状态和处境的愿景设计与设想，与人类当下所采取的每一个行动和行为，甚至与人们日常生活密切相关。因为其就存在于活生生的现实之中，是人类对于美、美好生活的一种憧憬和向往，其是否存在决定于人类的信心、信念和信仰。也就是说，未来不在远方，不在别处，就在当下人类的选择和行动中；而从一种更长远和宽阔的视野出发，构建这种人类命运共同体，就不仅是一种全球化的经济、社会融合再造的工程，势必也是一场宏大的"打造人类心灵"的文化工程和学术工程。

其实，在中西文化不间断的碰撞、冲突中，曾有诸多文化学者都在寻求一条中外文化相互理解、认识、交流、互鉴和融通之路，期待构建一个人类能够共存、共荣、同享、相互学习、和谐栖居的精神文化家园，实现人类的共同梦想。从章太炎到陈寅恪、从王国维到饶宗颐、从吴宓到季羡林、从钱钟书到殷海光、从林语堂到钱谷融，等等，他们的学问各有千秋，但是都有一个共同点，就是追求各种文化之间的相互融通，也相信人类各种文化能够彼此相通和相得益彰，人类能够通过文化和文学艺术的方式，找到共同的、但是又适宜于个人和个性需要的归宿。

在这个过程中，文学的未来性经过历史意识的淬炼，不断吸收和获得新的文化资源，不断扩大其中国梦的空间，向更深广的人类性和世界性延展——其既是这种历史思考和文化淬炼的表达，也是中国通过百余年的社会变革，尤其是40余年的改革开放之后所形成的一种新的文学情怀。这种情怀无疑也为文学的未来性注入了新的美学活力，使之能够在新世纪为我们点亮实现梦想的灯火。

我们需要点燃内心的灯火，让未来性重现它的魅力和光亮。由此，在讲述的最后，我想引用20世纪80年代《走向未来》丛书编委会在《编者献辞》中的一段话，与在不同时代生活的人交流和共勉：

> 约四百年前，弗兰西斯·培根在《伟大的复兴》一书序言中，曾经这样谈到书中描述的对象，他"希望人们不要把它看做一种意见，而要看做是一项事业，并相信我们在这里所做的不是为某一宗派或理论奠定基础，而是为人类的福祉和尊严……"我们怀着真挚的感情，

把这段话献给《丛书》的读者，希望广大读者关心她、批评她，帮助她。①

---

① 《走向未来》丛书编委会：《编者献辞》，《人的发现——马丁·路德与宗教改革》，李平晔著，四川人民出版社，1983 年版，第 3 页。

附　言

文章结束了，我讲了十个问题，都是若干年来思考了很多，但是至今并没有获得确切答案的问题。它们确实记录了我心灵的感触和思考，尽管我知道这些问题或许永远没有答案（至少对我来说如此），其中有些我可能会继续思考下去，有些或许只能放弃了。也许在某个夜深人静的时候，这些问题还会不辞劳苦地造访我，想从我这里得到一些新的答案或者思考的新进展，但是也未必能够得其所愿。不过我相信对于这些问题的探讨，决不会到此结束，总有人会继续探索，继续寻求答案，把问题引向更遥远的星空。

2022 年 11 月于上海闵行校区